목 부러뜨리는
남자를 위한
협주곡

목 부러뜨리는 남자를 위한 협주곡

이사카 고타로 연작소설
김선영 옮김

H
현대문학

협주곡

이탈리아어 'concerto'의 번역어.

통상 피아노나 바이올린 같은 독주 악기와 오케스트라를 위한 기악곡을 의미한다.

뛰어난 피아니스트와 오케스트라가 한 무대에 선다고 해서 반드시 명연이 이루어지는 것은 아니다.

〈바이올린 협주곡〉과 같이 〈독주 악기 이름+협주곡〉으로 불리는 게 일반적이지만, 독주를 맡은 악기에 따라서는 〈플루트와 하프를 위한 협주곡〉 또는 〈두 대의 피아노를 위한 협주곡〉과 같은 곡명을 붙이는 경우도 있다.

목

척추동물의 머리와 몸통을 연결하는 부분. 인간의 급소 중 하나.

대체적으로 가늘어, 부러지기도 쉽고 부러뜨리기도 쉽다.

인간의 목은 이 『목 부러뜨리는 남자를 위한 협주곡』에 수록된 이야기 수와 같은 일곱 개의 목뼈로 지탱된다.

차 례

한국어판
서문

목 부러뜨리는 남자를 위한 **협주곡**에 관하여

장편소설과 단편소설을 쓸 때는 마음가짐이 다릅니다. 장편소설을 쓴다는 것은 제게는 방에 틀어박혀 좋아하는 그림을 그리는 것과 비슷합니다. '이런 궁리를 해서 이런 색으로 그리면 분명 지금까지 한 번도 보지 못한 스타일의 작품이 완성될 게 분명해.' 이런 생각을 하며 이것도 아니야, 저것도 아니야, 하고 시행착오를 거치면서 커다란 그림을 매일 조금씩 채워 나가는 감각입니다. 거기에는 그때 제가 품은 감정, 환희와 공포를 비롯한 느낌들이 자연히 더해지기도 합니다. 물론 완성된 작품은 독자들이 읽게 되므로 자기만족으로 끝나지 않도록 균형은 고려하지만 기본적으로는 자신을 위해 쓰고 있습니다.

반면 단편소설은 편집자에게 의뢰를 받아서 쓰는 것이 대부분입니다. 흥미로운 기획이 있거나 부탁을 거절하기 어려운 경우, 필사적으로 쓰기 때문에 장편이 '취미'라고 한다면 단편은 '일'이라고 표현할 수 있을지도 모릅니다. 그렇다고 단편을 건

성으로 쓰는가 하면 그렇지는 않아, 오히려 단편의 경우 '나의 만족'이 아니라 '독자의 즐거움'을 우선하므로 '의외성'이나 '카타르시스'를 준비하려고 필사적으로 머리를 쥐어짭니다.

때문에 제 작품에서는 장편보다 단편을 보다 많은 독자들이 즐겁게 봐 주시는 것 같습니다.

이 『목 부러뜨리는 남자를 위한 협주곡』에 수록된 단편은 여러 잡지에 게재되었던 글을 모은 것입니다. 따로 읽어도 만족할 수 있도록 각각의 단편에 아이디어와 의외성을 담았는데, 그걸 한 권으로 갈무리할 생각은 없었습니다. 다만 각각의 단편을 다듬어 순서를 조정하다 보니 '독립된 내용의 단편집'도 아니거니와 '통일된 테마나 통일된 등장인물로 한데 엮은 단편집'도 아닌, 신비한 연결 고리를 가진 책이 되었습니다. 이런 단편집은 세상에 드물지 않을까! 그래서 개인적으로는 몹시 마음에 듭니다.

제가 좋아하는 등장인물, '도둑' 겸 '탐정' 구로사와가 등장하는 「나의 배」「사람답게」, 평소 잘 쓰지 않는 괴담 「측근 이야기」, 그리고 제 소설 중에서도 상당히 기교를 부린 「월요일에서 벗어나」「미팅 이야기」 등 다양한 종류의 단편이 모였습니다. 읽은 분들이 '어느 작품이 가장 좋았는지' 이야기꽃을 피워 주신다면 기쁘겠습니다.

2015년 5월
이사카 고타로

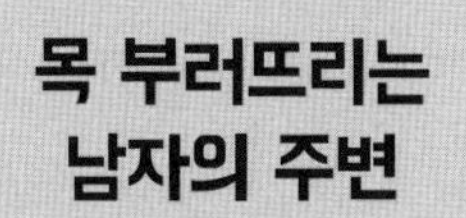

목 부러뜨리는
남자의 주변

首折り男の周辺

《Story Seller》2008년 봄호

『Story Seller』(2009년 2월 발행)

의심하는 부부

"여보, 이거 옆집 총각 아니에요?"

거실 테이블 앞에 앉은 와카바야시 에미가 텔레비전을 바라보며 남편 준이치에게 말했다. 정년퇴직 후에는 부부 둘이서 저축과 연금으로 생활하고 있었다. 두 아들은 독립해 상장기업에서 근무하고 있다.

장남은 중국에, 차남은 주고쿠 지방 야마구치에 살고 있어 여간해서는 만나기도 어렵다.

"옆집 총각?"

"그렇다니까. 왜, 이웃 아파트 1층에 사는 덩치 큰 총각 말이에요."

텔레비전에서는 과거의 사건을 보도하는 방송이 나오고 있었다. 미궁에 빠진 채로 종결을 앞둔 중대 사건이나 오래된 실종 사건에 대해 시청자 제보를 접수받는 것으로도 모자라 수상쩍은 전문가에게 분석을 맡기고 '이 범인은 당신 근처에 있을지도 모릅니다'라느니 '당신이 일하는 가게에 이 실종자가 찾아올지도 모릅니다'라느니 협박인지 충고인지 모를 정보를 흘리는, 보도 프로그램과 예능 프로그램이 반쯤 뒤섞인 내용이다. 저러다가 '당신 이웃은 언젠가 죽을지도 모릅니다'라는 말이라도 내뱉을 판국인데, 지금은 도내에서 발생한 버스 정류장 살인 사건에 대해 분석하는 시늉을 하고 있다.

무더위에 다들 몽롱하게 지내던 몇 달 전, 다바타 역으로 가는 버스 정류장에서 목뼈가 부러져 죽어 있는 남자가 발견된 사건이다. 범인은 눈 깜짝할 사이에 정류장에 서 있던 피해자의 목을 등 뒤에서 꺾어 살해했다고 한다. 과거에도 유사한 사건이 있었던 터라 당초부터 떠들썩했지만 여태껏 범인은 잡히지 않았다.

텔레비전에서는 '이 프로그램의 독자적인 정보망으로 수집한 목격담'을 토대로 범인의 인상착의를 공개했다. '키 180 내지 185센티미터' '짧고 검은 머리카락' '검은 안경' '하얀 티셔츠에 청바지 차림'이라고 조목까지 짚어 가며.

사건 당일, 그 '거한'과 스쳐 지나간 부인의 인터뷰도 있었다. "우연히 그 자리에서 자동차 열쇠를 떨어뜨렸는데, 그 청년이 주워 줬어요. 오른팔에 큰 상처가 있어서 또렷이 기억나요" 하고 약간 자랑스러운 듯 주절거리는 모습은 UFO 목격담을 떠드는 사람 같기도 했다.

"봐요, 여보, 이거 이웃 아파트에 사는 총각이죠?" 아내가 말했다.

맞선으로 결혼해 성실하고 평범한 생활을 누려 왔다. 와카바야시 준이치는 그렇게 생각한다. 아마도 아내도 그들의 인생에 대해 똑같은 마음일 것이다. 와카바야시 준이치는 그 평범한 인생에 단 한 번 의문을 품었고, 하필 운 나쁘게 동료 여성과 가까워진 탓에 바람을 피운 시기가 있었지만 그것도 결국 성미에 맞지 않았다. 상황을 늘 대충 파악하고 태평하게 사는 아내는 그런 줄은 꿈에도 모르고 있어서, 와카바야시 준이치는 그 점에 죄책감을 품고 있었다.

"자세히 봐요, 보라니까. 이 특징." 아내가 역설했다. 그러더니 쭉 늘어선 항목을 하나씩 음미해 간다. 듣고 보니 몇 번 마주친 게 다지만 이웃 아파트에 사는 남자의 외모와 일치했다.

"그 총각, 언제부터 옆집에 살았지?"

"구월이었어요."

"용케 기억하는군." 옆집은 2층짜리 건물로 여덟 세대가 살 수 있다. 입주자도 때에 따라 바뀌니 누가 사는지 전부 알지는 못한다.

"때마침 구월에 신문 구독 계약을 다시 했는데, 그때 찾아온 계약 담당자가 옆집에 새 사람이 이사 왔는데 늘 집을 비운다고 투덜거렸거든요. 왜, 구월이면 마침 그 사건이 터진 직후잖아요."

와카바야시 준이치는 한참 입을 다물었다.

"안경을 썼던가?"

"그 정도야 어떻게 못하겠어요? 평소에는 콘택트렌즈를 껴요. 딱 한 번이지만 안경을 쓴 모습도 본 적 있고."

"회사원처럼 보이지는 않던데."

"그렇죠? 듣고 보니 낮에도 보이던데, 수상하네."

"이웃을 그렇게 대뜸 수상하다고 하면 못써."

이어서 텔레비전에 목격자 제보로 다듬은 몽타주와 전신 그림이 나왔다. 아, 옆집 총각이다! 그만 소리를 지를 뻔했다. 그 정도로 비슷했다.

"맞죠, 닮았죠?" "확실히 닮았군."

그렇다고 바로 이웃에 사람 목을 부러뜨리는 살인자가 살고 있다고 생각하기는 어려워, 음, 하지만, 하고 혼잣말처럼 끙끙거리며 사과만 우물거리고 있었다.

"아파트에 가서 확인해 보고 올까요?"

"설마 '사람을 죽이셨어요?' 하고 물을 생각은 아니겠지?"

"그런 짓을 왜 해요?"

"당신이라면 하고도 남지."

"뭘 걱정하는 거예요?"

"당신은 조심성이 부족해."

와카바야시 준이치는 진심으로 걱정했다. 아내는 고등학교 졸업 후 과자 회사에서 사무직으로 일했다지만 기본적으로는 세상 물정을 모르고 깊이 고민하는 일도 없이 대담한 짓을 하는 경향이 있었다. 은행 영업 사원의 감언이설에 넘어가 위험성이 높은 자산 운용에 손을 댈 뻔했다가 아이들 설득으로 간신히 그만둔 과거도 있다.

"당신 세상은 좁으니까, 신중하게 굴어야지."

와카바야시 준이치는 그렇게 말하지 않을 수 없었지만 아내는 그저 웃기만 했다. "알고는 있어요."

"나중에 몰래 옆집에 확인하러 찾아갈 생각 마."

"위험할까요?"

"정말 그 총각이 범인이라면 너무 위험하잖아."

"하지만 여보, 어쩌면 팔에 상처가 있는지 없는지만이라도 알 수 있을지 몰라요."

"여름이라면 또 몰라도 이렇게 추운 겨울날에 누가 반팔을 입겠어? 소매라도 걷어 달라고 할 테야? 괜히 의심만 사."

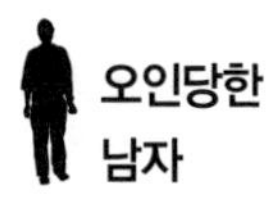

오인당한 남자

"야, 소야부! 이런 곳에서 뭐 해?"

흥분한 누군가의 목소리에 오가사와라 미노루는 깜짝 놀랐다. 이렇게 대놓고 착각하는 사람은 처음 본다.

주오선 쾌속 전철이 멈추는 역 근처 번화가의 낡은 아케이드 상점가였다.

상대는 양복 차림에 뻐드렁니가 난 통통한 사내였다. 흰머리에 비해서는 동안이라 나이는 짐작할 수 없었지만 넥타이는 매고 있다. 그래도 점잖다고 하기는 어렵다.

십중팔구 사채업자가 나타났구나 싶어 움찔 몸을 젖혔다. 최근 그에게 반갑게 말을 거는 사람이라곤 돈을 갚으라고 재촉하는 업자들뿐이다.

어쩌다 이렇게 빚이 커졌지?

아니, 애당초 그건 빚이 아니었다.

빵 공장에서 일하는 동료, 또래의 남자에게 돈을 빌려준 것이 발단이었다.

"오가사와라, 돈 좀 빌려줘." 그리 친하지도 않았는데, 앞니가 하나 없는 그 남자는 무슨 이유인지 어느 날 갑자기 뻔뻔하게 말을 걸어왔다. 이유는 금방 짐작이 갔다. 그의 친구의 친구가, 오가사와라 미노루의 고등학교 동급생이었기 때문이다. 즉 앞니가 없는 남자는 '오가사와라 미노루는 덩치만 컸지, 심약하고 투쟁심은 찾아볼 수도 없어서 10대 때는 자주 돈을 뜯겼다'는 사실을 알고 있었던 것이다.

오가사와라 미노루는 남의 약점을 파고드는 그 태도에 화가 났지만 결국 돈을 빌려주었다. 이유는 간단했다. 무서웠기 때문이다.

'빌려준 돈은 돌아오지 않는다.' '돈 달라는 요구는 멈출 줄 모른다.' 과거의 경험을 통해 알고 있었음에도 오가사와라 미노루는 피할 수 없었다. 아니나 다를까, 앞니가 없는 남자는 돈을 갚을 기미가 없었다. 그뿐만 아니라 돈을 빌려 보지 않겠느냐는 그의 말에 오가사와라 미노루는 깜짝 놀랐다. 그것이 반년 전의 일이다. 지금까지 돈을 빌려 달라는 말을 입에 달고 살던 그가 돈을 빌려 보지 않겠느냐고 하는 게 이상해, 그 변화에 감탄했을 정도다.

"내 친구가 사채를 하는데, 거기서 10만 엔만 빌려주면 안 되겠냐? 바로 돌려줘도 돼. 영업 실적 때문에, 그놈도 누군가에게 돈을 빌려줬다는 실적을 내세워야 한다더라고."

수상하기 짝이 없었다. 그렇지만 정신을 차리고 보니 오가사와라 미노루는 이름도 모르는 금융회사에 가 있었다. 건물은 지은 지 20년은 족히 된 듯한 분양 맨션으로, 험상궂은 남자 다섯 명과 화장이 요란한 여자가 한 명 있는 사무소로 찾아갔다. 누가 어떻게 뜯어봐도 절대 멀쩡한 회사는 아니었지만 그곳에서 10만 엔을 빌렸다. 저희 멋대로 꺼내는 이야기를 거절하지 못하고, 빌렸다가 바로 갚으면 그만이라고 생각했던 것이다. 앞니 없는 동료가 "빌리기만 하면 되니까"라고 했으니 그걸로 족하리라 믿었다.

현실은 그리 간단하지 않았다. 10만 엔을 빌린 그날 바로 갚으려 하자 "무슨 수작이야!" 하고 무서운 목소리의 협박 전화가 걸려 왔다. "오늘 빌려서 오늘 갚다니, 장난하냐?" 대체 뭐가 '장난'인지 이해할 수 없어 오가사와라 미노루는 벌벌 떠는 수밖에 없었다. 그리고 영문도 모른 채 10만 엔을 또 빌리게 되었다.

이후 몇 번이나 돈을 갚으려 했지만 그때마다 상대가 갖은 핑계를 대며 돈을 받아 주지 않거나 매섭게 쫓아내는 바람에 이자만 눈덩이처럼 부풀었다.

정신을 차리고 보니 지금은 바닥났고 빚은 200만 엔이나 되었다. 처음에는 그냥 가루였던 것이 몇몇 공정을 거치면 눈 깜짝할 새에 빵으로 부푸는 꼴이다.

앞니 없는 남자는 어느새 빵 제조 공장을 그만두고 모습을 감추었고, 억지로 떠맡은 빚만 남았다.

경찰에 신고해야 한다는 건 알았지만 오가사와라 미노루는 "경찰에 신고하면 어떻게 되는지 알지?"라는 진부한 협박이 진심으로 두려워 아무 대처도 못 하고 있었다.

"싫은 일을 피해 달아나도 해결되는 건 없단다." 어렸을 때 학교 선생님이 자주 들려주었던 말이다.

돈을 갚으라는 요구는 계속되었다. 협박 전화가 끊임없이 걸려 왔다. 빵 공장에서 집으로 돌아가는 길이나 슈퍼마켓에 가는 길에 금융회사의 젊은 사내들이 불쑥 튀어나와 양쪽에서 오가사와라 미노루를 붙들고 건물 뒤로 끌고 가 폭력을 휘두를 때도 있었다. 증거를 남기기 싫었는지 상처나 부상이 남지 않도록 교묘하게 폭행했다. 아파트까지 직접 쳐들어오는 일은 없었는데, 아마 그것도 이웃의 눈에 띄기 싫었기 때문이리라.

"너, 덩치는 큰데 완전히 쓰레기네." 사채업자는 틈만 나면 그렇게 비웃었다.

오가사와라 미노루는 반박조차 하지 못했다. 너무나 무서웠다. 어릴 적부터 덩치가 커서 초등학생 때는 무서울 것 없이 굴던 시기도 있었다. 그러던 어느 날, 반 친구들이 단체로 그를 에워싸고 짓누르더니 규탄하고, 때리고, 걷어찼다. 그때부터 갑자기 타인이 무서워졌다.

약한 마음을 지키려고 몸을 단련해서 체격은 튼튼해졌지만 나약한 내면은 변하지 않았다.

"오야부!" 또 그런 이름으로 부른다. 무시하고 지나치려 했지만 그 남자가 앞을 가로막았다. "오야부, 뭐 하는 거야, 이쪽이야."

"누굴 말하는 겁니까?"

"웬 시치미야? 그런 장난은 재미없어. 얼마나 찾았다고. 전철역 코인로커 옆에서 만나기로 약속했잖아. 벌써 15분이나 지났으니 상대도 도착했을 거야. 그보다 만나서 다행이다."

거짓말을 하는 것처럼 보이진 않았다. 눈에 띄게 필사적인 태도였다. 하지만 오가사와라 미노루가 '약속'도 '상대'도 모르는 건 사실이다.

"사람 잘못 보셨습니다."

"야 야, 무슨 장난이야, 오야부? 너처럼 생긴 사람이 또 있을 리 없잖아?"

"몸집은 크지만 얼굴은 평범한 편입니다." 어째서 스스로 그런 설명까지 해야 하는지 떨떠름했다.

상대는 잠시 입을 다물고 오가사와라 미노루를 바라보며 생각에 잠겼다. "뭐, 오야부치고는 소심해 보이긴 하네."

"그럴 겁니다. 제 이름은 오가사와라입니다."

묻지도 않았는데 주머니에서 지갑을 꺼내 면허증을 보여 주었다. 아케이드 상점가에는 그럭저럭 인파가 있어 제자리에 우뚝 서서 대화를 주고받는 오가사와라 미노루와 사내를 조금 수상쩍은 눈빛으로 바라보는 행인들도 있었다. 언뜻 보면 덩치 큰 남자가 사람들 앞에서 돈을 뜯어내는 장면이겠지만, 정작 지갑을 꺼내고 있는 건 덩치 큰 남자니 이상했을 것이다.

"아니, 오야부의 본명은 나도 몰라. 하지만 오야부가 면허증을 이리 쉽게 보여 줄 리는 없지." 남자는 손을 저었지만 그래도 고개를 끄덕이기는 했다. "아무리 그래도 진짜 판박이네."

오가사와라는 그 자리를 뜨려 했지만 또 팔을 붙잡혔다. 몸을 움찔 떨었다. 초등학교나 중학교 때 동급생들에게 맞았던 공포가 되살아났다. 그들은 반쯤 장난이었을지 몰라도 학교에 갈 때마다 자존심에 상처를 입고 세상으로부터 버림받은 듯한 절망을 느꼈던 그 공포는 지금도 몸에 배어 있다.

남자는 눈을 껌뻑거렸다. “당신이 다른 사람이라는 건 알았어. 쏙 빼닮았지만 엉뚱한 사람인 거지. 그래도 부탁 하나만 들어주겠어?” 애원하는 목소리였다.

“바쁩니다.” 거짓말이었다. 갈 곳은 어디에도 없다. 아파트에 혼자 있는 것보다는 번화가에 혼자 있는 편이 그나마 덜 고독할 것 같았을 뿐, 볼일은 전혀 없었다. 어쨌든 역을 향해 다시 걸음을 떼려 했다.

“조금이나마 돈을 낼 수도 있어!” 남자가 소리를 질렀다. 주위의 시선이 단숨에 쏠렸다. 오가사와라 미노루는 거북해서 미칠 지경이었다. 남자는 급기야 “부탁이야. 내 목숨이 달린 문제야. 사람 구하는 셈 치고 제발” 하고 빌었다.

오가사와라 미노루는 걸음을 멈추고 남자를 보았다. 돈이라는 말과 목숨이라는 말이 마음에 걸렸다.

그때, 남자의 눈이 빛났다. 아차. 약삭빠른 그 표정에 오가사와라 미노루는 후회했지만 그 후회에 빠질 틈도 없이 남자는 “자, 저기서 간단히 설명해 줄게. 쉬운 일이야. 부탁해” 하고 패스트푸드점을 가리켰다.

가게 안에서 오가사와라 미노루가 의뢰받은 일은 다음과 같은 내용이었다.

첫째, 지하에 있는 어두운 바에 들어간다.

둘째, 안쪽 2인용 테이블에 앉는다.

셋째, 싸구려 쥐색 양복을 입은, 영락없이 공무원처럼 생긴 남자와 대화한다.

오이처럼 기름하게 생긴, 귓불이 크고 창백한 남자다. 남자는 이름을 밝히지 않겠지만 신경 쓰지 말고 인사해라. 그 남자는 너와 아는 사이다.

“그런 사람 모르는데요.” 오가사와라 미노루는 당황해서 부정했다.

“오야부하고 아는 사이라고. 너는 오야부의 대역이야. 그 정도는 이해 좀 해라. 알겠어? 그 오이처럼 생긴 남자는 오야부랑 아는 사이야. 그러니까 네가 아니면 대역을 못 해.”

“당신은 대체?”

“난 그냥 오야부의 매니저 같은 사람이야. 손님 얘기를 듣고 일정을 조정해 주지.” “그럼 그 오이 같은,” “손님한테 오이라니 말조심해.” 남자는 오가사와라 미노루보다 훨씬 키가 작고 왜소했지만 위협적인 목소리에는 박력이 있었다. 당신이 먼저 오이라고 하지 않았느냐고 반론할 수도 없었다.

“오늘 그 손님은 오야부를 직접 만나고 싶어 해. 다른 사람이 중간에 끼는 건 싫다는 거야. 말이 샐 수도 있고, 무엇보다 중개인이 끼면 책임감이 줄어든다고 생각하는 거지. 무지하게 까다로워. 어쨌든 내가 만나도 상대해 주지 않을 거야.”

그러니까 일단 너는 오야부인 척하고 앉아서 상대의 이야기를 듣고, 적당히 맞장구를 쳐라. 남자는 그렇게 말을 이었다.

"역시 그냥 돌아갈래요."

"어이, 아까 면허증에 적힌 주소 똑똑히 기억하거든? 여기서 거절하면 집으로 쳐들어갈 테다."

뒷면밖에 없는 동전을 계속 던지는 기분이었다. 무슨 일을 해도 결과는 빗나가기만 한다.

오가사와라 미노루는 남자가 시키는 대로 지하 바로 향했다.

가게 안은 어두침침해서 가까운 옆 테이블도, 카운터의 상황도 거의 파악할 수 없었다. 손님도 많지 않아 그냥 그림자가 떠 있는 것처럼 보였다.

눈앞에 나타난 남자는 미리 들은 대로 우직하고 성실한 공무원처럼 보였다. 남자는 인사도 하지 않고 맞은편 의자에 앉았다. 길쭉해서 오이처럼 생긴 얼굴에 귓불이 인상적이었다. 실눈에 눈썹도 옅었다. 오가사와라 미노루를 흘깃 쳐다보더니 고개를 까딱 숙였다.

오가사와라 미노루는 심장이 벌렁거렸지만 들키지 않도록 태연하게 굴며 고개를 끄덕였다. 점원이 주문을 받으러 오지 않는다. 그런 가게인가? 물조차 주지 않는다. 사전에 들은 지시가 생각났다. "알겠어? 자세한 말은 못 하지만 그 녀석한테 지금 일을 의뢰받은 상태야. 아마 진행 상황을 묻겠지. '순조롭다' '문제없다'고 대답하면 돼. 그게 전부야. 그 외에는 상대가 무슨 말을 해도 짤막하게 대답하고 고개만 끄덕이도록 해."

오이처럼 생긴 남자는 테이블 위에 봉투를 올려놓더니 안에서 사진을 꺼냈다. 사진에 찍힌 사람은 풍채 좋은 초로의 남성이었다. 각진 얼굴에 납작코, 눈썹은 굵고 머리카락은 짧다. 큼직한 입을 벌리고 웃는 표정에는 자신감이 흘러넘쳤다. 정력적인 60대 남자라는 인상이다.

이게 누굽니까, 하고 까딱하면 되물을 뻔했다. 태연한 태도를 가장하고 사진을 보았다. 옆에 메모가 있다. 주소와 날짜가 인쇄되어 있었다.

"이 자료는 이미 받았겠지요?" 오이처럼 생긴 남자가 말했다.

"그래." 그 한 마디를 하는데도 심장이 목구멍 밖으로 튀어나올 것 같았다.

"진행 상황은? 예정대로 실행할 수 있겠습니까?"

"괜찮아." 오가사와라 미노루는 최대한 감정을 억누르고 대답했다.

그 후 무슨 대화를 나누었는지 거의 기억이 나지 않았다. 상대는 오래 지체하지 않고 "그럼 잘 부탁드립니다" 하고 봉투에 사진과 메모를 집어넣더니 자리에서 일어섰다. 아무리 생각해봐도 위험한 일 같았다.

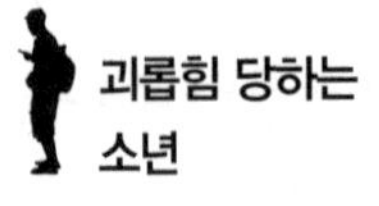

괴롭힘 당하는 소년

나카지마 쇼는 좀처럼 잠을 이루지 못했다. 머리맡의 알람 시계를 보니 새벽 1시였다. 집 안은 고요했다. 복도 맞은편 침실에 있는 부모님도 잠든 지 오래다. 맨션 안 사람들이 모두 잠들었나 싶을 정도다.

평소 같으면 밤 11시에는 자기 때문에 이 시간대는 미지의 영역이다. 이런 시간이 정말로 존재하다니. 유령이나 UFO의 존재를 확인하는 기분이었다.

유령의 존재! 나카지마 쇼는 천장을 바라보며 울음을 터뜨릴 뻔했다. 모든 일의 발단은 그것이었다.

반년 전, 중학교 2학년이 되어 새 학급에도 겨우 적응해 동급생 사이에서도 몇 개의 그룹이 생기기 시작할 무렵이었다. 같은 연식 테니스부의 야마자키 히사시와 친하게 지내던 나카지마 쇼는 야마자키와 초등학교 때부터 친구라는 몇몇과도 자주 함께 어울렸다. 반에서도 활달하고 눈에 띄는 그룹이었다.

"넌 유령 믿어?" 어느 날 점심시간, 야마자키 히사시가 교실에서 물었다. 평소에는 밖에서 축구나 테니스를 하며 노는데 그날은 비가 와서 교실에서 잡담을 나누고 있었다. "나, 옛날에 유령 본 적 있어."

그것은 한밤중에 하천 변을 걷는데 윤곽이 흐릿한 사람 그림자를 보았다는 흔해 빠진 이야기였지만, 다른 친구들은 무섭다며 호들갑을 떨었다. 나카지마 쇼도 평소 같았으면 맞장구를 치면서 무난한 농담을 했을 텐데, 그때는 "야마자키, 무슨 소릴 하는 거야. 유령이 어디 있어?" 하고 세게 나갔다. 단순히 친구들과 다른 의견을 내서 존재감을 드러내고 싶었던 것이다. 그가 '유령 같은 건 없어'라고 주장하면 야마자키 히사시가 '있다니까. 너야말로 무슨 소리야?' 하고 반박할 테고, 시끌벅적 입씨름을 하면 분위기가 달아오르지 않을까 기대한 면도 있었다. 왁자지껄 떠들면 다른 동급생들이 '쟤네 재미있어 보인다. 즐거워 보여' 하고 인정해 주는 효과까지 노렸는지도 모른다.

왜 그런 태도를 취했을까? 이제 와서는 반년 전 자신의 행동이 원망스러웠다.

야마자키 히사시가 안색을 바꾸고 "너, 건방 떨지 마" 하고 화를 낸 것은 나카지마 쇼가 예상하지 못한 일이었다.

교실 안은 얼어붙었고, 나카지마 쇼는 자신의 실수를 바로 알아차렸다. 안전한 포장도로를 건너고 있는 줄 알았는데 그곳은 한 걸음 잘못 디디면 바로 굴러떨어지는, 위태로운 좁은 길이었다. 교실 바닥이 쩍 갈라져 그 틈새로 추락하는 기분이었다.

"나카지마, 너 머리 좀 좋다고 티 내는 거야?" 다른 친구가 말했다. 나카지마는 그때 바로 사과하거나 '하지만 유령은 무섭잖아. 없었으면 좋겠어' 하고 자신의 약점을 강조해 아부했어야 했다. 아직 사태가 악화되기 전이었다. 그런데 그만 "뭐, 난 똑똑하니까"라고 대답한 게 치명적이었다. 역효과였다. 반 전체가 말없이 차가운 눈으로 그를 쏘아보는 게 느껴졌다.

이튿날부터 아무도 나카지마 쇼에게 다가오지 않았다. 처음에는 다른 친구들에게 먼저 말을 걸어 보기도 했지만 대답이 전혀 없다는 사실에 깊은 상처를 입었다. 자신을 위로하기 위해 실실 웃는 것도 고통스러웠다. 연식 테니스부에도 야마자키 히사시가 재빠르게 소문을 퍼뜨려, 부 활동에 나가도 대화는 없었다. 상급생들은 무시하지 않았지만 그렇다고 상급생에게 아양을 떨 수도 없고, 나카지마 쇼는 차츰 부 활동도 빠지게 되었다.

그 상태가 한 달쯤 이어지다가 갑자기 '무시'가 끝났다. 야마자키 히사시 그룹이 나카지마 쇼에게 접촉하기 시작한 것이다. 물론 화해한 것은 아니다. 친구의 가면을 쓰고 폭력을 휘두르기 시작한 것뿐이다.

아침, 나카지마 쇼가 등교하면 "왔냐!" 하고 가슴을 퍽 때린다. 그것이 점점 심해지더니 주먹으로 치기 시작했다.

"숨을 한껏 삼켜 봐." 나카지마 쇼가 얌전히 심호흡하듯 숨을 삼키면 그 순간을 노려 앞뒤에서 가슴을 힘껏 때렸다. 그러면 기절하는 경우가 많아, 나카지마 쇼는 종종 바닥에 쓰러졌다.

그래도 무시당하는 것보다 나았다. 학교에서 아무하고도 말하지 않고, 책상에 앉아 혼자 있는 생활은 비참해서 집에 돌아가 부모님의 얼굴을 보기도 괴로웠다.

폭력은 조금씩 심해졌지만 참을 수 없을 정도는 아니었다.

단지 일주일 전, 약간의 변화가 있었다. 나쁜 방향으로의 변화다.

학교에서 돌아오는 길이었다. 어디에 있었는지 야마자키 히사시와 그 패거리 몇 명이 길을 막더니 얼마 전에 망한 편의점 뒤쪽으로 나카지마 쇼를 끌고 가 돈을 내놓으라고 했다.

그들은 우선 나카지마 쇼의 배를 후려쳐서, 웅크리고 주저앉은 그를 구둣발로 짓밟았다. 머리를 감싸려 하자 발끝으로 옆구리를 걷어찼다. 평소보다 집요했다. "돈 가져와. 10만 엔이야!"

나카지마 쇼는 배후에 누가 있는지 대충 알 수 있었다. 야마자키 히사시가 부 활동을 자주 빠지면서 평판이 나쁜 상급생, 졸업생들과 어울리기 시작한 것을 알고 있었기 때문이다. 돈이 필요한 것도 그 선배들과 상관이 있을 것이다.

"못 해. 돈도 없고." "어떻게든 마련해. 일주일 줄 테니까. 학교는 위험하니 일주일 후, 이 시간에 여기로 와. 선배들도 부를 거야. 도망치거나 다른 사람한테 의논하면 죽을 줄 알아."

아마 다른 학교 학생들로 보였는데, 야마자키 히사시를 둘러싸고 있던 패거리가 모두 고개를 끄덕였다.

그리고 그 '일주일 후'가 바로 내일이었다. 새벽 1시니 오늘이라고 할 수도 있지만, 어쨌든 이대로 잠들었다가 깨면 바로 그 날이다. 잠이 올 리가 없다.

천장을 바라보았다.

"아, 너 말이야, 돈은 주지 않는 게 좋아." 그렇게 말했던 덩치 큰 남자의 모습을 떠올렸다.

격투가처럼 덩치가 큰 남자였다.

그 남자는 일주일 전, 돈을 가져오라고 한 야마자키 히사시 패거리가 떠난 뒤에 쓰러져 있던 나카지마 쇼 옆으로 다가왔다.

"마침 가게 안에서 쉬고 있었는데 밖이 소란스러워서 신경 쓰이더라고." 그는 예전에 편의점이었던 가게를 가리켰다. "음, 그러니까, 쟤네가 널 괴롭히는 거니?"

"몰라요." 나카지마 쇼는 반사적으로 퉁명스럽게 되받아쳤다. 얕잡아 보이면 끝장이다. 어른들은 이쪽 세계를 모른다. 안일하게 도움을 청하는 짓은 대단히 위험하다. 그 정도는 알고 있다. 덩치 큰 남자는 젊어 보였지만 어른인 것은 틀림없었다. "아니, 경계하지 않아도 돼." 남자는 어딘가 초연해 보였다. "계속 당하기만 하는 것도 큰일이지. 싸워 보면 좋을지도 몰라."

"무슨 상관이에요?"

"게다가 돈을 주면 또 내놓으라고 할걸."

"무슨 상관이냐니까."

"지금 저 녀석들도 어차피 위에 돈을 뜯기는 거야. 그리고 그 윗놈들 위에는 또 다른 놈이 있지. 그런 법이야. 지시는 전부 위에서 밑으로 내려오지. 위에 있는 놈들은 밑에 있는 놈들을 착취하는 데 죄책감조차 느끼지 않아. 밑에 있는 놈들이 얼마나 괴롭고 힘든지 관심도 없지. 오히려 기뻐할지도 몰라."

"그게 어떻다는 거예요? 그런 건 저도 알아요."

"어때, 시험 삼아 맞서 보지 않을래?" 남자는 가볍게 말했다.

"절 죽일걸요." "그렇게 쉽게 죽진 않아." "죽는다니까요." "아, 그럼 다음 주에 나도 올까? 여기서 만날 거지? 자, 저쪽에 셀프 빨래방 보여?" 남자는 인도 쪽을 가리켰다.

학교 방향에 비즈니스호텔이 있고, 그곳에 빨래방이 함께 있었다. 낡은 목조 건물로 이용객은 거의 보이지 않았다.

"저기서 만날까? 약속하자. 그래서 잠깐 어울려 줄게. 대결도 지켜보고. 든든하지?" 나카지마 쇼는 눈앞의 덩치 큰 남자가 어디까지 진심으로 말하는 건지 알 수 없어 무서웠다. 다만 어른에게 도움을 청하는 것보다 더 부끄러운 일은 없다고 생각했다.

속마음을 꿰뚫어 본 것처럼 남자가 말했다. "괜찮아, 괜찮아. 지켜보기만 할 거야. 네가 죽을 것 같으면 도와주겠지만, 그때까지는 가만히 보기만 할게. 뭐, 부적이라고 생각해. 어른에게 도움을 청하는 건 비겁하다고 생각하지 말고. 머릿수도 많고 싸움질에도 익숙한 놈들하고 붙으려면 그 정도 무기는 필요하잖아. 너는 저기 떨어져 있는 못이나 골프채를 써도 한참 모자랄 정도야."

"무슨 소리예요?"

"뭐, 아까 그놈들은 다른 사람한테 의논하면 죽인다고 했지만 이건 내가 멋대로 훔쳐 듣고 멋대로 끼어든 것뿐이잖아. 의논한 게 아니라고."

"왜 이래요?"

"난 약속을 지킬 거야. 옛날, 어렸을 때 말이야, 캐치볼 하자고 약속했던 어른이 그 약속을 어긴 적이 있었거든. 그건 정말 충격이었어." 덩치 큰 남자는 그 후에도 추억 이야기를 하듯 떠들었지만 나카지마 쇼의 귀에는 들어오지 않았다. 자세히 보니 덩치는 커도 얼굴은 훤칠하니 배우 같기도 했다. "아, 시공간 왜곡 현상을 믿니?"

"무슨 소리예요?"

"조금 기대했는데, 꼭 그렇지도 않은가 봐." 덩치 큰 남자가 마지막으로 쓸쓸하게 중얼거렸지만 말뜻조차 이해할 수 없었다.

나카지마 쇼는 이부자리에 누워 고민했다. 내일, 어떻게 하지? 이대로는 아침이 오고 만다. 베개에 얼굴을 묻고 고민하는 사이 잠들어 버렸다.

아침에 일어나니 아버지는 이미 출근하고 없었다. 요즘은 서일본 어디의 회사 일에 매달려 있는지, 아침부터 신칸센 고속열차로 출장을 가는 일이 많았다. 식탁에 앉아 텔레비전을 보면서 식빵을 먹었다. 교복으로 갈아입고 화장실에 가서 머리를 빗고, 학교로 향했다. 어머니가 주방에서 그릇을 씻는 틈에 화장대 서랍에 있는 카드 지갑에서 은행 현금카드를 한 장 꺼내, 교복 안주머니에 넣으며 생각했다.

엄마, 미안.

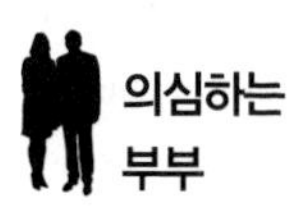

의심하는 부부

와가바야시 준이치는 아내와 함께 산책 겸해서 가까운 야마

노테선 역 앞에 있는 은행에 갔다. 통행인도 적고 거리를 메우는 소리도 거의 없었다. 공기도 탁하지 않았다. 가드레일이 설치된 인도가 좁아서 둘이서 나란히 걸으면 어느 한쪽이 몸을 부딪히기 십상이라 한 줄로 나란히 걸었다.

"여보, 역시 맞지 않을까요?" 뒤에서 아내의 목소리가 들렸지만 귀찮아서 대답하지 않았다. 한 줄로 나란히 걸어가면서 대화하는 것 자체가 불가능한 일이다. "여보, 듣고 있어요?"

좁은 길을 지나 교차점으로 나갔다. 횡단보도 앞에서 겨우 아내와 어깨를 나란히 할 수 있었다.

"네? 여보, 역시 맞지 않을까요? 옆집 총각 말이에요. 어젯밤 텔레비전에 나온, 목을 부러뜨려 사람을 죽였다는 범인 아닐까요?"

"여태 그 소리야?"

"그 사건, 정말 무섭단 말이에요. 배우도 살해당했다고요."

목뼈가 부러져 죽은 사건은 이번 여름 버스 정류장에서만 있었던 게 아니라 지난 3년 동안 다섯 건가량 발생했다고 한다. 피해자는 중년 남성부터 젊은 여성까지 다양하고, 장소도 서쪽부터 동쪽, 홋카이도까지 전국에 이르렀다.

놀랍게도 살해당한 피해자 중에는 배우는 물론이고 형사도 있었다. 공통점은 모두가 경추 골절에 의한 즉사라는 점과, 범인이 붙잡히지 않았다는 점이다.

"영화관에서 목을 부러뜨린 적도 있대요. 개중에는 칼로 찌른 뒤에 목을 부러뜨리기도 하고."

"그건 모방범 아니야?"

"그럴 가능성도 있긴 하겠네요. 하지만 지문이 일치할 것 아니에요. 아니면 경찰이 공표하지는 않았지만 범인이 뭔가 표시를 남겨 놓았다거나."

"'대외비 정보'로 경찰도 숨기고 있다는 건가."

"회사에서 해고당한 사람일지도 몰라요. 회사에서 잘린 원한을 풀려고 그러는 거죠. 왜, 칼로 찌른 뒤에도 목을 부러뜨렸다잖아요. 집착하는 거라고요."

"회사에서 해고당하는 건 목이 잘린다고 하지 목을 부러뜨린다고 하지는 않잖아."

"그건 그렇지만. 하지만 목이 부러진 피해자 중에는 옛날에 아이를 차로 친 사람도 있대요. 그건 그것대로 인과응보라고 해야 할까, 이상한 일이죠."

"당신은 언제 어디서 그런 정보를 조사한 거야?"

"당신이 자는 사이에 주간지를 사 왔어요. 마침 특집이 실렸길래."

신호등이 파란불로 바뀌었다. 음악이 흘렀다. 와카바야시 준이치는 걸음을 뗐다. 아내가 허둥지둥 따라왔다.

"여보, 분명 그거겠죠? 전문 살인 청부업자 같은 거겠죠?"

"당신은 그런 만화 같은 소리를 잘도 하네."

"하지만 그렇잖아요. 전국 사방 곳곳에서 사건이 터지는걸요.

돈으로 의뢰를 받아 사람 목을 부러뜨리는 거라고요, 옆집 총각이."

"단정 짓지 마."

"어제 텔레비전에 나온 범인의 특징, 딱 맞아떨어지잖아요?"

그래, 그래. 대충 맞장구를 치면서도 와카바야시 준이치는 완전히 흘려듣지는 않았다. 옆집 총각이 사람 목을 부러뜨리는 범인? 옆집 사람이 살인범? 선뜻 믿을 수는 없지만 만약 그럴 가능성이 있다면 뭔가 손을 써야 했다. 불안이 가슴에 차오르기 시작했다. "방송국에 연락해 볼까?" 의식하기도 전에 말이 먼저 튀어나왔다.

은행에 도착해 현금자동지급기로 다가갔다. "잠깐 잡지 좀 보고 있을게요." 와카바야시 에미는 당연하다는 듯 그렇게 말하고 창구 쪽으로 걸어갔다. 비치된 잡지를 읽을 셈이리라. 태평한 건 그렇다 쳐도 어디까지나 자기중심적인 저 성격은 대체 뭘까. 와카바야시 준이치는 쓴웃음을 지었다.

예상보다 줄이 길었다. 평소에는 그리 혼잡하지 않은데 별일이다 싶어 앞을 보니 이유를 금방 알 수 있었다. 원래 두 대뿐인 기계 중 하나가 고장 났는지, 기술자로 보이는 남자가 한 손에 공구를 들고 기계의 문을 열고 있었다. 나머지 한 대 앞에는 아이와 함께 온 여자가 조작에 애를 먹고 있었다. 머리카락을 뒤로 질끈 묶은 왜소한 여자였다. 여러 곳에 송금하는 듯했는데 느린 이유는 그것만이 아니었다. 두 살인지 세 살인지 모르겠지만 아이가 일일이 "내가 할 거야, 내가 할 거야!" 하고 옆에서 손을 뻗어 단추를 누르려 하다 보니 끔찍할 정도로 시간이 걸리는 것이다.

줄을 선 손님들은 눈에 띄게 짜증 난 기색이었다.

와카바야시 준이치는 딱히 급한 일도 없었지만 그래도 불쾌했다.

"작작 좀 해!" 조금 지나자 앞쪽에서 남자의 고함 소리가 들렸다. "잠깐 해 보고 시간이 더 걸릴 것 같으면 뒤로 가서 다시 줄을 서! 애 하나 조용히 못 시켜?"

흠칫 놀라 쳐다보니 제일 앞에 있던 남자가 화를 내고 있었다.

"정말 죄송합니다. 곧 끝나요." 아이어머니가 고개를 숙였다. 이 작은 소동의 장본인이라고도 할 수 있는 아이는 옆에서 상황을 이해하지 못하는지 뒤를 돌아보며 멋쩍게 웃고 있었다.

결국 그래 놓고도 아이어머니의 용건은 바로 끝나지 않았고, 고함 소리에 마음이 급해져서 허둥거렸는지 괜히 시간만 더 잡아먹었다.

기계 앞을 떠날 때 아이어머니는 고함을 지른 남자를 돌아보며 고개를 숙였다. 그렇게까지 사과할 일은 아니라고 생각했는데, 그녀의 입가에 희미하게나마 미소가 감돌고 있는 것처럼 보였다. 어째서 웃는지 알 수 없었다.

와카바야시 준이치는 줄에서 빠져나와 아내 곁으로 갔다. "여긴 줄이 너무 길어. 다른 곳에서 찾자." "어머, 그래요?" 아내가 읽던 잡지를 덮고 일어섰다.

은행 출구로 걸어가면서 와카바야시 준이치는 방금 현금자동지급기 앞에서 있었던 일을 이야기했다. "분위기가 험악해서 줄서 있기 싫었어" 하고 솔직하게 말했다.

하지만 이유는 그게 다가 아니었다.

"그래요?" 태평하게 대답하면서 아내는 현금자동지급기 쪽을 쳐다보았다. 방금 전 적당히 좀 하라고 화를 냈던 남자가 기계에 통장을 넣는 참이었다.

"어머나." 아내가 외쳤다.

"맞아."

방금 전 고함을 지르며 욕설을 퍼부은 남자는 그들이 아는 사람이었다. 덩치가 크고 머리카락이 짧은 남자, 즉 이웃 아파트에 사는 바로 그, 목 부러뜨리는 남자와 닮은 사내였던 것이다.

"역시 위험한 사람이네요." 아내는 어찌 된 영문인지 눈을 빛내고 있었다. "평범한 사람이 아니에요."

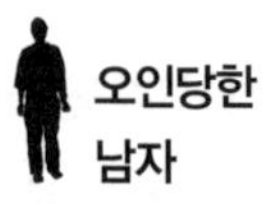

오인당한 남자

오가사와라 미노루는 어젯밤에 대역을 맡았던 일을 생각하며 고개를 갸웃거렸다. 지하 바에서 누군지도 모르는 오이처럼 생긴 남자를 마주한 것은 10분 남짓한 짧은 시간으로, 상대는 몇 마디만 나누고 바람처럼 사라졌다.

가게에서 나가자 "잘했어?" 하고 처음에 말을 걸어왔던 통통한 남자가 그를 불러 세우더니 다른 곳에 있는 커다란 프랜차이즈 선술집으로 데려갔다.

"의심은 안 샀어?"

"아마도." 자기 정체가 탄로 났는지 안 났는지는 알 수 없었다. 그걸 염려할 여유도 없었다.

"고마워. 덕분에 살았어." 남자는 테이블 위의 맥주잔을 들고 술을 벌컥벌컥 들이켰다. "너, 정말 많이 닮았어."

"오야부 씨라고 했나요? 어떤 사람입니까?"

"어?" 남자는 맥주잔을 내려놓더니 퍼뜩 정신이 든 듯 진지한 표정으로 "너, 오늘 일은 아무한테도 말하지 마" 하고 눈썹을 찌푸렸다.

"아, 예."

"다른 사람한테 말하면 가만두지 않을 테다. 난 주소도 다 알아."

"당신이 시키는 대로 한 것뿐이잖아요."

"뭐, 도움을 받은 건 사실이야. 네가 오늘 일을 맡아 주지 않았다면 내가 위험했어. 상대는 오야부가 나타나지 않으면 일 얘기는 백지로 돌리겠다고 했거든. 오야부는 올 생각을 않지, 어쩌면 좋을지 몰랐다니까. 애초에 그놈들이 너무 성급한 거야.

프로에게는 프로의 준비가 있으니 그냥 맡겨 놓으면 되는데. 어쨌든 네가 이 일을 누구에게 말한다면."

"말 안 합니다. 아무 일 없이 평화롭게 살고 싶을 뿐이니까요."

"오야부하고 똑같이 생겼는데 사람은 영 딴판이네. 평화롭게 살고 싶다니, 어디 사는 약골이야? 덩치는 산만 해서는." "죄송합니다." "사과할 일 아니야." 남자는 지나가던 점원에게 맥주를 추가로 주문했다. "그래서 너, 여기에서만 하는 말인데 방금 전 그게 뭐였는지 눈치챘어? 오야부가 하는 일이 뭔지."

"아, 아뇨, 모르겠는데요."

"그런 말 말고, 조금은 눈치챘지?" 술기운 때문인지 남자는 얼굴을 붉히며 기분 좋게 떠들었다.

"아뇨, 모르겠습니다. 전 머리가 별로 좋지 않아서."

"어림짐작이라도 괜찮아. 혹시 그거 아닐까 싶은 건 있지?"

하아. 오가사와라 미노루는 한숨을 쉬었다. "굳이 말한다면."

"굳이 말해 봐."

"뭔가 위험한 의뢰인가 싶긴 했습니다."

응응, 남자는 웃으며 고개를 끄덕였다.

"살인이라거나." 분위기에 휩쓸린 건 아니지만 여기까지 왔으니, 하고 오가사와라 미노루는 툭 던져 보았다. 그러자 남자가 눈을 부릅뜨며 술이 싹 깬 표정으로 "너, 쓸데없이 넘겨짚으면 이 자리에서 죽여 버린다" 하고 젓가락을 불쑥 디밀었다.

그쪽이 말하라면서요, 하고 항의하지도 못하고 오가사와라 미노루는 겁에 질려 벌벌 떨었다. 죄송합니다, 하고 몇 번이나 사과했다.

"너, 어릴 때 왕따였지?" 남자는 풋콩 껍질을 짓이기며 "아, 젠장. 속이 비었네" 하고 투덜거렸다. "덩치는 크지만 그렇게 빌빌거리는 걸 보니 왕따 당하기 좋은 성격인 것 같은데."

"뭐," 오가사와라 미노루는 귀가 화끈거렸다. "그런 셈이죠."

"그렇지? 난 괴롭히는 쪽이었으니 잘 알아. 응. 너 같은 녀석을 보면 뭔가 막 치밀어 오르거든. 괴롭히는 보람이 있다고 할까."

오가사와라 미노루는 그 말투에 화가 나 고개를 번쩍 들었다. 무섭기도 했지만 자신의 소중한 부분을 구둣발로 짓밟힌 것처럼 분하기도 했다.

"화내지 마. 잘못했어." 남자는 곤드레만드레까지는 아니지만 술에 취했다. "내가 널 괴롭힌 녀석들 대신 사과할게. 잘못했어. 악의는 없었어."

"악의가 없었다고 하면 답니까? 죽고 싶을 정도로 괴로웠단 말입니다." "그렇겠지." 남자는 응응, 하고 고개를 끄덕였다. "지금 생각하면 내가 잘못했어. 반성하고 있어."

그런 말로 용서할 수 있을 리는 없지만 왠지 반박할 마음도 들지 않았다.

"옛날에 본 영화에서," 남자가 혀가 꼬이기 직전에 입을 열었

다. "여자애가 살인 청부업자한테 이렇게 묻거든. '어른이 되어도 인생은 힘들어?'"✢

"저도 본 적 있어요." 유명세를 탄 영화로, 오가사와라 미노루도 드물게 극장에서 본 기억이 있다. 살인 청부업자는 그 소녀의 질문에 힘들어 어쩌고 하고 대답하지 않았던가?

"그거 질문할 상대를 잘못 골라도 한참 잘못 골랐어." 남자가 웃었다. "살인 청부업자한테 그런 질문을 해서 어쩌겠다는 거야? 살인 청부업자의 인생은 당연히 힘들지. 안 그래?"

"그럴지도 모르겠네요." 확실히 질문할 상대를 잘못 골랐다.

"내 입장에서 보면 어렸을 때보다 지금이 훨씬 자유로워. 인생은 어릴 때가 힘들지. 지금도 짜증 나는 일은 많지만, 학교에 가서 그렇게 좁은 곳에서 괴롭힘 당했던 시절에 비하면."

"괴롭힘 당했던 건 전데요."

"알았어. 어쨌든 어렸을 때 참아야 할 일이 더 많았어."

"그럴지도 모르죠."

남자는 푹 엎드려서 잠들었다.

그리고 지금, 오가사와라 미노루는 지하철을 타고 차량 내부에 붙은 광고를 보고 있다. 결국 돈은 못 받았다. 대역을 맡아 주면 돈을 줄 수도 있다는 말을 들은 기억이 있는데, 선술집 술값을 내 준 게 다였다. 물론 그것만으로도 충분하다고 할 수 있을

✢ 뤼크 베송 감독의 1994년 작 〈레옹〉에서 마틸다가 레옹에게 한 말.

지 모른다. 어쨌든 어디로 보나 위험한 일에 휩쓸렸으니 무사한 것만으로도 천만다행이다. 아니, 이런 사고방식이 스스로를 몰아세우는 것 아닐까?

"이 일에는 더 이상 관여하지 않는 게 좋을 텐데." 오가사와라 미노루는 스스로에게 그렇게 말해 보았다. 그런데 어째서 이렇게 쓸데없는 짓을 하려는 걸까? 이유는 스스로도 알 수 없었다. 달리 할 일이 없다는 것도 하나의 이유 같았고, 자신이 어떤 일에 휘말렸는지 진실을 알고 싶은 마음도 있었다. 무엇보다 '되돌릴 수 없는 일이 일어난 것 아닐까?'라는 공포가 강했던 것도 사실이다.

자기 때문에 누군가가 끔찍한 꼴을 당하는 일만큼은 피하고 싶었다.

술집에서 이야기할 때, '오야부의 매니저'라는 남자는 "오야부 녀석은 아마 일을 내팽개치고 분명 어디서 돈이 안 되는 일을 하고 있을 거야"라고 한탄했다.

"돈이 안 되는 일요?"

"가끔 지병이 튀어나와."

"지병?"

"누군가에게 도움이 되고 싶은 병이랄까."

"그게 뭡니까?"

"목을 부러뜨려 사람 죽이는 일을 하니까 그런 것 아닐까? 그 녀석은 이따금 사람들에게 친절을 베풀어 균형을 유지하고 싶은 거지." 그는 그렇게 말하고 오야부라는 남자가 어떻게 노인을 돕는지 등등을 떠들기 시작했다.

그 독특한, 재주가 좋은 건지 서툰 건지, 효과적인 건지 역효과를 부르는 건지 모를 도움에 오가사와라 미노루는 감탄했다. 그런 방법이 있구나. 한편으로 '목을 부러뜨려 사람을 죽인다'는 말이 마음에 걸렸다. 확인하기도 무서워 아마도 '목이 안 돌아간다'거나 '뼈 빠지게 고생한다'는 표현처럼 일종의 비유라고 믿기로 했다.

"어이, 너, 오야부가 무슨 일을 하는지 눈치챈 것 아니야?" "전혀 모르겠습니다." "하지만 어림짐작이라는 게 있잖아." "그만 좀 봐주세요."

"오야부 녀석, 또 이사한 건 아니겠지." 남자는 중얼거렸다. "기분 전환인지, 안전 때문인지 늘 이사를 다닌다니까. 사고방식은 현실적인 주제에 갑자기 '시공간 왜곡'이 어쩌고저쩌고 SF 같은 소리를 하질 않나, 어디까지 진심인지 정말 모를 남자야."

"그게 무슨 소립니까?"

"영문을 모르겠지?" 남자는 그렇게 말하더니 맥주를 비우고 목소리를 낮추었다.

"하지만."

"뭡니까?"

"이따금, 좋은 표정으로 웃어. 아이처럼."

하아. 달리 할 말이 없었다.

지하철을 타고 찾아간 그 집은 평범한 단독주택이었다. 멋대로 호화로운 대저택을 상상했던 오가사와라 미노루는 실망스러웠다. 살인 청부업자의 표적이 될 만한 사람은 모든 이에게 미움 받는 악당으로, 얄미울 정도로 호화로운 저택에 사는 부자일 줄 알았다.

인터폰에 손을 뻗었지만 단추를 누를 용기는 없었다. 여기까지 와서 너무 소심한 것 같았지만 대체 무슨 말을 하면 좋을지 스스로도 몰랐다. '살인 청부업자가 당신을 노릴지도 모릅니다'라고 말해야 할까? 아니면 '저하고 닮은 사람이 당신을 살해하러 올지도 모르니 조심하는 게 좋을 겁니다'라고 설명해야 할까?

뒤에서 누가 "이보쇼" 하고 그를 불렀다. 고개를 돌리니 문 앞에서 한 남자가 개를 데리고 있었다.

바로 어젯밤, 바에서 사진으로 본 남자였다. 키는 작지만 풍채가 좋고 각진 얼굴에 굵은 눈썹, 납작코. 촌스러운 쥐색 운동복을 위아래 세트로 입었다. 개는 자그마한 불도그였다.

"우리 집에 무슨 볼일 있소?" 그는 관록 있는 목소리로 말했다. 개도 그 불룩한 눈으로 이쪽을 살피고 있다.

심장이 빠르게 요동쳤다. 다리가 떨린다.

"어이." 남자 쪽도 약간 두려워하는 기색이었다.

오가사와라 미노루의 체격과 침묵에 위압감을 느꼈는지도 모른다. "아뇨." 그렇게 부정하려 했지만 중간에 말투를 바꾸었다.

"아니." 거친 말을 선택하기로 했다. 둔갑하는 거다. 오야부란 남자는 만나 보지 못했지만 분명 박력 있는 터프한 남자일 것이다. 나는 그로 오인당할 정도로 닮았으니, 그 흉내를 내면 된다. 계산이나 전략이라기보다는 즉흥적인 판단이었다.

"당신한테 중요한 사실을 알려 주러 왔다." 목소리를 쥐어짜냈다. 말끝이 떨리면 말짱 도루묵이니 배에 힘을 주었다. 그에게 돈을 갚으라고 닦달하는 수상한 사채 회사 남자들을 떠올리며 참고했다. 그런 위압감을 내면 되는 것이다.

"중요한 사실?" 남자는 미심쩍은 목소리로 되물었지만 그 말의 뒷면에 경계심과 불안이 묻어났다.

"누가 당신 목숨을 노리고 있다. 짐작 가는 바가 있나?"

남자의 각진 얼굴이 창백하게 질렸다. 짐작 가는 이유가 있는 걸까, 아니면 단순히 '누가 목숨을 노린다'는 평화롭지 않은 말에 반응한 걸까.

"조만간 당신 목숨을 노리고 접근하는 사람이 있을 거다." "그게 누구야?" "그건 당신이 더 잘 알 텐데." 속을 떠보았다. "어쨌든 의뢰를 받아 당신을 처리하는 건," 오가사와라 미노루는 그렇게 이야기하면서 필사적으로 머리를 굴려 과연 그런 말을 해도 될까 망설인 끝에 입을 열었다.

"나하고 비슷하게 생긴 남자다."

남자는 창백한 얼굴을 한 채 짤막한 집게손가락으로 허공을 휘저었다. 천천히 오가사와라 미노루의 얼굴을 가리키며 부들

부들 경련하더니 입술을 떨었다. 불도그도 오가사와라 미노루를 올려다보고 있었다.

"조심하는 게 좋을 거야." 마지막으로 뻔한 말을 던져 보았다. 말꼬리가 올라간 한심한 목소리였지만 등 뒤의 남자에게도 과연 들렸을지는 불확실했다.

괴롭힘 당하는 소년

밤늦게까지 잠을 못 이루었지만 학교에서는 졸음을 느낄 새도 없이 내내 눈치만 보고 있었다. 물론 수업 시간, 연립방정식이니 기후도니 하는 이야기를 들을 때는 야마자키 히사시 패거리에게 협박당했던 것이 머나먼 일처럼 느껴졌다.

하지만 쉬는 시간에 화장실에 갈 때, 복도에서 야마자키 히사시가 "오늘인 거 알지?" 하고 위협하자 나카지마 쇼는 자기 처지를 떠올리고 마음이 무거워졌다.

"10만 엔 가져왔어?" 그가 나카지마 쇼의 실내화를 짓밟았다. 발등이 아팠지만 뿌리칠 수도 없다.

응, 하고 나카지마 쇼는 고개를 끄덕였다.

"그래? 도망가면 죽어." 그렇게 말하는 그는 안도하는 눈치였다. 야마자키 히사시도 다른 사람에게 협박당해 곤란한 것이리라.

방과 후 가방을 들고 교실을 나갈 때, 나카지마 쇼는 이튿날 자신이 어떤 마음으로 이곳에 등교할지 상상해 보았다.

이제 곧 그는 야마자키 히사시와 그 패거리, 그들의 선배들에게 에워싸일 것이다. 돈을 내놓으라고 하겠지. 그때 어떻게 해야 할까?

지갑에는 5천 엔도 없었다. 그 돈이라도 주고 무릎 꿇고 용서를 빌든가, 그도 아니면 몰래 가져온 어머니의 현금카드를 넘겨야 할까? 그걸로 그들이 봐줄 것 같지는 않았다. 아마도 그들은 '그 카드로 당장 돈을 뽑아 와'라고 하겠지. 그 말을 따라야 하나? 그런 짓을 하면 분명 또 돈을 요구할 것이다. 싸워야 하나? 설마.

"잠깐, 나카지마." 계단을 내려가 출입구로 다가갔을 때, 담임교사 사토가 그를 불렀다.

"예?" 뒤를 돌아본다.

사토는 체육 담당으로 늘 운동복 차림이다. "너 말이야, 요즘 반에서 왕따 얘기 못 들었니?"

어, 하고 소리를 지를 뻔했다. "왕따요?"

"아니, 어쩐지 그런 소문이 들려와서."

"하아." 나카지마 쇼는 고개는 돌리지 않고 주위에 귀를 기울였다. 어디에서 누가 이쪽을 관찰하고 있지나 않을까 두려웠기 때문이다.

"그런 얘기 못 들어 봤어?"

제가 왕따예요, 하는 말이 목구멍까지 튀어나왔다. 여기서 전부 털어놓고 '저한테 돈을 가져오래요' 하고 토해 내면 좋을 텐데, 그의 목소리가 가슴을 찌른다. 하지만 말할 수 없다. 사토는 아마 나카지마 쇼가 왕따를 당하는 본인인 줄 꿈에도 모를 것이다. 그러니 이렇게 속 편하게 물었겠지. 둔감하고 부주의한 행동으로 보건대 이 교사에게 매달려 봤자 나쁜 결과를 초래할 것은 불을 보듯 뻔했다.

"몰라요."

"그러냐." 사토는 태평하게 말했다. "뭐든 알게 되면 말해 다오." 지금 내 반응을 보고 눈치채란 말이야. 나카지마 쇼는 큰 소리로 외치고 싶어 견딜 수 없었다.

망한 편의점이 있는 곳에 도저히 다가갈 수 없었다. 똑바로 가면 금방 도착할 곳인데도 평소에는 꺾지 않는 모퉁이에서 샛길로 빠져 멀리 돌아갔다.

약속을 어기고 집에 가 버리면 야마자키 히사시는 화를 내겠지.

약속? 나카지마 쇼는 지나가는 사람들 아무에게나 달려들어 따지고 싶었다. 그건 약속이 아니야. 일방적인 협박이야.

머릿속으로 끙끙 고민하는 사이 또 평소에 다니던 하굣길로 들어섰다. 걸음을 멈추었다. 오른편 앞쪽에 편의점 주차장이 있었다.

걸음이 멎었다.

주차장 구석에 무리 지은 남자들이 있었다. 교복을 입은 사람이 대부분이었지만 요란한 옷을 입고 머리카락을 빨간색이나 노란색으로 염색한 사람도 몇 있었다. 전부 열 명쯤 될까. 서서 담배를 피우거나, 바닥에 웅크리고 앉아 둥그런 원을 이루고 있다. 야마자키 히사시도 있었다. 그 집단에서는 유난히 앳된 얼굴이었다.

3학년 선배가 고분고분한 야마자키 히사시의 어깨에 팔을 두르고 히죽거리고 있었다.

시계를 보니 오라고 했던 시간까지 아직 15분 정도 남았다. 꽤 일찌감치 와서 기다린다는 사실에 놀랐다. 나카지마 쇼가 그곳을 먼저 지나가지 못하도록 하려는 건지, 혹은 여흥을 기다리는 것도 일종의 여흥이라고 생각하는 건지.

나카지마 쇼는 두 손으로 얼굴을 가리고 그 자리에 풀썩 주저앉고 싶었다. 슬금슬금 길에서 뒤로 물러났다. 차라리 차가 달려오면 확 뛰어들어 전부 없었던 일처럼 지워 버리고 싶었다.

셀프 빨래방이 있었다. 생각해 보기도 전에 안으로 뛰어들었다.

안쪽으로 좁고 깊게 뻗은, 길쭉한 건물이었다. 들어가서 오른편에 세탁기가 세 대, 건조기가 두 대 있고, 세제 판매기가 입구 쪽에 있다. 사용법이 벽에 붙어 있었다. 왼편에 긴 의자가 있다.

쭈글쭈글한 잡지가 쌓여 있다. 셀프 빨래방에서 움직이고 있는 단 한 대의 건조기가 나직하게 울고 있었다.

물론 덩치 큰 남자의 모습은 없었다. 봐, 그럴 줄 알았어. 나카지마 쇼는 생각했다. 그냥 놀림 당한 것이다.

긴 의자는 가죽이 찢어져 여기저기에 스펀지가 보였다. 털썩 걸터앉았다.

눈앞에서 돌아가는 건조기를 가만히 바라보았다. 탁탁 소리가 들리기에 뭔가 했더니 무릎에 힘이 들어가지 않아 다리가 떨리는 소리였다. 건조기 덮개가 유리라 얼굴이 비쳤다. 울상을 지은 궁상스러운 얼굴이다. 이건 괴롭혀 주고 싶은 남자다. 자학적인 생각을 했다.

시계를 보았다. 어머니가 사 준 시계라는 생각이 들자 서글퍼졌다. 자기 아이가 이런 꼴을 당하고 있는 줄 안다면 어머니는 무슨 생각을 할까? 자신이 당한 굴욕이 남에게도 퍼질지 모른다고 생각하자 견딜 수 없었다.

누가 바깥을 지날 때마다 그쪽을 쳐다보았다.

인정하기는 싫었지만 마음속 어딘가에서 덩치 큰 남자가 도와주러 오기를 기다리고 있었다. 그가 약속대로 구해 주지 않을까.

"옛날, 어렸을 때 말이야, 캐치볼 하자고 약속했던 어른이 그 약속을 어긴 적이 있었거든. 그건 정말 충격이었어." 그는 그렇게 말했지만 나야말로 지금 그 '충격'을 맛보고 있나고 따지고 싶었다.

몇 분 뒤, 문이 열렸지만 들어온 사람은 낯선 여성이었다. 미심쩍은 눈빛으로 나카지마 쇼를 보더니 아직 건조기가 돌아가고 있는 것을 확인하고 바로 나갔다. 속옷을 훔치는 중학생으로 오해라도 한 걸까? 나카지마 쇼는 아무도 없는 그곳에서 얼굴을 붉혔다.

바로 그때, 문밖을 지나는 커다란 그림자가 보였다. 왼쪽에서 오른쪽으로 지나간다. 황급히 일어선 나카지마 쇼는 빨래방에서 뛰쳐나갔다.

"아."

다급한 소리를 내며 멀어져 가는 남자를 쫓아갔다. 비틀거리다 넘어질 뻔했다. 손으로 짚으려 했지만 그마저도 실패해 결국 보도에 턱을 찧었다. 끙끙거렸다. 교복 무릎이 조금 찢어졌다.

나카지마 쇼는 그 남자를 올려다보며 몸을 일으켰다.

"저, 저기."

입이 잘 안 떨어졌지만 간신히 말했다.

"와 줬구나? 와 준 거지?"

"왔다니?" 그렇게 말하는 남자의 윤곽이 한순간 일그러졌다. 그의 등 뒤로 보이는 태양 빛이 눈부셨기 때문인지도 모른다.

"지난주에 그랬잖아. 와 주겠다고."

남자는 나카지마 쇼를 굽어보더니 눈썹을 찌푸렸다.

나카지마 쇼는 차마 도와 달라는 말은 못 하고 "나, 이제 친구한테" 하고 애매한 소리를 했다. 목소리가 갈라져 목구멍에 막막한 덩어리가 치밀었다.

"괴롭힘이라도 당하고 있어?" 남자의 말투에는 동정이 깃들어 있었다.

"지난주에 말했잖아." 지난주, 직접 봤잖아.

남자는 영문을 모르겠다는 표정이었다. 눈썹을 힘없이 늘어뜨려 사람 좋아 보이는 표정을 짓더니 "아마 그건 내가 아닐 거야"라고 중얼거렸다. "그게 무슨 소리야?"

"나하고 비슷하게 생긴, 다른 사람이야."

나카지마 쇼는 할 말을 잃었다. 그런 최악의 변명이 어디 있담! 기가 막힐 정도였다.

"내가 아니야. 난 널 지금 처음 봤어."

나카지마 쇼는 멀거니 서서 중얼거렸다. "이제……" 이제 됐다고 하고 싶었지만 말이 끝까지 나오지 않았다. 아직 해는 저물지 않았는데, 그의 주위가 어두워졌다. 눈을 뜨고 있는데도 시야가 어둠 속에 묻혀 가는 것 같다.

"그건 날 닮은 사람이야." 남자는 그런 말을 남기고 가던 길로 향했다. 마치 위험으로부터 재빨리 피하는 것처럼.

그런 그와 엇갈리듯 맞은편에서 교복 차림의 남자가 달려왔다. 야마자키 히사시였다. "나카지마 이 자식, 뭐 하는 거야! 얼른 와!" 필사적인 형상으로 외쳤다.

의심하는 부부

아내 심부름으로 100엔 균일가 매장에 잡다한 물건들을 사러 갔다가 집에 돌아온 와카바야시 준이치는 근처에 서 있는 순찰차를 보고 흠칫 놀랐다. 마침 현관에서 나오는 아내와 맞닥뜨렸다. "어머, 여보."

"지금 어머 여보 같은 소리 할 때야? 당신이 불렀어? 순찰차가 와 있던데."

고개를 뺀어 순찰차에서 번쩍이는 붉은 경광등을 본 아내가 "정말이네"라고 말했다. 시치미를 떼는 눈치도 아니다. "무슨 일이 있었나? 한번 보고 올까요?"

"그만둬!" 와카바야시 준이치는 스스로도 깜짝 놀랄 정도로 큰 소리를 내고 말았다. 누가 봤을까 봐 걱정스러워 황급히 고개를 가로저었다.

그러자 와카바야시 에미도 야단맞은 초등학생처럼 시무룩해지더니 미안해요, 하고 속삭였다.

"정말 무슨 일이 있으면 무섭잖아."

둘이서 집으로 돌아온 뒤에 와카바야시 준이치는 신문을 보았다. 사회면을 펼치자 도내에서 발생한 살인 사건이 두 건 실려 있었다. 돋보기를 쓰고 찬찬히 읽어 보니 하나는 아버지가 아들을 살해했다는 안타까운 소식이었고, 또 하나는 항구 근처 창고 옆에서 어떤 프로 기사棋士가 살해당했다는 안타까운 소식이었다. 무명에 가까웠던 그 기사는 꽤 오래전에 살해당했다고 한다. 헤드라인은 큼직했다. 목뼈가 부러져 있었기 때문에 다른 사건과의 관련성이 강조되어 있었다.

앞치마로 손을 닦으며 다가온 아내가 잽싸게 기사를 발견했다. "어머, 이거 옆집 총각이 한 짓이에요?"

"당신 또 그런 소릴."

"뭐가 어때서요? 이 정도 자극은 있어야지." 아내가 영차, 하고 주저앉아 다리를 오므리며 말했다.

"자극?"

"이렇게 당신하고 둘이서 매일 똑같이 살면서, 오늘이 어제인지 어제가 오늘인지도 모르게 지내면 지루하잖아요."

"평화로우니 좋잖아."

"암요, 좋기야 하죠."

"당신 세상은 좁아."

"그야 그렇지만 나도 젊었을 땐 나름대로 낭만이 있었다고요."

"대체 어떤 낭만인데?"

"〈그대 이름은〉✢ 같은 거요."

"어쨌든 옆집 남자하고는 얽히지 마."

✢ 1952년 일본에서 방송되어 큰 인기를 끌었던 라디오 드라마로, 제2차 세계대전 도쿄 대공습 당시 우연히 함께 피신하게 된 남녀가 훗날 재회를 약속하지만 계속 엇갈리게 된다는 이야기.

그렇게 말한 와카바야시 준이치 스스로가 옆집 남자와 얽히게 된 것은 그 이튿날이었다.

구청 문화센터에 가는 아내를 역 근처 버스 터미널까지 배웅하고 혼자 남았을 때였다. 문득 역 맞은편 전자 상가나 구경할까 싶어 횡단보도에서 신호를 기다리고 있는데, 역구내로 이어지는 계단을 올라가는 남자의 모습이 보였다.

이웃 아파트에 사는 그 남자였다. 재킷 주머니에 손을 넣고 계단을 성큼성큼 올라간다.

마침 그때 신호가 파란불로 바뀐 탓도 있었다. 와카바야시 준이치는 순간적으로 뒤를 쫓아 역으로 들어갔다. 구내는 그리 넓지 않았다. 동서 양쪽에 계단이 있고 한가운데에 개찰구가 있을 뿐이었다.

평일이기는 해도 사람들 왕래가 많아, 아무리 덩치가 크다고 해도 그 청년을 찾기는 어려울 것이라 예상했다.

한참 두리번거렸지만 역시 찾지 못하고 포기했다. 안도하는 구석도 있었다. 얌전히 역 맞은편으로 길을 건너가려고 걸음을 떼려는데 그때 청년을 발견했다.

개찰구 맞은편에 발매기가 있고 사람들이 줄을 서 있었다. 거기에서 "어이, 뭉그적거리지 마!" 하는 박력 있는 목소리가 들려왔다. 역 안이 얼어붙은 것처럼 느껴졌다. 물론 그것은 한순간의 일이고 역구내는 금세 다시 소란스러워졌다. 지나가는 사람들의 발소리와 대화, 안내 방송이 한데 뒤섞여 북적거렸다.

와카바야시 준이치는 발매기 옆으로 다가가 고함을 지른 남자를 눈여겨보았다. 틀림없이 그 남자였다. 언제 줄을 섰는지, 그는 줄 맨 앞에서 발매기로 표를 사려는 노파에게 화를 내고 있었다. 지갑을 꺼내 든 왜소한 노파는 터치패널 조작 화면에 애를 먹는 모양이었다. 남자는 아직도 노파에게 구시렁거리고 있었다.

발매기 조작은 꽤 복잡해서 술술 다루기란 쉽지 않다. 그걸 저렇게 타박하다니 변변치 못한 놈이다. 와카바야시 준이치는 불쾌했다. 며칠 전 은행 현금자동지급기에서도 그랬지만, 조금도 못 기다리고 짜증을 부리는 성격이리라. 참을성도 없고, 난폭하고, 사납다. 텔레비전에서 본 범죄자가 맞는지, 목을 부러뜨리는 프로가 맞는지는 확실히 모르겠지만 위험하고 자기중심적인 남자라는 사실은 틀림없다고 확신했다.

그러는 사이 노파가 고개를 조아리며 그 자리에서 떠났다. 남자는 발매기 앞에 서더니 언제 표를 샀는지 성큼성큼 그곳을 떠났다.

와카바야시 준이치는 또 남자의 뒤를 쫓기 시작했다. 미행할 생각은 없었지만 흥미가 당겼다. 남자가 개찰구를 통과했다. 와카바야시 준이치는 주머니에서 교통카드를 꺼내 뒤를 따라갔다. 남자는 야마노테선 플랫폼으로 이어지는 계단으로 모습을 감추었다.

황급히 속도를 높이는데 눈앞에 사람 그림자가 불쑥 튀어나와 비명을 지를 뻔했다. "무슨 볼일이라도 있습니까?" 올려다봐야 할 정도로 덩치가 큰 청년이 서 있었다. 이웃 아파트에 사는 남자다.

오인당한 남자

어째서 알지도 못하는 남자에게 충고를 하러 갔을까? 오가사와라 미노루는 그렇게 생각하는 한편으로 잘한 짓이라고 스스로를 타일렀다.

불도그를 데리고 있던 그 남자는 짐작 가는 바가 있는 표정이었다. 누군가에게 원한을 사서 목숨을 위협받고 있다는 사실을 눈치채고 있었는지도 모른다. 그렇다면 그에 합당한 대응을 할 가능성이 있었다. 자신을 원망하는 누군가에게 전화를 걸어 사죄를 하고, 화해를 꾀할지도 모른다. 혹은 집에서 한 발짝도 나가지 않을 수도 있다.

즉 자기가 한 행동에 의미는 있었던 것이다. 그렇게 믿고 싶었다.

역으로 향하는 길을 걸어가며 휴대전화 부재중 메시지를 들었다. 예상대로 재생된 메시지에서는 금융회사 남자의 목소리가 흘러나왔다. 우울해서 눈앞이 캄캄해졌다. 바로 삭제하려 했지만 평소와는 내용이 달라서 단추에서 손을 뗐다. 귀를 기울였다. 한 번 더 재생시켰다.

"어이, 오가사와라, 너 이 새끼, 왜 무시하는 거야? 말을 걸었는데 무시하고 가 버리다니. 게다가 빚이 있는 주제에 뭘 태평하게 택시를 타? 네 처지를 알고는 있냐? 당장 가르쳐 주마. 나도 택시를 타고 쫓아가고 있어. 알겠냐? 네놈 처지를 알려 주려고, 우리가 일부러 택시를 타고 쫓아가고 있단 말이다. 고마운 줄 알아!"

평소 연락해 오는 거친 사내들 중 하나였다. 피어스를 잔뜩 단 귀에, 희번덕거리는 눈, 홀쭉한 뺨, 어디로 보나 약물중독자 같은 남자의 목소리다.

택시? 무슨 소리인지 모르겠다. 메시지 녹음 시간을 확인하니 어젯밤이었다. 마침 그 '오야부의 매니저'라는 남자를 만나기 직전이었다. 택시는 타고 있지 않았다. 환각이라도 본 것 아닐까? 역시 그들은 약에 취해 있는 것이다.

긴 횡단보도에서 젊은 여성과 스쳐 지나갔다. 아장아장 걷는 여자아이를 데리고 가는 행복한 얼굴의 그녀와 자신의 인생이 너무나 달라 어지러웠다.

메시지가 하나 더 남아 있는 걸 보고 휴대전화 단추를 눌러 다시 귀에 댔다.

"여, 안녕." 낯선 목소리다. 편하게 말하고 있지만 어딘가 긴장한 목소리였다. "너냐? 날 닮은 남자라는 게."

오가사와라 미노루는 걸음을 멈추었다. 파란불이 깜빡기리기 시작했다.

그렇구나.

오가사와라 미노루는 어젯밤, 오야부라는 남자로 오인받았다. 닮았다는 이유 하나만으로 수상한 대역을 강요당했다.

그렇다면 그 반대의 경우도 있을 수 있는 것이다.

사람들이 오야부를 오가사와라 미노루로 오인할 가능성이다.

즉 빚쟁이들이 발견한 것은 오야부였던 게 아닐까? 무시하고 자시고, 애초에 사람을 착각했던 것이다.

메시지의 목소리는 계속 이어졌다. "날 닮은 너는 빚이 있는 선가? 이것도 하나의 인연이니 내가 해결해 줬다."

메시지는 거기서 뚝 끊겼다. 휴대전화 안에 그 남자가 들어 있다고 상상한 건 아니지만 무심코 휴대전화를 두드리고 말았다. 걸려 온 전화번호는 둘 다 같은 번호였다.

오야부는 그 금융회사 사원의 휴대전화를 썼던 걸까?

경적 소리를 듣고 오가사와라 미노루는 자신이 횡단보도에서 멀거니 서 있었던 것을 깨달았다. 빨간불로 바뀌었는지, 출발한 차들이 비키라는 듯 쏘아 내는 날카로운 경적 소리가 그를 덮쳤다.

분양 맨션 엘리베이터에 도착한 것은 점심시간이 훨씬 지난 후였다.

싸구려 티가 나는 갈색 외벽은 허름했고, 1층 현관의 우편함도 테이프로 막아 둔 곳이 많았다. 원래는 주택용 맨션이었을지도 모르지만 회사 사무소 이름이나 간판도 눈에 띄었다.

엘리베이터를 타고 3층으로 올라가 어두침침한 통로를 지났다. 가장자리 틈새에 고인 더러운 물속을 작은 벌레가 기어 다니고 있었다. 천장 형광등은 여기저기 깨져 있고 거미집도 잔뜩 보였다.

돈을 빌린 후로 상환 때문에 찾아오는 장소였다. 307호 명패가 붙은 문 앞에 섰다. 금융회사 이름이 스티커로 자그맣게 붙어 있었다.

편의상 붙였다고밖에 볼 수 없는 추상적인 회사 이름이었다.

인터폰을 눌렀다. 뭐하러 왔어, 하고 사원이 노려볼까 봐 두려웠지만 대답은 없었다. 평소 같으면 인터폰을 누르자마자 문이 벌컥 열리는데, 지금은 꿈쩍도 하지 않았다.

한심하게 떨리는 손으로 문손잡이를 잡았다. 손잡이를 비틀자 문이 열렸다. 잠겨 있지 않았다. 반사적으로 손을 떼 버렸다. 문이 도로 닫혔다. 다시 한 번, 천천히 현관문을 열었다.

고급스러운 가죽 구두가 널브러져 있고, 여성용 하이힐도 있었다.

"저, 실례합니다." 오가사와라 미노루는 그렇게 말해 보았다. 처음에는 웅얼거리듯이, 이어서 조금 더 크게, 마지막에는 각오를 다지고 제법 또렷한 목소리로 외쳤다.

쥐 죽은 듯 고요했지만 귀를 기울이자 어디선가 소리가 들렸다. 오가사와라 미노루는 구두를 벗고 안으로 들어갔다. 그러자 벽인지 기둥이 흔들렸는지 사람 관절에서 나는 듯한 소리가 울렸다.

복도를 지나 가장 넓은 방으로 똑바로 향했다. 그곳이 사무소로 쓰이는 공간이란 것을 알고 있다.

안에 들어간 순간, 위화감이 있었다. 몇 번 찾아갔던 방인데 어딘가 낯선 광경이었다. 갑자기 바뀐 인테리어에 당황하게 되는 감각과 비슷했다.

천천히 주위를 둘러보는데 눈높이가 바뀌었다. 천장이 쑥 올라가 대체 무슨 일인가 싶었는데, 그 자리에 주저앉았기 때문이었다. 빈혈을 일으켰는지 다리에 힘이 들어가지 않는다.

바닥에는 사람이 굴러다니고 있었다. 양복을 입은 남자 다섯 명과, 가슴이 푹 파인 옷을 입은 여자가 한 명, 모두 볼썽사납게 한방에서 엉켜 자듯 뒹굴고 있었다.

그들의 머리가 저마다 어색한 방향을 향하고 있어서 마네킹처럼 보였지만, 그것이 목이 부러졌기 때문임을 깨달았다.

다리에 힘이 들어가지 않는다. 카펫에 손을 뻗었지만 의미 없이 쥐었다 폈다 하는 게 고작이었다.

책상 위에 서류가 흩어져 있고, 컴퓨터도 카펫 위에 떨어져 있다.

실내를 둘러보고 오른편 벽을 돌아보다가 더 크게 놀랐다. 벽에 등을 기대고 주저앉은 남자가 있었던 것이다.

오가사와라 미노루는 꼴사납게 그 자리에 납작 뻗었다. 옆으로 굴러 몸을 숨기려 했다. 벽에 기댄 남자가 그에게 달려들까 봐 두려웠다.

잠시 후 오가사와라 미노루는 "오야부 씨?" 하고 중얼거렸다. 벽에 기댄 남자는 덩치가 크고 머리카락이 짧았다. 눈에 익은 외모였다. 자기를 닮았다는 사실을 깨닫기까지 시간이 걸렸다.

오야부 씨, 하고 다시 부르며 오가사와라 미노루는 바닥에 엎드렸다. 여전히 일어설 수는 없어 기어서 벽에 기댄 남자에게 다가갈 수밖에 없었다.

눈을 감고 고개를 떨군 그 남자는 숨을 쉬고 있지 않았다. 잠든 줄 착각할 정도로 평온한 얼굴로, 죽어 있었다. 조심스럽게 어깨를 찔러 보았다. 움직이지 않는다.

무슨 일이 있었던 거지?

오가사와라 미노루는 마비된 머리로 필사적으로 상상했다.

이 회사 사람이 택시를 탄 오야부를 따라간 것은 틀림없는 사실이다. 오가사와라 미노루를 협박하고 놀리며 혼쭐을 내 줄 생각이었는지도 모른다.

착각도 유분수다.

어떤 흐름으로 이곳까지 왔는지는 모르겠지만, 어쨌든 오야부는 전원 살해했다.

정원사가 쓸모없는 가지를 뚝뚝 잘라 내듯 목을 부러뜨린 것이다.

오야부 자신이 왜 죽었는지는 알 수 없었다. 혹시 등 쪽을 보면 핏자국이 있을지도 모른다. 어쩌면 심부전처럼 갑작스러운 병마가 오야부를 덮친 게 아닐까?

실내에 흐르는 피아노 소리를 알아차린 것은 그때였다. 아까부터 멀리서 멜로디가 들리긴 했지만 소리가 작아서 그의 정신이 스스로를 진정시키기 위해 흥얼거리는 것인 줄 알았다.

소리는 구석의 작은 스테레오에서 흘러나오고 있었다. CD가 반복 재생되고 있는지 피아노가 아름다운 물방울을 똑똑 떨어뜨리듯 울렸다. 근처에 놓인 케이스에는 남성 피아니스트가 인쇄되어 있었다.

그리고 오야부의 옆얼굴을 보니, 어쩐지 피아노에 귀를 기울이며 잠든 것 같기도 했다.

복도를 되돌아가 구두를 신었다. 거기에서 겨우 일어설 수 있었다. 현관 밖으로 나가 문을 닫고, 너무 혼란스러워 몽롱한 상태로 맨션을 뒤로했다.

뭘 해야 하는지, 어디로 가야 하는지도 모른 채 낯선 길을 계속 걸었다. 도중에 작은 카페에 들어가 늦은 점심을 먹었다. 생각하지 않으려 할수록 머리에는 목이 부러진 시체의 그림이 떠올랐지만, 의외로 구역질 날 정도로 기분 나쁘지는 않았다. 현실미가 없었기 때문이리라.

피로가 온몸에 퍼져 카운터 자리에 엎드려 잠들었다. 눈을 뜨자 저녁 무렵이었지만 주인은 화내지 않았다. 관대한 건지, 그의 체격에 겁을 먹은 건지는 알 수 없었다.

카페에서 나와 정처 없이 걷고 있을 때였다. 뒤에서 "아" 하는 목소리가 들렸다. 자신과는 상관없는 소리라고 생각해 처음에는 신경 쓰지 않았다가, 그래도 혹시나 싶어 몸을 돌리자 그를 향해 달려온 교복 차림의 소년이 눈앞에서 넘어졌다.

볼썽사납게 얼굴을 처박고 있다.

오가사와라 미노루는 어쩔 수 없이 돌아가서 소년을 도와주었다.

"와 줬구나? 와 준 거지?" 소년이 그렇게 말했다.

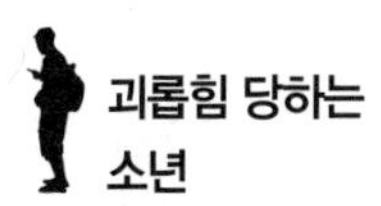

괴롭힘 당하는 소년

나카지마 쇼는 자포자기한 심정이었다. 눈앞에 선 야마자키와 그 선배들을 마주 보고 떨리는 다리로 서 있는 게 고작이었다. 이 녀석 벌벌 떨고 있네, 하고 누가 놀리는 소리가 아득히 멀리서 들려왔다.

시야가 좁다. 옆부터 뒤쪽까지는 캄캄했다.

"10만 엔 내놔." 야마자키 히사시 옆에 있던 비쩍 마른 선배가 실실 웃으며 말했다.

어이, 듣고 있어? 다른 남자가 나카지마 쇼의 가슴을 쿡 찔렀다. 몸이 쿵 밀려 휘청거렸다. 누군가가 웃었다. 또 가슴을 떠밀렸다. 뒤로 물러나다가 엉덩방아를 찧었다. 그 찰나에 구두가 날아갔다. 쉴 새 없이 발길질이 쏟아졌다. 걷어차였다기보다는 짓밟혔다.

그만해, 손으로 머리를 감쌌지만 발길질은 한참 쏟아졌다. 고개를 들자 야마자키 히사시가 가장자리에 부루퉁하게 서 있는 게 보였다.

그가 공격에 가담하지 않은 것이 유일한 구원으로 느껴졌다.

무섭다는 생각도 못 할 정도로 무서웠다. 일어나지도 못하고 웅크리고 있었다. 발끝으로 배를 걷어차여 숨도 쉴 수 없었다. 겨우 바닥에 두 손을 짚고 일어서려다가 그 손을 걷어차여 얼굴을 바닥에 찧었다. 자신의 존재가 번번이 부정당하는 굴욕을 느꼈다.

바닥에 얼굴을 처박은 상태로 틀었더니 어떤 사람이 보였다. 제법 떨어진 곳이었지만 그때 그 덩치 큰 남자가 인도에서 이쪽을 가만히 바라보고 있었다. "지켜보기만 할 거야." 지난주 남자가 했던 말을 떠올렸다. 정말 지켜보기만 하잖아? 떡 버티고 선 건지, 넋 놓고 선 건지 모를 모습으로, 정말 구경만 하고 있다. 바닥에서 아지랑이가 스멀스멀 피어오르는 듯한, 어딘가 실체 없는 모습처럼 보이기도 했다.

하지만 덕분에 조금 정신을 차렸다. 무섭기는 했지만 그들 세상의 바깥에 방관자가 있고, 자신의 공포가 남자가 서 있는 저 인도까지는 닿지 않는다고 생각하니 이상하게 마음이 놓였다.

돈을 주고 용서를 구하거나 어머니의 현금카드를 바치려던 생각은 사라졌다. 주차장 바닥에 굴러다니던 돌을 움켜쥐었다.

그 돌을 꽉 움켜쥐고 흩뿌리듯 집어 던졌다. 제일 앞에 있던 상급생의 얼굴에 맞았다. 아주 잠시, 그들의 움직임이 멈추었다. 나카지마 쇼는 일어나서 가방을 주워 들고 휘둘렀다. 얼굴을 가리고 있던 남자에게 맞았다.

"이 자식!" 다른 학교 교복을 입고 선글라스를 쓴 남자가 바로 덤벼들었지만 그에게 맞지는 않았다. 나카지마 쇼에게 다가오기 직전에 그 남자가 넘어졌기 때문이다. 그림처럼 바닥에 굴렀다.

야마자키 히사시가 다리를 내밀어 선글라스 남자의 발을 건 것이다. "너 무슨 짓이야?" 누군가가 야마자키 히사시를 보고 눈을 휘둥그레 떴다. 야마자키 히사시도 당황해서 어, 아니, 하고 어물쩍거리며 두 손을 휘휘 저었다.

그러자 그때, 허공을 가르는 바람 소리가 났다. 부웅 하는 소리는 마치 짐승이 나직하게 울부짖는 소리 같았다. 무슨 일인가 싶어 돌아보니 나카지마 쇼의 앞에서 긴 쇠막대기가 오락가락했다. 그 덩치 큰 남자가 들고 있었다.

남자는 잔뜩 긴장한 눈으로 콧구멍을 벌름거리며 이성을 잃은 사람처럼 쇠막대기를 휘둘렀다. 말도 없이 마구 휘두르고 있었다.

자포자기한 듯한 동작이었다.

그 쇠막대기가 금발 남자의 어깨에 부딪쳤다.

묵직한 소리와 함께 남자가 쓰러졌다. 덩치 큰 남자는 바로 그 금발의 머리를 걷어찼다. 가차 없었다.

나카지마 쇼는 얼이 빠졌지만 바로 상급생에게 달려들었다. 정신없이 팔을 휘둘렀다. 누가 옆에서 교복을 잡아당겼지만 개의치 않았다.

시야 끝에, 역시 무아지경으로 상급생과 치고받는 야마자키 히사시가 보였다.

부웅, 덩치 큰 남자가 휘두른 쇠막대기가 허공을 갈랐다.

나카지마 쇼는 상황을 파악할 수 없었지만 어쨌든 아등바등 몸을 움직이는 수밖에 없었다.

정신을 차리고 보니 바닥에 거북이처럼 웅크리고 있었다. 날뛰어 보기는 했지만 예상대로 중간부터 불리해져 방어만 했다. 고개를 드니 야마자키 히사시도 옆에서 똑같이 그러고 있었다.

남자는 계속 쇠막대기를 휘두르고 있었다.

상급생과 다른 동급생, 네 명쯤 되는 사람이 역시 그 옆에 쓰러져 있었다. 나머지는 사라지고 없었다.

나카지마 쇼는 몸을 일으켰다. 온몸이 아팠다. 뺨이 부었다. 교복에는 흙이 묻었고 팔꿈치와 옆구리는 찢어지기까지 했다.

누가 팔을 잡아당기는 바람에 비명을 질렀다.

덩치 큰 남자가 어느새 곁으로 다가와 옆구리를 부축해 준 것이다. 그는 숨을 헐떡이고 있었다. 눈은 충혈되었고 입에서는 침이 흘렀다. 그는 쇠막대기를 집어 던졌다. 쇠막대기는 주차장에 떨어져 소리를 내며 살짝 튀어 올랐다.

나카지마 쇼는 흥분 때문에 피가 조금 뜨거워진 기분이었다. 턱을 덜덜 떨면서 주위를 돌아보았다.

남자는 가까이 있던 금발 남자를 일으키며 말했다. "잘 들어. 다시는 이 녀석을 괴롭히지 마. 그렇게 말해도 너희 성이 풀리지 않을 건 알고 있어. 하지만 귀찮은 짓은 하지 마. 저 녀석을 괴롭히면 내가 또 올 거야. 내가 아니더라도 나를 닮은 남자가 올지도 몰라."

그것은 협박이 아니라 부탁에 가까웠다. 나카지마 쇼는 기묘한 생각이 들었다. 이상하기까지 했지만 웃을 수는 없었다. 고개를 든 야마자키 히사시와 눈이 맞았다. 그는 딱히 별말 없이 그저 부루퉁한 얼굴이었다. 어째서 자기를 도와주었는지 물어보려다가 관뒀다. 아마 그 자신도 이유는 모르지 않을까.

나카지마 쇼는 주차장을 뒤로하고 집 쪽으로 걸음을 뗐다. 그러자 남자가 곁으로 다가와 "괜찮아?" 하고 물었다. 도와준 데 대한 인사를 하려 했지만 입이 제대로 움직이지 않았다. 애초에 상식에서 벗어난 이 남자의 발광은 나카지마 쇼를 위한 행동이 아닌 것 같았다.

"힘내." 남자가 어깨를 두드렸다. 멍이라도 들었는지 맞은 자리가 아팠다.

"왜?" 되물었다. 왜 그렇게 세게 두드리는지 묻고 싶었지만 남자는 질문을 잘못 알아들었는지 "나도 전염됐어"라고 수수께끼 같은 대답을 했다.

"전염이라니 뭐가?"

"누군가를 돕고 싶은 병."

"뭐?"

"이런 말은 뭐하지만 왕따는 저런 걸로는 끝나지 않아." 남자가 말했다.

"알아." 나카지마 쇼는 대답했다. 그런 건 잘 알고 있다. 괴롭힘을 당하는 자신이 '궁지에 몰려 고양이를 무는 쥐' 행세를 해 보아도 사태가 금방 좋아질 리가 없다. 다만 밀폐된 답답한 공간에 숨구멍을 뚫을 수는 있었다. 그건 분명한 사실이다. 숨을 참고 있는 것보다는, 숨을 쉴 수 있는 것만으로도 충분히 다행한 일이다.

"사과하는 게 좋아." 남자는 그런 말도 했다. "저 선배들한테 얼른 사과해서 체면을 세워 주는 게 좋아. 입장이라는 게 있으니까."

나카지마 쇼는 웃었다. "그렇겠네."

남자가 걸어가려 했다. 나카지마 쇼는 저도 모르게 소리를 냈다. "아."

무슨 일인가 하는 표정으로 덩치 큰 남자가 고개를 갸웃거렸다.

"어른이 되어도 인생은 힘들어?"

영화인지 만화인지 어디선가 보았던 대사가 머릿속에 되살아났던 건지도 모른다. 그런 말을 지껄이는 자신이 부끄러워 얼굴을 붉혔지만 이미 입 밖에 낸 말은 어쩔 수 없으니 상대의 대답을 기다렸다.

잠시 침묵이 이어졌다.

눈꺼풀이 찢어졌는지 눈가에 피가 스몄다. 눈을 깜빡이면 상대가 그대로 사라질 것 같았다. 왠지 흐릿한 사람이라고 생각했을 때, 덩치 큰 남자가 입을 열었다. "어른이 더 편해. 의자에 앉아서 몇십 분씩 수업을 들을 필요도 없고, 게임도 실컷 할 수 있어. 힘든 일은 많지만 적어도 중학생보다는 나아."

그 후에 비틀비틀 걷다 보니 교복에서 늘어진 실밥이 보였다. 어머니에게 뭐라고 설명해야 하나 고민했다.

의심하는 부부

덩치 큰 청년은 와카바야시 준이치의 얼굴을 보더니 "아아, 이웃 사시는" 하고 표정을 다소 누그러뜨렸다. 아무래도 단독주택에 사는 와카바야시 부부의 얼굴을 기억하는 모양이다.

야마노테선이 막 도착했는지 계단 밑에서 승객들이 올라왔다. 그 흐름을 거스르듯 선 채로 "모습이 보이길래 무심코 쫓아왔다네"라고 말했다. 거짓말은 아니지만 스스로도 상당히 수상한 설명이라고 생각했다.

"그러십니까?"

"아까 저기서 우연히 봤는데." 와카바야시 준이치는 입을 열었다. 꺼림칙한 마음을 숨기려고 말이 빨라졌다. "표 발매기 쪽에서."

남자의 표정이 흐려졌다. 그러다가 바로 밝아졌다. "아아, 아까 그 할머니요?"

회사원이 옆을 지나가다가 그의 몸에 살짝 부딪쳤지만 그는 신경도 쓰지 않았다.

"자네는 화를 냈지."

"할머니가 눈이 나빠 손이 느렸거든요."

"노인이란 다 그런 것 아닌가?"

"그렇죠."

"그런데 그렇게 화를 내다니."

남자는 고개를 작게 끄덕였다.

여기까지 왔으니 도중에 물러설 수는 없다. 와카바야시 준이치는 단호한 목소리로 말했다. "은행에서도 봤어. 자네는 아이를 데리고 있는 어머니에게." 청년에게 설교하는 자신이 몹시 추하게 느껴졌지만 긴장이 헛돌고 있어 그런지 혀가 멈추지 않았다.

행인들의 시선이 내리꽂혔다.

"그것도 똑같은 이유예요." 남자는 태연히 대답했다.

"어째서 겨우 그 정도도 못 참는 거지?"

"그 정도를 못 참는 게 인간입니다."

"뭐가 그리 당당한 건가?"

"아니, 저는 잘 참는 편인데요."

"화를 냈잖나."

"그건 일부러."

"일부러?"

"아까 그 할머니한테도, 은행에서 본 아주머니한테도, 줄을 설 때 말씀드렸어요. 천천히 해도 된다고."

"그게 무슨 소린가?"

"옛날, 제가 어렸을 때, 어머니가 갓난아이에 남동생까지 데리고 아까 그 표 발매기 같은 곳에서 애를 먹고 있었어요. 그랬더니 뒤에서 화를 내는 남자가 있어서 어머니가 잔뜩 겁을 먹었죠. 그러다 술에 취한 남자가 빨리하라고 다가와서 마구 소리를 질렀어요. 어머니가 겁에 질린 게 슬펐죠. 참 싫은 기억이에요."

"하지만 자네가 하는 짓은." 그것과 똑같은 짓 아닌가?

"그랬는데 어느 날 어떤 사람이 가르쳐 줬습니다. 그 방법을."

"화내는 방법 말인가?"

"요령 좋게 처리하는 방법 말이에요. 요컨대 누가 먼저 화를 내면 되는 겁니다." 덩치 큰 남자는 그 수법을 자기에게 가르쳐 준 누군가를 떠올리는 눈치였다.

"누가 화를 내면 된다니 무슨 말인가?"

"가령 짜증 내는 사람이 많을 때, 누가 불평하기 시작하면 다른 사람들은 더는 불평하지 않습니다. 그런 경우가 많아요. 타인의 분노에 편승하는 사람도 있지만 기본적으로는 반대로 냉정해지는 법이죠."

"먼저 화를 낸다고? 자네가?"

"할머니께는 시간이 많이 걸릴 것 같으면 화내는 척해 주겠다고 말했어요. 저는 덩치가 크니 다른 사람들이 무서워하거든요. 하지만 연기인 걸 알면 할머니도 마음을 놓지 않겠습니까?"

"그런 일이 있을 리가."

"정말 효과가 있는지는 저도 잘 모릅니다. 저도 이런 방법이 있다는 말을 들었을 때는 믿을 수 없었지만, 아까 그 할머니도 재미있어하는 눈치였고."

노파는 지갑을 뒤지면서 겁에 질려 서두르는 것처럼만 보였다. 재미라고는 한 조각도 찾아볼 수 없었다고 생각하다가, 은행 현금자동지급기에서 애를 먹던 아이어머니가 떠올랐다. 그녀는 떠날 때 살짝 웃고 있지 않았던가?

"그러니까 자네는 다른 사람이 화를 내지 못하도록 화난 시늉을 한다는 말인가?"

"바로 그렇습니다."

"하지만 그런 짓을 할 정도면 아까 그 할머니가 표를 사는 걸 도와주는 게 빠르지 않나? 동전 넣는 곳, 기계 단추를 누르는 법까지 가르쳐 주면."

"그러면," 남자는 어깨를 움츠리며 잠시 말을 골랐다. "그러면 제가 정말 좋은 사람처럼 보이잖아요?" 남자는 이를 드러내며 웃었다.

와카바야시 준이치는 북적거리는 역 안에서 곤혹스러운 마음으로 우뚝 서 있었다. 그가 어디까지 진실을 말하고 있는지 확실치 않았다.

"한 가지 부탁이 있네만." 와카바야시 준이치는 숨을 들이마시고 배에 힘을 주었다.

"뭡니까?"

"우리 집사람이 혹시 자네한테 뭔가 집적거려도."

"예?"

"어쩌면 단순한 호기심으로 뭔가, 그," 말을 골랐지만 마땅한 설명이 떠오르지 않았다. 설마 자네를 경찰에 신고할지도 모른다고 말할 수는 없다. "불쾌한 언동을 할지도 모르지만."

"그게 무슨 말씀입니까?"

"너그럽게 봐주게." 와카바야시 준이치는 서로 이해할 수 없는 흉포한 짐승에게 애원하는 심정이었다. 의사소통이 가능한지는 제쳐 두고라도 어쨌든 기도할 수밖에 없다.

"재미있는 말씀을 하시네요."

"나는 딱히 운명이나 뜨거운 연애 끝에 결혼한 것도 아니고, 평범하게 맞선을 보고 결혼했지만, 평범한 부부는 평화로운 인생을 보내는 게 가장 큰 바람이라네."

"분명 평화롭게 지내실 수 있을 겁니다."

어째선지 그 근거 없는 말에 이상한 설득력이 있었다. "뭐, 내가 먼저 쓰러지면 우리 집사람은 간호를 내던지고 어디로 가 버릴지도 모르지만."

남자가 부드럽게 웃었다.

오인받은 남자

오가사와라 미노루는 오야부의 시체를 발견한 이튿날, 즉 낯선 중학생의 왕따 현장을 맞닥뜨린 다음 날, 빵 공장을 쉬고 번화가로 나갔다.

오야부의 매니저를 만날 수 없을까 하는 기대 때문이었다. 이 이상 관여하는 건 좋지 않다는 것을 잘 알았지만 가만히 있을 수 없었다.

오야부가 죽었다는 사실을 그 매니저는 알고 있을까? 그리고 불도그를 데리고 있던 그 남자는 결국 어찌 되었는지, 일을 의뢰한 오이처럼 생긴 남자는 무슨 생각을 하고 있는지, 궁금한 점투성이였다. 다만 그리 쉽게 남자를 만날 수 있을 리가 없어, 결국 헛수고로 끝났다.

신문 기사를 살펴보았다. 그 금융회사 기사는 실려 있지 않았다. 목이 부러진 시체 여러 구가 발견되었다면 제법 큰 소동이 벌어졌을 테니 요컨대 아직 발견되지 않았다는 뜻이리라. 불도그를 데리고 있던 남자가 어디서 살해당했다는 뉴스도 없다. '남자' '불도그' '사건'으로 인터넷을 검색해 보니 개 사진만 잔뜩 나왔다. 안도하는 한편으로 그게 정말 현실이었는지 고민되었다.

아케이드 거리를 걸어가는데 앞에서 남자들이 다가왔다. 그보다 젊을지도 모른다.

길을 막은 그 남자들의 모습에 혐오감이 들었다. 술을 마셨는지 떠들썩하게 뭉쳐 옆으로 나란히 서서 걸어오고 있었다.

오가사와라 미노루는 거기서 자기가 피할 마음이 없다는 사실에 놀랐다. 평소 같으면 순간적으로 공포나 방어 의식이 작용해 자연스레, 예를 들면 가게 진열 물품을 확인하는 척 옆으로 이동하는데 그럴 기분이 아니었다.

날 닮은 남자가 있었다. 무섭고, 신비하고, 괴물 같은 남자였다. 만났을 때는 이미 죽어 있었지만 오가사와라 미노루는 그 남자의 에너지를 이어받은 느낌이었다. 똑같이 살 생각은 아니다. 다만 그 남자를 닮았으니 괜찮다는, 정체 모를 자신감이 흘러넘쳤다.

한 줄로 나란히 서서 걸어오는 남자들의 한가운데를 통과했다. 두 남자와 부딪쳤다. 오가사와라 미노루는 멈춰 서서 그 남자들을 노려보았다. 그들은 도끼눈을 뜨고 험악한 목소리로 뭐라 말했지만 무섭지는 않았다.

그 자리에서 그중 한 명을 때려눕힐까 말까 고민할 여유까지 있었다.

무심코 웃고 있었는지도 모른다. 남자들은 당황한 기색으로 엉거주춤 사라졌다.

떠나는 그들의 뒷모습을 지켜보며 오가사와라 미노루는 문득 누군가를 위해 뭔가 할 수 있지 않을까 하는 생각이 들었다.

오야부에게는 그런 부분이 있다고, 매니저라는 남자는 한탄했었다.

자기 일에 대한 속죄는 아니지만 사람들에게 친절을 베풀 때가 종종 있다, 그것으로 균형을 유지하려는 게 아닐까, 라고.

아는 노인들을 따라다니면서 그 노인이 굼뜨게 굴어 주위가 짜증을 내면 화난 시늉을 한다. 그런 짓을 자주 했다고 한다. 그러면 다른 사람들의 분노와 불만을 해소할 수 있다고.

정말일까? 오가사와라 미노루는 재미있는 생각이라고 느꼈다. 나도 해 볼까 하는 마음이 무럭무럭 피어올랐다.

힘든 일은 많지만, 중학생보다는 낫다. 직접 말해 놓고 뭐하지만 정말 그렇다고 생각한다.

일단은 기분 전환 삼아 이사라도 해 볼까.

괴롭힘 당하는 소년

나카지마 쇼는 망한 편의점 주차장에서 주먹질을 한 이튿날, 학교에 가지 않았다. 얼굴이 붓고 상처가 많기도 했거니와 어머니가 기겁하여 무슨 일이 있었느냐고 난리를 부렸기 때문이다. 숨길 기력도 없어서 간단히 설명하고 "왕따를 당하고 있어. 하지만 괜찮을 거야"라고 말했다. 물론 그런 말로 어머니가 이해했을 리는 없지만 "조금 더 상황을 보고 안 되겠다 싶으면 솔직하게 의논할게"라고 구슬렸다.

어머니는 상당히 크게 놀랐는지 귀찮게 굴었다. 다만 적어도 자신을 걱정해 주는 사람이 있다는 사실은 나카지마 쇼에게 그럭저럭 용기를 주었다.

등교했을 때, 동급생들은 소문을 통해 사정을 알고 있었는지 온통 멍이 든 나카지마 쇼를 보고도 그리 놀라지 않았다. 물론 말을 걸어오지도 않았다. 야마자키 히사시도 있었지만 그도 고립되어 있는 것 같았다. 야마자키 히사시의 친구들도 그의 근처에는 다가가지 않았다.

일주일쯤 지나자 상황이 조금 바뀌었다. 나카지마 쇼가 자기가 때렸던 선배에게 사과하러 간 게 한 가지 이유였다. 선배는 웃으며 용서해 주지는 않았지만 노골적으로 귀찮은 기색으로 "이제 됐어, 넌" 하고 얼굴을 찌푸렸다.

또 한 가지, 신문이며 텔레비전을 떠들썩하게 만들었던 수수께끼의 괴사 사건 뉴스 덕분이기도 했다. 분양 맨션에서 발견된, 목이 부러진 시체 여섯 구와 외상 없이 죽어 있던 남자의 소식이다.

죽은 남자의 얼굴 사진을 보고 나카지마 쇼는 비명을 지를 뻔했다.

사건 발생일로 추정되는 바로 그날, 거리의 방범 카메라에 찍혔다는 그 남자의 모습이 자기가 만났던 사람과 똑같았기 때문이다.

쇠막대기를 휘둘렀던, 그 남자다.

게다가 방범 카메라와 상황증거로 밝혀낸 사건 발생 시각이 나카지마 쇼의 등줄기를 서늘하게 만들었다.

편의점 주차장에서 나카지마 쇼가 싸운 날보다 더 이전 날짜였다. 그 덩치 큰 남자는 이미 죽어 있었을 텐데, 그 장소에 나타나 쇠막대기를 휘두른 셈이다.

"그럼 그때 거기 있었던 건 누구지?" 나카지마 쇼는 고민했지만 어딘가 후련한 기분도 들었다. 그러고 보니 그때 보았던 덩치 큰 남자는 몹시 지치고 흐릿한 인상이었다.

뉴스를 본 이튿날, 학교 쉬는 시간에 나카지마 쇼는 용기를 쥐어짜 내 야마자키 히사시에게 말을 걸었다. 사건과 그 남자의 이야기를 한바탕 털어놓은 끝에 나카지마 쇼는 이렇게 말했다.

"미안, 유령 말인데, 어쩌면 있을지도 모르겠다."

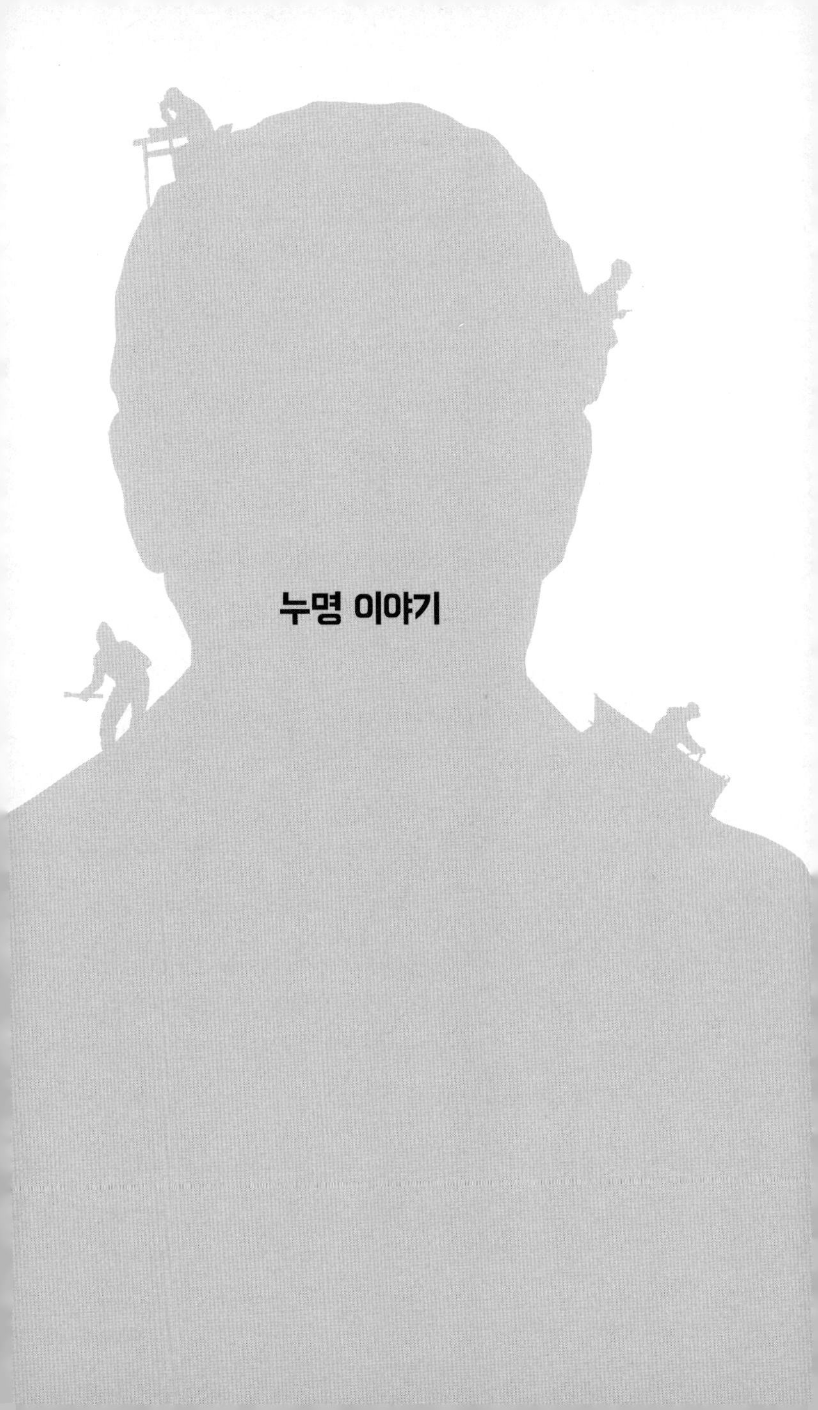

누명 이야기

濡れ衣の話

《소설 신초》 2010년 7월호

《BRUTUS》 no.745 2012년 12/15호

잔인무도한 살인귀라면 얼마나 편할까요? 아마 사람을 아무리 죽여도 마음 아플 일 없이, 그야말로 자가용 범퍼가 조금 찌그러진 것보다도 못한 일처럼 차례로 죄를 저지르겠지요. 사람 가리지 않고 마음 내키는 대로 죽여 연쇄살인범, 살인귀, 이상 범죄자라고 불리며 두려움의 대상이 되고 경멸당하겠지만, 그는 태연하겠지요. 어쩌면 그런 사람일수록 붙잡히지 않을지도 모릅니다. 동기도 분명치 않고, 피해자하고 아무 상관도 없으니까 경찰이 그런 사람을 범인으로 찾아내기란 어렵지 않을까요? 어때요, 형사님? 분명 그런 범인은 변덕스럽게 사람을 죽이고, 변덕스럽게 이제 그만뒀다며 손을 씻지 않을까요?

저하고는 완전히 반대입니다. 제 경우 동기도 뻔하고, 피해자와의 관계도 명확하지요. 그 여자가 살해당했다면 절로 범인은 이 녀석, 이 아저씨다, 하고 수식으로 답이 나오듯 저를 지명하겠지요.

거기까지 알면서 어째서 그 여자의 목숨을 앗았느냐고요?

정신을 차렸을 때는 이미 저질렀으니 어쩔 수 없는 일입니다.

사람은 머리로는 안 된다는 걸 알면서도 일을 저지를 때가 있습니다. 음식을 먹지 말라는데도 자꾸 먹는 여성도 있거니와, 보면 안 된다는 충고를 듣고도 베틀 짜는 모습을 봤다가 학을 놓친 남자도 있습니다.* 아뇨, 실제로는 없지요. 농담이었는데, 저는 어차피 농담에도 서툰 사람이니까요.

일이 터진 뒤에, 일을 저지른 뒤에, 아차, 큰일을 저질렀구나, 하고 고뇌하는 거지요.

저도 마찬가지입니다. 이제 와서 후회하고 있어요.

물론 그 여자를 죽인 일을 후회하는 건 아닙니다. 그건 어쩔 수 없다고 생각해요. 그녀는 제 아들의 목숨을 앗아 갔습니다. 사고이기는 하지만, 그래도 아홉 살 난 아이의 목숨을 앗아 간 죄의식이 그렇게나 없다니, 아비 된 저로서는 놀라움을 넘어 기가 막힐 따름이었습니다. 동정할 여지는 없습니다.

* 「학의 보은」이라는 일본의 전래 민화. 덫에 걸렸던 학이 자신을 구해 준 남자에게 은혜를 갚으려고 아리따운 여성으로 변해서 비단을 짜 주지만 남자의 호기심으로 모습을 들켜 결국 떠난다는 이야기.

다만 제 아들의 목숨을 앗아 가고 제 인생을 망친 여자, 그 여자를 살해함으로써 거듭 제 인생을 망치게 된 것은 조금 분하다고 해야 할까, 안타까운 심정입니다.

애초에 아무 잘못도 없이 공격을 당한 제 입장에서는 원래대로 회복된 건 아무것도 없습니다.

그녀에게 저와 똑같은 고통을 주고 아들도 돌아온다면 그나마 균형이 맞겠지만, 아들도 돌아오지 않고 저도 범인으로 벌을 받는다면 석연치 않은 구석이 있습니다.

이 감각, 형사님은 이해하시겠습니까?

벌을 받기 싫다는 말이 아닙니다. 이미 3년 전 아들을 잃었을 때부터 저는 고통으로 가득한 나날을 보내고 있으니, 거기에 어떠한 육체적 고통이나 정신적 불행이 더해진들 큰 영향은 없습니다. 이미 10킬로그램의 누름돌을 등에 지고 납작 엎드려 있는 제게 누름돌을 더 올리는 것과 마찬가지입니다. 11킬로그램이 되든 12킬로그램이 되든 큰 차이는 없습니다.

다만 세상의 균형을 생각하면 이해할 수 없습니다. 그렇게 생각합니다.

마루오카 나오키는 그 여자가 고급 주택가가 늘어선 거리의 맨션에 산다는 것은 알고 있었다. 3년 전, 그녀가 마루오카 나오

키의 아들을 차로 쳤을 때, 그 후의 법적 공방으로 주소를 알고 있었고 자신도 목적 없이 두어 번 여자의 맨션 앞까지 찾아갔던 적이 있었다. 그때는 관록 넘치는 맨션을 올려다보며 한숨을 쉬었다.

그러므로 마루오카 나오키는 그 근처를 걸을 때 여자와 마주칠 가능성을 상정할 만도 했다. 하지만 잊고 있었다. 그래서 우연히 마주쳤을 때는 놀랐다.

지난 3년, 마루오카 나오키는 사고에 대한 일을 머릿속에서 지우고 힘겹게 살아왔다. 특히나 가해자 여성에 대해서는 떠올리지 않도록 기억 속에 처박아 두었다. 섣불리 여자에 대해 생각하면 몸속에 증오의 마그마가 끓어오를 게 뻔했다. 그리고 실제로 거리에서 우연히 맞닥뜨렸을 때, 마루오카 나오키는 순간 흠칫 놀라 그 여자가 누구인지 금방 떠올리지 못했으면서도 몸과 머리가 뜨거워지는 것을 느꼈다. 이 여자는 적이다. 몸이 그렇게 반응했다. 소름 끼치게 생긴 벌레를 보았을 때와 똑같다. 다가가서는 안 된다는 경고가 몸속에 울렸다.

"아직도," 여자가 누구인지 겨우 파악한 마루오카 나오키의 입에서 처음 튀어나온 것은 그런 말이었다. "아직도 같은 맨션에 살고 있습니까?"

거짓말이죠? 그럴 리 없겠지요? 그렇게 묻고 싶은 심정이었다.

마루오카 나오키는 3년 전과는 다른 동네로 이사를 갔다. 아들이 태어났을 때 신축 맨션을 구입했지만 거기에서 사는 한 어디에 앉아 있어도 아들의 그림자가 보이고 목소리가 들리는 것만 같았다. 손해 보는 가격으로 매각하고 그 돈으로 중고 맨션으로 옮겼다. 회사도 바꾸었다. 전에 일했던 회사는 아이를 잃은 마루오카 나오키에게 동정적이고 관대하게 대응해 주었지만 그가 견디기 힘들었다.

그때까지 매일 아침, 아들을 데리고 집을 나서 학교에 바래다준 후에 회사에 갔다. 그 기억은 쉽게 사라지지 않아서, 회사로 향할 때마다 아들의 부재를 의식할 수밖에 없어 양복을 입고 현관에서 구두를 신고, 문에서 나갈 즈음 치밀어 오르는 눈물을 억누르지 못하고 오열을 터뜨렸다.

기어가듯 출근하는 데도 한계가 있어 사직서를 냈다.

그런데 이 여자는 예전과 똑같이 살고 있다니. 설마, 그런 일이.

마루오카 나오키는 믿을 수 없었다.

여자는 아직도 같은 곳에 살고 있다고 태연히 대답했다. 어째서 이사를 가야 하는지 이해하지 못하는 눈치였지만, 갑자기 만난 마루오카 나오키에게 겁을 먹은 기색이기도 했다.

확실히 그렇겠지. 자기를 증오하는 남자가 불쑥 눈앞에 나타났으니 당연히 무섭겠지. "무슨 일이죠?" 그녀는 당당하면서도 겁에 질린 두 가지 모습을 보이며 말했다. "경찰을 부를 거예요."

분명 오빠인지 남동생인지, 여자의 형제 중에 경찰 관계자가 있다는 말을 전에 들었다. 그 때문인지 3년 전 사고를 일으켰을 때, 그녀는 당황하기는 했지만 누군가 믿음직한 조언자를 따르고 있는 눈치도 보였다.

30대 초반, 독신, 다리가 길고, 허리는 잘록하고, 가슴은 크다. 분명 치근덕거리는 남자도 많겠지. 그렇게 생각하는데 조금 뒤쪽에서 검은 옷에 배우처럼 우아하게 생긴 남자가 다가와 여자의 어깨에 팔을 얹으면서 "그럼 다음에 또" 하고 인사하며 떠났다. 그는 조금 걸어가다가 갑자기 멈추더니 뒤를 돌아보고는 "아 참, 이번에 새 차가 오니까 태워 줄게. 너도 운전하고 싶지?"라는 말을 남기고 사라졌다.

마루오카 나오키는 망연자실하면서도 여자를 바라보고 있었다. 여자는 조금 껄끄러운 표정이기는 했지만 적반하장으로 "나도 그 사고로 많은 걸 잃었어요. 자동차 운전 정도는 해도 되잖아요?"라고 강하게 말했다.

"면허는?" 취소되었을 터였다.

"그런 건 있으나 마나죠."

"형사님, 왜 웃습니까?" 조수석에 앉은 나는 운전석의 형사님에게 물었다. 형사님이라고 불러야 하나, 다나카 씨라고 불러야

하나, 나는 그 정도 일에도 고민하고 만다. "제 이야기가 이상합니까?"

"그야 거기서 갑자기 등장한 남자의 역할이 이상하니 그렇죠. 마루오카 씨가 그 여성과 맞닥뜨렸을 때, 때마침 다가와서 마루오카 씨의 분노의 불에 기름을 붓는 소리를 하고 떠나갔다면서요? 타이밍이 나쁘다고 해야 할지, 좋다고 해야 할지. '미스터 불에 기름'이라고 부를 만한 역할이네요." 진지한 고백을 태연히 농담처럼 말하는 형사는 업무 이외의 일에는 관심이 없는 듯했다.

"지어낸 이야기라는 겁니까?"

"아니, 세상에는 그렇게 콩트 같은 일이 이따금 벌어지는구나 싶었을 뿐입니다. 오히려 지어낸 이야기라면 지나치게 딱딱 맞아떨어지는걸요. 다만 저도 몇 가지 확인해야 할 일이 있고, 지금부터 현장에 도착할 때까지 시간이 좀 있으니 질문을 해도 되겠습니까?"

"운전할 때는 집중하시는 편이."

"조심하겠습니다. 그래서 참고로, 아드님이 사고에 휘말렸을 때, 그 여성은 어떤 판결을 받았습니까?"

"금고 3년입니다."

"집행유예는?"

"붙었습니다. 집행유예 3년입니다. 마침 그녀의 집행유예가 끝나 갈 무렵이었던 거지요. 저는 잘 모르겠지만 저도 주의 의

무를 위반했다는 사실과 그녀가 충분하게 배상한 점을 고려한 결과라고 합니다."

"승복할 수 있었습니까?"

"그럴 리 없잖습니까? 다만 그때는 이제 결과야 어쨌든 상관없다고 생각했던 것도 사실입니다."

"상관없다?"

"가해자가 어떤 벌을 받든, 아들은 돌아오지 않으니까요."

"그건 그렇긴 하지만, 다만 아까 이해할 수 없다고 하셨잖아요. 세상의 균형을 생각하면 이해할 수 없다고."

"지금은 그렇습니다. 3년이 지나 그 여자를 만나고 깨달았습니다. 저는 마음속 어디선가 가해자인 그녀도 그 사고로 인생을 망치고, 낮인데도 밤 같고, 침대에서 자도 동굴에 있는 것 같은, 그런 어둡고 괴로운 나날을 보내고 있을 거라 믿었습니다. 그런데 그렇지 않다는 걸 깨달은 순간, 잔혹한 불균형에 대해 생각하게 된 겁니다."

"그 여성도 사실은 반성의 나날을 보냈을지 모릅니다." 형사는 익살스럽게 말했다. "당신을 갑자기 만나는 바람에 혼란스러워 필요 이상으로 뻔뻔한 소리를 했을 가능성도 있어요."

"저도 그렇게 생각하고 처음에는 분노를 가라앉히려 했습니다. 치밀어 오르는 증오의 욕설을 필사적으로 억눌렀습니다. 아마 제 생애에서 그렇게 인내심을 발휘한 건 처음이었을 겁니다. 그녀는 본심을 이야기하는 게 아니다, 표현은 조금 다를지도 모르지만 가는 말이 고와야 오는 말이 고운 것처럼, 마음에 없는 소리를 하는 거라고 생각하려 했습니다. 하지만 말을 나눌수록 그녀를 용서하려는 마음이 사라졌습니다."

"확실히 타인의 관대한 마음을 갈가리 짓이겨 국수 양념으로 쓰는 사람이 있기는 하지요."

"그게 무슨 소립니까?"

"세상에는 타인의 생활을 망쳐도 아랑곳하지 않는 인간이 꽤 많다는 소립니다."

"그 여자가 바로 그랬습니다."

20대 시절의 마지막 3년이 사라졌다고요. 여자의 인생에서 20대가 얼마나 중요한지 상상이나 할 수 있어요? 연인도 잃었고, 직장도 바뀌었어요. 왜긴, 면허가 취소됐잖아요. 그래서 차로 다닐 수가 없었어요. 만원 전철을 타고 다니는 건 무리니까. 부모님한테도 혼났고, 차는 결국 폐차하고 할부금만 내는 상태였어요. 자동차 보험 수속도 까다롭더라고요. 수속 자체는 별것 아니었지만 겨우 한 번 만난 보험회사 담당자가 끈질기게 들러붙어서 몇 번 경찰에도 갔어요. 그것도 애초에 따지고 보면 그 사고가 원인이라고요. 하지만 저도 여기서 질 순 없다 싶어 미팅도 했고, 친구가 소개해 주는 남자도 적극적으로 만났어요.

겨우 그중 두 명하고 잘 풀리고 있었다고요. 요즘 같은 세상에 월급도 괜찮고 안정적인 직업을 가진 좋은 남자, 게다가 이혼 경력도 없는 사람을 찾았단 말이에요. 하지만 그것도 사고 사실을 아는 순간 끝. 범죄자 보듯 쳐다보면서 떠나는 거예요. 제가 받았을 충격을 상상해 보세요. 지난 3년, 정말 힘들었어요. 겨우 조금씩 회복했다고 생각했는데 대체 무슨 속셈이에요?

"아니, 그건 좀?"

"형사님, 뭐가 이상합니까?"

"아니, 그 여성이 너무 비상식적이고 뻔뻔해서 놀랐습니다. 부주의로 인명 사고를 내지 않았더라도 그 여성은 인류에 해로운 존재 아닙니까?"

"그 말을 들으니 자신이 없어지는군요."

"뭐가요?"

"제 기억으로는 분명 그 여성이 그렇게 말했는데, 그건 제 흥분 상태가 빚어낸 거짓된 기억일지도 모릅니다. 실제로는 좀 다른 말을 했을 가능성도 있지요. 가령."

저는 마루오카 씨를 뵐 면목이 없습니다. 3년이 지났는데도 매일 밤 그 사고에 대한 꿈을 꿔요. 지금도 같은 곳에 사는 걸 보고 놀라셨겠지요? 저 또한 맨션을 팔고 다른 곳에서 살까 하는 생각도 했어요. 여기에 있는 한 아드님에 대한 죄책감과 저의 죄를 잊을 수 없을 테지요. 물론 다른 곳에 가도 잊을 수는 없겠지만, 그래도 꽁꽁 묶인 감각은 줄어들지도 몰라요. 벗어나고 싶어서 이사할 집을 찾았어요. 하지만 관뒀습니다. 제게 필요한 건 벗어나는 게 아니라, 언제까지고 저의 죄에 사로잡혀 있는 것이란 걸 새삼 깨달았기 때문입니다. 사고를 잊어서는 안 되겠지요. 방금 전 제 어깨를 건드리고 떠난 사람은 최근에 알게 된 남자예요. 어렸을 때부터 보호소에서 자라 10대 때부터 경찰 신세를 자주 지다가, 스무 살이 넘고 나서는 빚에 쫓겨 수상한 일을 하청받아 하고 있대요. 저는 우연히 신사에서 그를 만났어요. 인생 대역전을 일으키고 싶어 소원을 빌러 왔다더군요. '대역전을 일으켜 달라'는 게 아니라 '대역전을 일으키고 싶다'는 말이 참 듬직하게 들렸어요. 주위 사람들은 그런 남자와 사귀면 고생한다고 말렸어요. 그래도 저는 필연적으로 고생길을 선택해야 한다고 생각했어요. 그런 사고를 일으켰으니, 그게 운명 아닐까요? 하지만 오늘 여기에서 마루오카 씨하고 마주친 건 어쩌면 일종의 경종일지도 모르겠네요. 되돌아보니 요즘 저는 아드님에 대해 반성하는 시간이 줄었어요.

"아니, 그것도 좀."

"형사님, 뭐가 이상합니까?"

"아니, 그것도 또 너무 극단적이잖아요. 죄의식 때문에 비구니가 된 듯한 발언인데요, 그건. 그 중간 정도가 좋지 않겠습니까? 아까 그 비상식 버전과 비구니 버전의 중간을 노려야."

"뭘 노린 건 아닙니다." 마루오카 나오키는 난처한 기색으로 대답했다.

시체는 그대로 있었다. 약 한 시간 전에 내가 숨긴 장소에 그대로. 그 움직이지 않는 육신을 다시 보니 오싹했다. 인간이 꼼짝도 하지 않는 광경은 이상하게 을씨년스러웠다.

유료 주차장 구석에 서 있는 낡은 왜건 차량 안이다. 슬라이드 도어를 열자 침대 위에서 흐트러진 모습으로 드러누워 있는 것처럼, 뒷자석을 젖혀 만든 공간에 여자의 시체가 누워 있었다.

순간적으로 왜건에서 떨어져 차체 밑을 확인했다. 흘러나온 피가 넘쳐서 웅덩이처럼 고여 있는 건 아닐까 두려웠기 때문이다. 하지만 없다. 피는 거의 흐르지 않았다.

"마루오카 씨는 이 자동차가 시체를 숨기기에 알맞다는 걸 알고 있었습니까? 오래도록 사용하지 않은 이 왜건이?" 그 질문에 나는 고개를 가로저었다. "그녀의 목에 칼을 찔러 넣은 후에 그대로 있을 수도 없어, 일단 어디에든 눕혀 놓으려 했습니다. 그래서 이곳 주차장을 찾았지요. 처음에는 여기에 그대로 눕혀 놓을 생각이었습니다. 일단 그녀를 내려놓은 뒤에 구급차를 부르려 했어요."

"그때는 아직 시체를 숨기고 도망칠 생각은 아니었군요."

"모르겠습니다." 나는 솔직하게 대답했다.

모르는 일투성이였다.

여자를 살해하고 시체를 이 왜건에 숨긴 뒤의 일을 회상했다.

나는 망연자실한 상태였다. 멍하니 세상의 균형이 나쁘다는 생각을 하며, 터덜터덜 걸어가는데 두 청년이 시비를 걸어왔다. 영혼이 빠져나간 사람처럼 걷는 아저씨는 절호의 먹잇감으로 보였는지도 모른다. 그들은 노상에서 갈취를 할 생각이었겠지만 칼이나 전기충격기 같은 무기도 없이 맨손으로 협박해 왔다. 그 점은 감탄스러웠다. 바야흐로 작은 칼로 여자를 살해한 내가 볼 때는 그들이 자신의 비겁함을 간접적으로 타이르는 것 같았다. 말하자면 '남자라면 맨손으로 싸워야지'라는 뜻으로 느껴졌다.

똑같은 탱크톱을 차려입은 그들은 어깨부터 팔까지 근육이 울퉁불퉁한 게, 보디빌더나 격투기 팀이 아닐까 싶을 정도로 늠름했다. 이 추운 날에 그런 차림으로 태연히 돌아다닌다는 게 두렵다. "아저씨, 지갑 좀 내놔 봐." 그들이 그렇게 말하며 "거스르면 맞을 줄 알아" 하고 주먹을 휘둘러 바람을 갈랐다. 나는 그 자리에서 엉덩방아를 찧고 말았다. 살인을 저지른 직후이기도 해서 머리가 혼란스러워 어쩌면 좋을지 몰랐다. 다리 힘이 풀린 것처럼 일어서지를 못했고, 그러는 사이에도 탱크톱 차림의 두 남자는 내게 다가오고 있었다.

아아, 이거 흠씬 얻어맞겠구나. 그렇게 각오하면서도 얼어붙은 나는 눈도 감지 못하고 멍하니 그들을 올려다보았다.

"무슨 짓이야?" 바로 그때, 씩씩한 목소리가 울려 퍼졌다. 등 뒤에 주차되어 있던 차에서 사람이 내려오는 게 보였다. 쓰러진 내 앞에 있는 탱크톱 차림의 두 사람은 처음에 "넌 안 불렀거든?" 하고 업신여기듯 쉬쉬, 저리 가, 하고 손을 저었지만 다가오는 남자가 "경찰이다"라고 말하자 안색이 바뀌었다. 남자가 경찰수첩을 꺼내려 하자 그들은 곧바로 위험하다며 그 자리에서 달아났다.

"괜찮으십니까?" 그 형사는 내게 물었다. 도움을 받아 일어섰지만 곤혹스러운 마음과 뒤늦게 찾아온 공포로 정신이 멍해서, 다나카라고 이름을 밝힌 형사의 모습도 제대로 보지 못했다. 이미 될 대로 되라는 심정이었는지도 모른다. 아들을 앗아 간 여자를 살해하고 돌아오는 길에 깡패에게 습격당하고, 게다가 형사의 도움까지 받았다. 단순한 불운 같지 않았다. 악마가 툭 쳐낸 나를 또 다른 악마가 밀쳐 낸다. 넘어지면 또다시 툭툭 쳐서, 이 지상 어딘가에 존재하는 절망의 뒷골목으로 몰아내려는 게 아닐까, 그런 생각마저 들었다.

정신을 차리고 보니 나는 형사의 차를 타고 있었다. 순찰차가 아니라 극히 평범한 세단으로, 이게 텔레비전 드라마에서 보았던 위장 순찰차인가 싶어 감개무량한 기분이었다.

"피는 어떻게 된 겁니까?" 운전대를 쥔 형사가 그렇게 말한 것은 역까지 바래다주겠다며 차를 몬 지 10분도 지나지 않았을 때였다. 그제야 겨우 형사를 제대로 바라보았다.

형사는 오른쪽 손목에 피가 묻어 있습니다, 라고 했다.

시선을 내리니 분명 피가 묻어 있었다. 그림물감을 훅 불어 뿌린 듯한 모양이었다. "아아." 나는 그때도 역시 누군가에게 가슴을 떠밀렸다고 생각했다. 세상의 균형을 부수는, 악마 같은 존재가 나를 난처하게 만들고 즐거워하는 것이다.

"그 피는 방금 전 두 사람한테 당한 겁니까?"

"아니요."

"그렇죠? 그 두 사람은 그렇게 피를 많이 흘릴 만한 짓은 하지 않았으니까요." 형사는 명탐정 같았다. 이쪽을 꿰뚫어 보는 듯이 말한다.

차는 한동안 침묵 속을 달렸다.

이미 밤이 깊은 줄 알았는데, 하늘에는 아직 조금 빛이 남아 있었다. 시간대로 보면 저녁이었다. 여자를 만난 뒤로 주위에서 빛이 사라져, 어둠 속에 서 있는 듯한 감각이었다. 겨우 경치가 정상으로 돌아왔다.

"마루오카 씨, 뭔가 저지른 것 아닙니까?" 다음 신호에서 정지했을 때, 형사가 그렇게 말하기에 나는 할 말을 잃었다. 아무래도 나는 이름까지 밝혔던 모양이다. 잠자코 있자 그는 거듭 "제 눈은 속일 수 없습니다. 사람한테 칼이라도 휘두른 것 아닙니까?"라고 말을 이었다.

버틸 생각은 없었다. 상황이 이렇게 된 지금, 시치미를 뗀다고 속일 수 있을 것 같지는 않았다. 이제 어찌 되어도 좋다. 세상의 균형을 생각하면 이해할 수 없었지만, 형사에게 내가 한 짓을 털어놓았다.

아들을 앗아 간 여자를 만났던 일, 처음에는 아무렇지 않았는데 이야기를 나누다 보니 이성을 잃었다는 점, 정신을 차렸을 즈음에는 주머니에 있던 작은 칼로 상대의 목을 찔렀다는 사실을.

"이 작은 칼이 마침 마개 역할을 해서 피가 거의 흐르지 않았던 겁니다." 형사는 왜건에 누워 있는 여자의 목을 살펴보더니 한 걸음 물러나 뒤를 돌아보며 내게 말했다. "처음 찌른 순간에 튄 피가 마루오카 씨 오른손에 묻은 거겠지요."

실제로 그러했다. 현장에서 줄줄이 추리를 읊어 대는 형사는 역시 탐정 역할을 맡은 배우 같기도 했다. 나는 두려워서 형사의 모습을 제대로 쳐다보지도 못하고 그저 그가 찬 커다란 손목시계를 바라보고 있었다.

"그나저나 이렇게 작은 칼을 왜 들고 다녔던 겁니까?"

"그건 초등학교에서 연필 깎는 연습을 하려고."

"아아, 옛날에 했었죠. 저도 어릴 때 이런 걸 들고 다녔습니다. 이걸로 연필을 깎을 때, 익숙해지기 전에는 위험해서 쩔쩔맸죠. 뭐, 익숙해지면 즐겁지만요. 다만 방금의 질문은 그런 추억담이 아니라, 이 칼을 지금, 어째서 소지하고 있었는지 묻는 겁니다."

"제가 아니라 이웃집 아이가 초등학교에서 쓰는 물건이었습니다."

"그걸 어째서 마루오카 씨가."

"그 초등학생이 떨어뜨렸습니다."

나는 그저께, 그 소년을 만났을 때의 장면을, "아저씨도 나도, 둘 다 힘내서, 다음 주에 또 만나"라며 걸어간 그의 짐에서 작은 칼이 떨어진 순간을 떠올렸다.

"어째서 바로 불러 세워 전해 주지 않은 겁니까?"

"딱히 이유는 없었습니다. 그 소년은 종업식 날이라 앞으로 겨울방학이니 그 칼이 당장 필요할 것 같지 않았고, 무엇보다 다음에 그 소년과 만났을 때 이야깃거리가 될 거라 생각했습니다. '자, 이거 떨어뜨렸지?' 하고요."

만일 그때 소년에게 작은 칼을 돌려주었더라면, 상황은 달라졌을까? 나는 상상해 보았다. 여자는 아직 살아 있고, 나는 형사의 차에 탈 필요가 없었을까? 하지만 그렇지 않을 것 같기도 했다. 도쿄에서 오사카로 가야 하는 사람은 신칸센 열차 운행이 멈추어도, 비행기가 날지 않아도, 차가 고장 나도, 어떻게든 찾아간다. 경로나 수단이 바뀌더라도, 일어날 일은 일어난다.

학교에서 가지고 돌아온 짐은 꽤 많았다. 정리함에 꽂자 시간

에 만든 우유 팩 로봇과 미술 시간에 그린 그림을 넣고, 교과서와 산수 도구를 상자 위에 얹으니 들어 올리기가 힘들었다. 가위나 풀 같은 문구는 한꺼번에 주머니에 쑤셔 담아 공작 로봇 옆에 넣었다. 가방에도 물건이 잔뜩 들어 있어 균형을 잡기 어려웠다.

돌아가면 할머니가 "또 잔뜩 가져왔구나" 하고 얼굴을 찌푸리겠지. 할머니는 깔끔한 걸 좋아해서 집에 물건을 두기 싫어한다. 텅 빈 방이 가장 편하다고 했다. 나는 시시하다고 생각하지만 할머니는 만족하신다.

겨울방학이라 일월까지 친구들과 만날 일이 없다. 섭섭하지도 않지만 후련한 것도 아니었다.

역 빌딩 근처의 실내 광장을 가로지르는데 어떤 아저씨가 "이거 떨어뜨렸어" 하고 말을 걸어왔다. 주머니에서 어느새 떨어진 가위를 주워 주었다. 고맙습니다, 인사를 하고 정리함을 든 채로 손끝으로 가위를 잡으려 하자 이번에는 풀이 떨어졌다. 아저씨가 일단 앉는 게 좋겠다고 하기에 옆에 있는 벤치에 앉았다. 품에 안고 있던 짐을 잠시 내려놓고 어떻게 쌓아 올릴까 고민했다.

"아저씨, 아이가 죽었죠?" 나는 무심코 말했다. 같은 동네에 사는 아저씨라는 걸 알았기 때문이다. 얼마 전에 맨션에 혼자 이사 온 아저씨다. 할머니가 "저 사람, 마누라는 도망갔지, 아이는 차에 치였지, 참 불행한 사람이야" 하고 할아버지에게 말하는 것을 들었다. 할머니는 동정하는 게 아니라 불길한 까마귀를 싫어하는 듯한 말투였다.

"잘 아는구나." 아저씨는 조금 놀랐다.

"할머니가 그랬으니까."

"소문은 참 무섭네."

"하지만 내 소문은 무섭지 않아."

"네 소문?"

"내가 훨씬 어렸을 때, 아빠도 엄마도 어디론가 가 버렸거든. 말 안 듣는 나 같은 애는 필요 없어서 그랬대."

"아니, 충분히 무서운데. 자세히 말해 보렴."

"동생은 데려갔는데. 난 부모한테 버림받은 거야. 미움 받았어."

유치원생이었을 때, 나는 청력이 나빴다고 한다. 그래서 사람 말소리를 잘 알아듣지 못해서 혼나도 장난을 멈추지 않고, 심부름도 못 하고, 배운 것도 기억하지 못했다. 귀의 이상을 알게 된 것은 초등학교에 들어간 후였기 때문에 엄마는 어째서 내가 그렇게 말을 안 듣는지 이해하지 못해 고민하고, 화를 내고, 울었다. 고민하다 못해 마음이 어두워져 아빠와 함께 어디론가 가 버렸다. 할머니는 그렇게 말했다.

"할머니가 굉장히 귀찮다는 얼굴로 '앞으로는 엄마도 아빠도 없지만 똑바로 행동해'라고 한 거랑, 슬퍼서 울고 있었더니 '울면 두 번 다시 엄마하고 못 만나'라고 고함을 질렀던 것만 기억

나. 그래서 나는 그 후로 안 울려고 하는데, 그래도 엄마는 만날 수가 없어. 할머니가 또 날 속인 거야. 하다못해 동생만은 편히 살면 좋겠어."

"그렇게 무거운 소문인 줄 알았으면 듣지 말걸." 아저씨는 농담처럼 말했다. "하지만 네가 문제아였던 건 귀 때문이라는 걸 알았잖니? 그렇다면 이제 네 귀는 나았으니 부모님도 슬슬 돌아오지 않을까?"

"글쎄. 할머니는 아무 말도 안 하지만. 아, 시간이 벌써." 나는 근처 가게에 장식된 시계로 시간을 확인하고 정리함을 들었다.

"다음에 어디 놀러 갈까?" 아저씨가 불쑥 말했다.

"어?"

"아저씨, 친구가 없거든."

날 동정하는 걸까? 지금까지도 그런 다정한 사람이 이따금 나타났다. 물론 고마웠지만 그렇게 상대에게 기대해서는 안 된다는 것도 알고 있다.

"그럼 다음에 공 던지는 법 좀 알려 줘. 할아버지도 할머니도, 캐치볼을 할 줄 모르거든. 4학년이나 됐는데 공도 제대로 못 던지면 쪽팔려." 새 학기가 시작되면 야구 수업이 있다. 분명 망신을 당할 게 예상되었지만 어쩔 수 없다고 체념하고 있었다.

"좋아. 그럼 다음 주 토요일, 여기에서 또 만나자. 글러브를 가져오마. 이래 봬도 아저씨, 캐치볼 선수거든."

"알아. 할머니가 말해 줬어."

"어, 그런 소문이?"

"뺑." 나는 말했다.

"무섭네."

"그럼 아저씨도 나도, 둘 다 힘내서, 다음 주에 또 만나."

그렇게 대답하고 나는 짐의 균형을 맞추었다.

내가 그 소년과의 대화를 이야기해 주자 형사는 잠시 침묵했다가 눈을 굴리며 머릿속을 정리하는 눈치였다. "헤에" 하고 중얼거리더니 한숨을 푹 쉬고 그랬군, 하고 혼자 알겠다는 듯한 소리를 냈다.

"왜 그러십니까?" 그쯤 되니 불안해졌다. 주차장 바닥에서 거뭇한 진흙이 솟아 내 다리를 얽어매려는 듯한 기운이 느껴졌다. 불안해서 몸이 움직이지 않았다.

"그건 저일지도." 영문을 알 수 없는 소리를 한다.

"저라니? 어, 무슨 뜻입니까?"

그는 "과연, 그런 건가. 한 번 더 새로 하면 어떻게 될까?" 하고 계속 중얼거렸다.

이 형사는 무슨 생각을 하는 걸까? 죄를 고백한 내게 수갑을 채우지도 않고, 시체를 느긋하게 확인하는 것도 이상하다. 지금 당장 나를 구속하고 동료를 불러 감식반에게 현장 조사를 지시

해야 하는 것 아닌가?

이 형사, 정말 형사가 맞는 걸까?

이 기본적인 의문에 겨우 생각이 미쳤다.

경찰수첩은 있었지만 가짜일 가능성도 있다. 나를 어떤 일에 이용하려는 게 아닐까? 뭔가 계략이 있는 게 아닐까?

나는 아직 그의 손목시계를 바라보고 있었다. 이윽고 형사는 "일단 흉기를 어떻게 합시다" 하고 말했다.

"이 작은 칼 말입니까? 어떻게 하긴 뭘."

"이건 마루오카 씨가 어디에 잘 보관해 두세요. 실수로라도 강에 버리지는 말아요. 언젠가 들통 날 테니."

무슨 소리를 하는 건지 이해할 수 없었다. 발목을 휘감은 진흙이 그대로 배와 가슴께까지 기어 올라오는 듯한 감각이었다.

"그리고 마루오카 씨, 잘 생각하세요."

"뭘 말입니까?"

"오늘 저녁, 마루오카 씨가 이 여자를 살해한 순간에 어디에, 무슨 이유로 있었는지. 흔히 말하는 알리바이라는 것 말입니다. 마루오카 씨가 저 여자를 증오하고 있다는 건 조사하면 금방 알 테니, 어쩌면 경찰이 마루오카 씨를 찾아올지도 모릅니다. 아마 그렇게 되지는 않겠지만, 혹시 모르니 궁리해 두세요. 알리바이는 구체적이지 않은 게 좋습니다. 집에서 텔레비전을 보고 있었다, 책을 읽고 있었다, 그 정도가 좋아요. 다만 컴퓨터로 인터넷을 하고 있었다는 말은 하지 마세요. 만일 조사해 보면 접속 기록으로 거짓말인 게 탄로 납니다. 이런 경우는 인터넷보다 텔레비전이 나아요."

이쯤 되니 이해할 수가 없어 짜증스러웠다. "대체?"

"마루오카 씨의 지문이 나올 것 같지는 않지만, 혹시 모르니 옷은 닦아 두겠습니다. 그런 뒤처리는 전문이니까."

"당신 정말 형사 맞습니까? 무슨 짓을 할 셈입니까?"

"그 대답은 차 안에서 마루오카 씨가 이미 했습니다." 남자는 입을 비죽이며 웃었다.

"제가?"

"잔인무도한 살인귀라면 얼마나 편할까요. 그렇게 말씀하셨죠?"

기억나지 않았다. 흥분 때문에 머리로 생각한 게 아니라 배와 가슴, 내장에서 튀어나온 말을 그대로 토해 냈던 것이리라. "제가 그랬던가요?"

"그래요. 뭐, 저는 잔인무도한 살인귀하고는 조금 다르지만요. 일단 의뢰받은 경우에만 사람을 죽이거든요. 다만 어쨌든 제게 그렇게 말씀하셨으니, 우습지요."

나는 얼이 빠져 그대로 그곳에서 식물처럼 얼어붙었다. 이윽고 눈은 깜빡거릴 수 있다는 것을 깨달았다. 힘을 주니 팔도 어깨도 움직였고, 입술도 빼끔거릴 수 있었다. 호흡을 가다듬고 배에 힘을 넣으니 말도 할 수 있었다. "상황을 전혀"라고 말하다가 나는 무심코 소리를 질렀다. "아, 무슨 짓입니까!"

다시 왜건 안으로 들어간 남자가 여자의 몸에 올라타는 자세를 취했기 때문이다. 그곳에 있던 나는 간신히 그의 모습을 제대로 볼 수 있었는데, 키가 크고 팔이 굵고 체격이 좋았다. 시체를 끌어안는 줄 알고 소름이 끼쳤지만 형사의 행동은 달랐다. 손으로, 여자의 머리를 움켜쥐더니 팔을 움직였다. 목을 부러뜨렸다.

15년도 더 전에, 목을 부러뜨리는 남자가 역 빌딩 근처 벤치에 앉아 있었다. 그 무렵의 그는 목을 부러뜨리기는커녕 남에게 위해를 가한 경험도 없는, 공립 초등학교에 다니는 4학년 꼬마에 지나지 않았다. 종업식이 끝나고 집으로 돌아가는 길은 당연히 혼자였다. 책상 속 물건들과 사물함에 들어 있던 공작 시간에 만든 종이 작품, 잔뜩 쌓인 메모, 실내화를 들고 있었는데 정리함에 마구 쑤셔 넣어서 그런지 문구를 몇 번이나 떨어뜨렸다. 일단 짐을 다시 정리했다.

옆에 앉은 게 이웃집 남자라는 건 바로 알았다. 최근 같은 동네로 이사 온 남자로, 할머니가 "마누라는 도망갔지, 아이는 사고로 잃었지, 재수 옴 붙은 남자야, 저건"이라고 평했다.

두어 마디 나누자 그 이웃집 남자는 "그럼 또 놀자"라고 말했다. 아마도 소년이 한참 전에 부모가 동생만 데리고 사라져서,

지금은 다정하다고 하기 어려운 조부모와 함께 살고 있다고 설명했기 때문에 이쪽의 고독을 동정하고, 나아가서 동질감을 느끼는 것 같았다. 처음에는 어른하고 놀 기분이 아니었지만 문득 어떤 생각이 들어 캐치볼을 가르쳐 달라고 했다. 공 정도는 제대로 던지고 싶었다. 덩치는 크지만 그 체격을 유용하게 활용하지 못해 아쉬웠다.

남자는 "캐치볼 선수거든" 하고 다음 주 토요일에 만나자는 말을 남기고 떠났다.

벤치에 남은 그는 이윽고 처음으로 약속이란 것을 나누었다는 사실을 깨달았다. 지금까지 경험한 것은 명령 아니면 질타, 정보교환이라고 부르는 활동에 지나지 않아서, 자기를 대등하게 대해 주는 타인과 공통의 목적을 위해, 그것도 즐거운 목적을 위해 뭔가를 정하기는 처음이었다. 그때까지 느낀 적 없는, 설레는 마음을 가슴에 품고 그는 철이 든 후로 한 번도 해 본 적 없는 기도를 했다.

내일이 오게 해 주세요. 그리고 그다음 내일이 또 빨리 오게 해 주세요.

토요일, 그는 벤치에서 기다렸다. 글러브를 든 그 아저씨가 와서 공 던지는 법을 가르쳐 주는 모습을 상상하며, 몇 시간 후의 자신을 부러워할 정도였다.

약속 시간이 지났다. 하늘이 저녁노을로 붉게 물들었고, 해가 떨어져 어두워졌다. 가게에 불이 들어오고, 지나가는 사람이 줄고, 가게 불빛이 하나둘 사라지고, 경비원이 걱정스러운 얼굴로 다가와 물었다. "이제 곧 문 닫는데, 무슨 일이라도 있니?"

목을 부러뜨리는 이유는 딱히 없어. 그게 가장 빠르니까. 위험한 일을 하는 사람이 흉기가 없는 곳에서 사람을 죽이려면 흔히 목을 부러뜨리지. 내 경우는 그게 어딘가 트레이드마크처럼 되어 버려서 귀찮기도 하지만, 뭐, 익숙하지 않은 방법을 쓰면 위험이 따르거든.

오늘 차를 몰고 달리는데 마루오카 씨가 남자들에게 붙들려 있는 게 보였어. 이 추운 계절에 탱크톱을 입은 놈들에게. 불쌍하기도 했지만, 실은 모처럼 경찰수첩을 들고 있어서 시험해 보고 싶었던 거야. 그래서 "경찰이다" 하고 도와준 거지. 그 경찰수첩을 어디서 손에 넣었는지는 들어도 즐겁지 않을 테니 그만둘게. 진짜라는 건 사실이야.

다만 마루오카 씨가 살인자일 줄은 꿈에도 몰랐어. 피가 조금 묻어 있기에 속을 떠봤더니 설마 정말 그럴 줄이야. 재미있는 일도 다 있지.

그리고 그 이상으로 깜짝 놀란 게, 마루오카 씨하고 초등학생의 이야기였어. 캐치볼 약속, 그건 내 이야기가 아닐까?

눈앞에서 남자가 말하는 내용은 마루오카 나오키를 혼란에 빠뜨렸다. 차분한 말투로 이야기하는 남자의 표정은 담담했고, 이야기 내용도 난해하지는 않았지만 과연 어디까지 진심으로 말하는 건지 알 수 없어 대응하기 어려웠다.

"아마 그 소년은 내가 아닐까?" 남자가 말했다. "초등학생 때 나는 캐치볼을 하자고 한 어른을 기다리고 있었어. 약속을 믿고. 하지만 마루오카 씨는 오지 않았어."

"네? 제가요?" 마루오카 나오키는 깜짝 놀라 되물었다.

"시공간 왜곡 같은 것 아닐까? 그런가, 그때, 그 장소에 오지 않은 건 이런 사정 때문이었구나. 이 살인 때문에 약속을 지키지 못했던 거구나."

마루오카 나오키가 할 말을 잃은 사이에 남자는 계속 말했다.

"그렇다면 여기가 분기점 아닐까? 난 그렇게 생각해. 마루오카 씨가 약속을 제대로 지키면, 과거가 바뀌지 않을까?"

"과거가 바뀐다?"

가령, 하고 남자가 말했다. 지금까지의 내 경험이 동영상으로 보존되어 있다면, 아직 완결되지 않았지만 어쨌든 계속 녹화되고 있는 셈이다. 그리고 여기에서 그 동영상의 일부를 다른 영상으로 덮어쓸 수 있다면 어떻게 될까? 15년 전에 내가 경험한 그 장면이, 캐치볼의 기억으로 바뀌는 것이다.

"어쩌면 그 장면을 바꾸면 그 후의 영상도 전부 바뀔지 몰라. 연쇄반응이 일어나듯, 도미노가 줄줄이 쓰러져 영향이 나타나는 거지."

"그건, 그, 당신 인생이 바뀐다는 겁니까?" 자기가 말해 놓고도 부끄러웠다. 이게 대체 무슨 소린가?

"타임머신으로 역사를 바꾸는 이야기가 있잖아, 그거랑 마찬가지야." 남자는 진지한 얼굴이었다.

"진심으로 하는 소립니까?" 마루오카 나오키는 간신히 그렇게 물었다. 시공이 일그러져 과거를 되풀이할 수 있다는 건 지어낸 이야기 속 세상에서는 진부하지만, 현실에서는 절대 없는 일이라고 단언할 수 있다. "그냥 단순히 당신하고 똑같은 경험을 한 소년이 지금 이 시대에도 있는 것 아닐까요? 비슷한 일이 지금도 일어나고 있을 뿐이라거나."

캐치볼 약속은 분명 어느 시대에나 여기저기에서 이루어지고 있을 것이다.

그러자 남자는 예상과 달리 "그럴지도 모르지"라고 수긍했다. "하지만 그래도 상관없어."

"그래도 상관없다?"

"시험해 보자. 마루오카 씨는 다음 주, 소년과의 약속을 지켜. 캐치볼을 하는 거야."

"네?"

"이 여자 시체는 내가 처리할 테니."

"처리?"

"그래, 처리할게. 아, 그렇지." 그렇게 말하더니 남자는 어디서 유성 펠트펜을 꺼냈다. 그리고 다시 자동차 슬라이드 도어를 열고 안으로 사라지더니 금세 돌아왔다. "내가 일할 땐, 목을 부러뜨린 후에 그 목 부근에 펜으로 사인을 하거든. 내가 한 짓이라는 증거지. 아마 경찰은 그걸 공표하지 않았을 거야. '대외비 정보'로 숨겨 두고 있는지도 모르지. 어쨌든 내가 지금 목을 부러뜨리고 사인을 했으니 이것도 내가 한 소행으로 여길 거야. 그러니 마루오카 씨는 오늘 일은 잊고 평범하게 지내면 돼."

"당신은?"

"나도 지금까지 그랬듯 평범하게 살 거야." 남자는 실눈을 떴다.

"잠깐 기다려요." 마루오카 나오키는 갈라진 목소리로 말했다. "만일 당신 말이 사실이라면 어떻게 되는 겁니까? 다음 주, 제가 만날 소년이 과거의 당신이라는 겁니까?"

남자는 살짝 웃었다.

마루오카 나오키는 눈썹을 찌푸렸다. "캐치볼을 가르쳐 준다고 당신 과거가 바뀔까요? 아니, 만일 그렇다면 당신은 지금의 당신과는 다른 인생을 보내게 될지도 모릅니다. 그렇게 되면 당신은 연쇄살인범이 되지 않고, 오늘 제가 저지른 범죄도 도와주지 않을 텐데요? 그러면 제가 캐치볼 약속을 못 지키게 될 테니, 결국 당신 인생은 원래대로 되는 것 아닙니까?"

"과거를 바꾸면 미래가 바뀌어 앞뒤가 맞지 않게 된다는 말을 하는 건가?"

"저기, 형사님." 마루오카 나오키는 무심코 그렇게 말했다.

"형사가 아니라니까."

"저기, 정말, 그, 시공간 왜곡을 믿는 겁니까?"

어느 쪽이든 상관없으니 해 보자.

그러고 보니 마루오카 씨, 자동차 안에서 예리한 말을 했지. 10킬로그램짜리 누름돌을 등에 지고 있으니 11킬로그램이 되든 12킬로그램이 되든 큰 차이 없다고.

그거랑 같아. 내가 살해한 사람이 이제 와서 한 명 더 늘어난들, 별반 차이는 없어.

하나쯤 내가 받아 줄게.

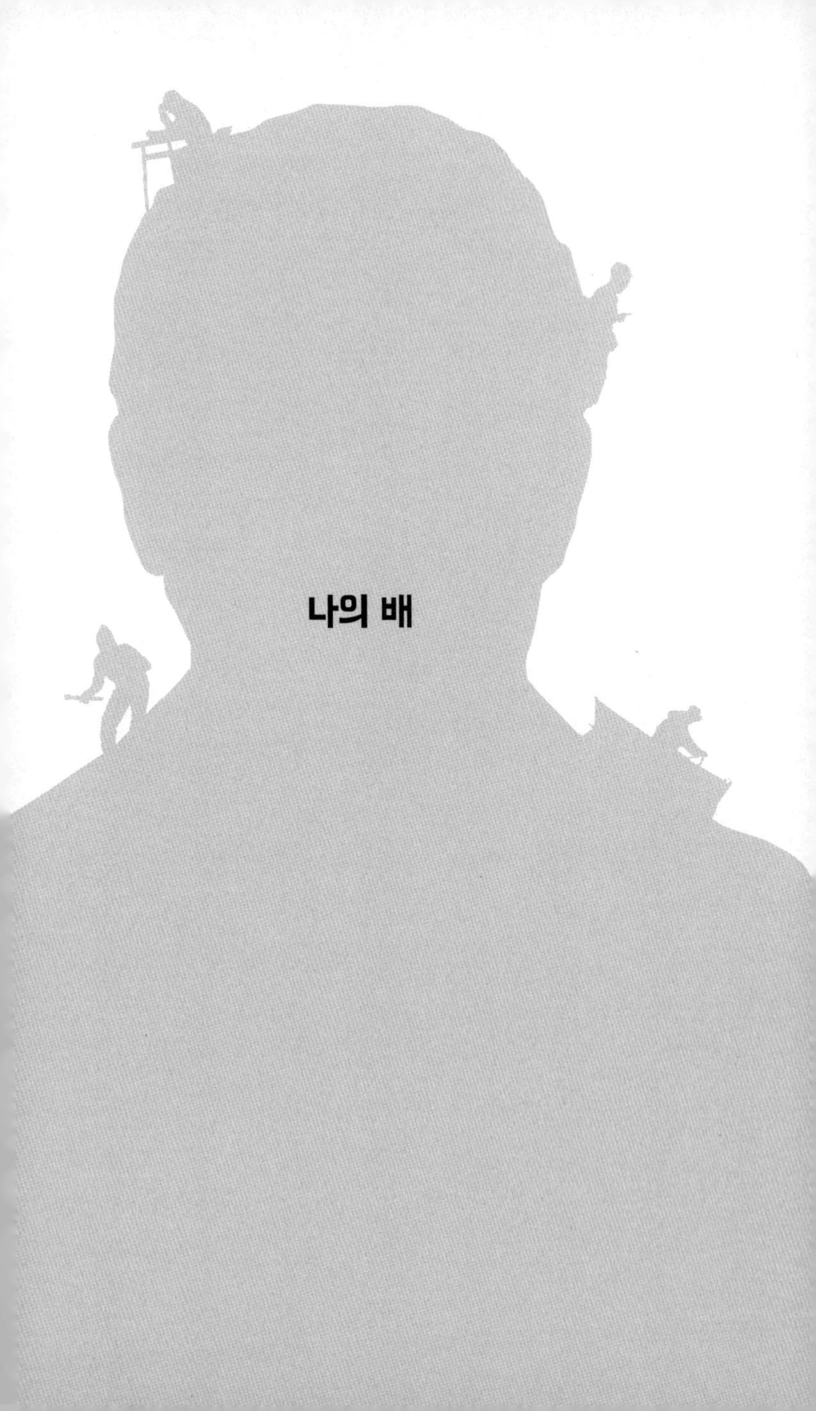

나의 배

僕の舟

《소설 신초》2011년 12월호

『마지막 사랑 MEN'S—다시 말해 개인 사상 최고의 사랑』(2012년 6월 발행)

수병 리베 나의 배.✣ 작은 목소리로 노래하듯 말한 와카바야시 에미는 "그립네요. 옛날에 자주 외웠죠"라고 했다. 동그란 은색 테 안경을 쓴 그녀는 활달한 소녀처럼 생겼지만 머리카락은 완연한 흰색이고, 주름은 눈에 띄지 않지만 푸석푸석한 피부가 나이와 함께 축적된 피로를 느끼게 했다. "구로사와 씨, 그거 누구한테 들었어요?"

"고등학교 졸업 후에 다녔던 회사 있잖아."

✣ 일본에서 원소 주기율표 암기를 돕기 위해 만든 노래. '수병 리베 나의 배'는 '스이헤이리베보쿠노후네'로 읽는데, H(수소), He(헬륨), Li(리튬), Be(베릴륨), B(붕소), C(탄소), N(질소), O(산소), F(불소), Ne(네온)를 가리킨다.

"제가? 아아, 그 과자 회사."

"사무직으로 일했을 때. 성실하고 얌전하고, 평소에는 과묵한데 차를 끓이면서 자주 흥얼거렸다지. 수병 리베 나의 배." 구로사와는 표정 하나 바꾸지 않고 의자에 앉은 채로 말했다.

"어디서 배웠는지 기억은 안 나지만 참 좋아했어요." 와카바야시 에미는 눈을 가늘게 떴다.

일흔을 바라보는 나이 같지 않은 천진한 표정이었다. 그녀의 뒤에는 침대가 있고 한 살 많은 남편이 누워 있었다. 석 달 전부터 암이 악화되어 거의 의식이 없다. 와카바야시 에미는 간호사의 도움을 빌려 남편의 식사와 배변을 돕고 목욕도 시킨다. 결코 편할 리 없을 텐데 그녀는 어딘가 느긋해 보이기도 했다. "검진 때 발견한 뒤로 눈 깜짝할 사이였어요." 그녀는 말했다.

"원소기호 암기를 좋아했나?"

"딱히 외우고 싶었던 건 아니지만 왠지 즐겁잖아요. 수병 리베, 그 말도 좋지만 뭐라 해도 '나의 배'라는 울림이 늠름하다고 할까, 귀엽다고 할까. 그런 기분 들지 않아요? '나의 배'나 '우리 배'라고 하면."

"그런 소설이 있지 않았어?" 구로사와는 다리를 꼬면서 상대를 똑바로 바라보며 "『내 어린 아이들에게』*의 마지막이 그렇지 않았나? '가라, 힘차게.' 그거 말이야."

* 일본 근대 최고의 지성으로 평가받는 작가 아리시마 다케오의 자전적 단편소설. 자신의 세 아들에게 남긴 짧은 편지 형식의 작품이다.

"가라, 힘차게. 내 어린 아이들아. 그러네요, '나의 배'에는 그렇게 힘차게 나아가는 느낌이 있잖아요. 아, 그래, 기억났어요. 그 회사 급탕실에 달력이 있었는데, 영문은 모르겠지만 거기에 선원 사진이 있었어요. 항구에서 포즈를 취하고 찍은 거였죠. 그래서 차를 끓일 때 그 달력을 멍하니 바라보다가 수병이네 하고 생각하면 연상 작용으로 절로 나왔던 것 아닐까요? '수병 리베' 말이에요." 그녀는 갑자기 떠오른 기억을 즐기고 있다. "하지만 그런 걸 어떻게 알고 있는 거죠? 50년도 더 된 일이에요. 구로사와 씨, 그런 것까지 조사했어요?"

"그렇게 어려운 일도 아니야. 의뢰를 받고서 일단 당시 직장을 찾아냈지."

"그 회사 지금은 사라지고 없잖아요."

"하지만 사장은 살아 있었어. 옛날 사장 아들이지. 그때 함께 일했다고 하던데."

"아아!" 와카바야시 에미는 줄곧 열지 않았던 상자의 존재를 깨달은 사람처럼 깜짝 놀라 소리쳤다. "그 사람 어떻게 지내요? 동갑이었는데, 같은 시기에 일했어요. 참 일 못하는 사람이다 싶었는데, 사장 아들이라는 걸 알고 그렇구나 싶기도 하고 놀라기도 했죠. 지금 어떻게 지내려나?"

당시 동네 지도를 찾아내 주변에 물어보니 그 회사의 경영자에 대한 정보를 알 수 있었다. 10년 전에 회사는 도산했다고 한다. 딱 한 번 연하장을 받았다는 동네 꽃집에서 주소를 알아냈다. 그것은 이미 간토 북부의 다른 지방 주소였지만, 주민등본 상의 전출입을 추적해 현재 사장을 찾아냈다.

"하지만 주민등본을 그리 간단히 남이 확인할 수 있어요?" 와카바야시 에미가 의문을 토로했다.

"채권자나 사정이 있는 사람, 위임장이 있는 사람만 열람할 수 있어. 다만 거꾸로 말하면 그런 시늉을 하는 데 노력을 아끼지 않는 사람이라면 가능하지."

"그건 하면 안 되는 일이잖아요."

구로사와는 대답하지 않고 어깨를 움츠렸다.

"지금은 그 사장 아들이 과일을 경작하고 있어. 망한 회사 채무를 필사적으로 처리하고 겨우 다시 출발했나 보더군." 구로사와는 찾아간 작은 아파트에서 "이제부터 시작입니다" 하고 웃던 남자의 얼굴을 떠올렸다. 주먹을 단단히 쥐고, 거무스름한 혀를 보이며 활짝 웃는 그는 자기 인생을 즐기고 있는 것 같기도 했고, 자포자기한 것 같기도 했다. 와카바야시 에미에 대해 옛날 성으로 사토 에미를 아느냐고 물었더니 기억하고 있었다.

"50년도 더 됐는데요?"

"당신은 기억 못 할지 모르지만 그 사람한테는 인상 깊은 여성이었나 보지." 구로사와는 말했다. "저, 에미 씨를 좋아했어요. 하지만 그때 저는 아직 여자도 몰랐고, 순진해서 어떻게 말을 걸어야 할지조차 몰랐습니다. 에미 씨는 자주 노래를 불렀어요. 수병 리베라는 노래를. 그게 뭐냐고 물었더니 어릴 때 배웠다고 하더군요. '리베가 무슨 뜻일까요?' 하고 묻길래 저도 알지도 못하면서 '수병 이름이 아닐까? 외국 이름. 수병 리베 씨' 하고 그럴싸하게 대답했더니 에미 씨가 까르르 웃었어요. 똑똑히 기억납니다."

나는 기억 못 하는데. 미안하네요. 구로사와 앞에서 와카바야시 에미는 죄책감을 드러내며 쓴웃음을 지었다. "그보다 그 사람, 절 그렇게 생각했단 말이에요?"

"그런 모양이야."

"어머나." 와카바야시 에미는 깔깔 웃었다. 반년 전부터 병원을 여기저기 옮겨 다니며 병석에 누운 남편을 돌보고 있으니 피곤할 만도 한데, 이렇게 웃을 때는 젊어 보인다. 구로사와는 감탄했다.

"실수했네요. 잘만 하면 사장 부인이 되었을지도 모르는데."

"도산했는데."

"제가 부인이었으면 그 회사도 고난을 헤쳐 나갔을지 모르죠." 와카바야시 에미는 그렇게 말하며 남편이 누워 있는 뒤쪽을 흘깃 살펴보았다.

"그렇군. 어쩌면 그쪽 인생에 즐거운 일이 더 많았을지도 몰라. 물론 괴로운 일이 많았을 가능성도 있지."

"상상해 봤자 소용없는 일이에요." 와카바야시 에미가 실눈을 떴다. "혹시 음식이었다면."

"음식이었다면?"

"카페에 가서 흔히 고민하잖아요. 생크림 케이크랑 몽블랑 중에 어느 걸로 할까."

"나는 간식은 안 먹어서."

구로사와의 대답에 와카바야시 에미는 벌렁 나자빠질 정도로 놀랐다가 그런 인생에 무슨 의미가 있느냐고 힐난하더니 "차라리 케이크를 주식으로 삼아 봐요"라고 했다.

"그래서?"

"그래서 예를 들어 생크림 케이크를 주문한 뒤에 만일 몽블랑을 주문했다면 어땠을까 상상할 때가 있잖아요. 하지만 함께 간 사람이 몽블랑을 주문했다면 한 입 정도는 나눠 줄지도 몰라요. 아아, 이런 맛이었구나, 하고 아는 거죠."

"하지만 인생의 분기점에서는 불가능해. 누군가에게 그쪽은 어땠느냐고 물을 수 없어."

"그렇죠. 또 하나의 인생은 맛볼 수 없어요. SF처럼, 뭐라고 해야 하나, 시공이 일그러지는 일이 없는 한은."

"그렇지."

"전 이 사람하고 결혼했으니 그걸로 만족할 수밖에 없어요." 와카바야시 에미가 집게손가락으로 등 뒤를 가리켰다.

"후회하는 것처럼 들리는군."

그녀는 작게 고개를 저었다. "화려한 기억은 하나도 없지만, 나쁘지 않았어요. 이 사람도 좋은 사람이었고. 성실해서 재미는 없었지만."

"다 들려." 구로사와는 쓴웃음을 흘리며 와카바야시 에미의 뒤에 누워 있는 그녀의 남편을 턱짓으로 가리켰다.

"알아요. 하지만 성실하다는 건 나쁜 말이 아니니까요."

"뭐, 그렇지."

"외도한 적은 있지만. 아, 이건 전에도 말했죠?"

구로사와는 입가를 살짝 일그러뜨리고 고개를 기울여 침대를 가리켰다. "다 들린다니까."

의식은 없지만 귀는 들릴지도 모른다.

"괜찮아요. 화나면 일어날지도 모르고."

"어쨌든 옛날 연인의 행방을 조사해서 그 또 하나의 인생을 알고 싶다 이건가?"

와카바야시 에미는 죄책감 때문인지, 민망함 때문인지 슬그머니 웃으며 "연인이라고 할 정도는 아니었어요" 하고 손을 저었다. "나흘이에요. 겨우 나흘이었다고요."

"50년 전, 겨우 나흘 만난 남자를 지금도 기억하고 있다니."

"전에도 말했지만 첫사랑은 하루예요. 60년도 더 된 옛날에, 단 하루."

두 달 전, 와카바야시 에미는 추억 속의 남자를 조사해 달라

고 구로사와에게 의뢰했다. 병석에 드러누운 남편을 간병하느라 그녀가 돌아다닐 수 있는 곳은 얼마 되지 않았다. 그래서 구로사와가 병원까지 찾아와 병원 카페에서 만나 이야기를 들었다. 병원 냄새가 들러붙어 있는, 간이 테이블 세 개가 전부인 작은 가게였다.

그녀는 꽤 명확하게 그 남자와의 만남부터 이별까지 털어놓았다. "기억력이 대단하군." 구로사와가 놀라자 "제 인생에서 달콤한 이야기가 그 정도로 적다는 뜻이죠. 좀처럼 없는 일이었으니 인생의 연표에 똑똑히 기록되어 있는 거예요"라고 말했다.

"그렇군."

"매일매일 너무 자극이 없어서, 옆집 사는 남자를 살인자로 의심한 적도 있어요."

"그건 무슨 소리야?"

"왜, 텔레비전에서 미해결 사건을 보도하잖아요. 지명수배범이나, 범인의 인상착의를 방송하는 거요."

"그게 옆집 남자를 닮았다는 건가?"

"사실 그 사람, 실제로 범인이 맞을 거예요. 그건 됐고, 매일 평범했다는 거죠. 어렸을 때 첫사랑도 지금까지 똑똑히 기억하니까요." 그녀는 그렇게 말하더니 일곱 살 때 유원지에서 미아가 되었던 이야기를 했는데 그 역시 상세해서 구로사와는 놀랄 수밖에 없었다.

도내 유원지에서 미아가 되어 겁에 질려 있는데 역시 똑같이 미아가 된 소년을 만났다. 그리 크지는 않지만 인기 있는 놀이기구는 다 갖춘 오래된 유원지라, 장소를 들은 구로사와도 "아아, 거기" 하고 알 정도였다.

"유유상종이라고 할까, 미아끼리 만나서." 그녀는 웃으며 구로사와에게 말했다. "그래서 어쩔 수 없이 둘이서 시간을 죽였어요."

"그렇다고 첫사랑이 되나?"

"하지만 그때 그 소년이 얼마나 듬직했다고요. 화장실 근처에서 바퀴벌레가 나오니까 얼른 걷어차 줬어요."

"아아." 구로사와는 쓴웃음을 지었다. "그건 기억에 남겠네."

"그 아이는 용돈을 가지고 있었어요. 둘이서 숯불 닭꼬치였나, 그걸 먹었죠."

"미아가 된 건지 데이트를 한 건지 모르겠군."

"그렇죠? 유원지 관리실 벽에 아이아이가사* 낙서를 했을 정도라니까요. 요즘 애들은 그런 낙서는 안 하겠죠. 사실 아이폰도 그런 거 아닌가요? 뭐든지 '아이'**를 갖다 붙인다니까. 사랑 타령도 정도껏 해야지."

구로사와는 쓴웃음을 지었다. "그게 첫사랑이었다는 건가?"

"나중에 생각해 보니까요. 미아끼리 함께 있었던 건 한 시간

* 연인끼리 하나의 우산을 쓰는 것에 빗대어 하나의 우산 그림 밑에 서로 좋아하는 사람들의 이름을 나란히 쓰는 장난.
** 일본어로 '아이愛'는 '사랑'을 뜻한다.

밖에 안 됐겠지만. 결국 제가 먼저 부모님을 만났어요. 마음은 놓였지만 아쉬웠죠. 게다가 마지막으로 인사를 하려는데 그 애가 화장실에 가 버려서."

"설마, 내게 그때 그 애를 찾아 달라고 의뢰하는 건 아니겠지?"

"아무리 그래도 그런 억지를 부릴 리 있겠어요?" 그녀는 구로사와의 어깨를 두드렸다. "조사해 줬으면 하는 건 그쪽이 아니라, 처음에 얘기했던 어른 쪽이에요."

센다이에서 도쿄로 나와 일거리도 늘었기 때문에 겸사겸사 조사하는 것도 나쁘지 않을 듯해, 구로사와는 의뢰를 수락했다.

그리고 두 달이 지나, 구로사와는 다시 그녀를 만나러 이번에는 병실까지 찾아왔다.

"쭉 마음에 담아 두었던 건 아니지만, 이렇게 병원에서 남편 곁에만 붙어 있으니 이래저래 옛날 생각이 나요. 첫사랑이나, 스무 살 때 긴자에서 만난 그 사람은 어떻게 살고 있을까, 그런 생각." 와카바야시 에미는 찡긋 웃었다. "왜, 몽블랑 맛도 궁금하잖아요."

"그래서 어쩔 셈이지? 그 남자가 어디 사는지 알아냈다고 하면 만나러 갈 생각인가?"

"찾아냈어요?" 와카바야시 에미가 눈을 휘둥그레 떴다. 안경을 잠깐 벗어 헝겊으로 닦기 시작했다. "50년 전이에요. 그때 그 사람이 어디 있는지 알아냈어요?"

"일단은."

"만났어요?" 몸을 불쑥 내민 그녀는 더욱 생기를 띠었다. "지금 어떻게 살고 있을까?"

"남편이 듣고 있어."

"이 정도야 상관없어요. 그렇죠, 여보?" 그녀는 천연덕스럽게 뒤에 있는 남편에게 말했다.

"결론부터 말하면," 구로사와는 숨길 필요도 없어서 솔직하게 보고했다. 늘 있는 일이다. 조사 결과가 상대에게 어떤 영향을 끼칠지, 거기까지 고려할 마음은 없다. 아니, 고려하려고 노력은 하지만 구로사와는 사람 마음을 헤아리는 게 서툴렀다. "상대 남자는 만났지만, 대화는 제대로 못 했어. 그쪽은 기억하지 못할 가능성도 높아."

"아아." 와카바야시 에미는 낙담하면서도 깨끗하게 물러났다. "아까하고 똑같네요. 제가 다녔던 회사 사장 아들은 저를 기억해 주었지만, 저는 거의 기억하지 못했으니까요. 똑같은 추억이라도 저마다 달라서, 한쪽에게는 중요해도 다른 한쪽에게는 그렇지 않은 경우도 많겠죠."

"그럴지도 모르지."

그때 와카바야시 에미가 손뼉을 치더니 큰 소리를 냈다. "구로사와 씨, 그러고 보니 지금 생각났는데, 옛날에 우리 남편이 한 말이 있어요." 하고 뒤쪽 침대를 돌아보았다.

"뭘 말이야?"

"나의 배."

"그게 무슨 소리야?"

"결혼이란 건 남녀가 한배를 타는 거랬어요. 함께 노를 저어 여러 곳을 여행하는 거라고요."

"무슨 말을 하고 싶은지는 알겠어."

"나의 배에 함께 타 주지 않겠느냐고 했어요. 아아, 그랬구나. 그게 프러포즈였구나."

"그의 배는 어땠지?"

"아니, 긴자에서 만난 그 남자의 배를 탔다면 어땠을까 상상은 해 봤죠. 그래도 이 사람 배, 뒤집히지는 않았으니 그것만으로도 다행이에요. 욕심을 부리자면 끝이 없으니까."

에미는 긴자 거리를 걷고 있었다. 회사에서 나와 지하철을 타고 오빠를 만나러 가는 길이었다. 지하철은 여름에 시원하고 겨울엔 따뜻하다고 하던데 정말이었다. 싸늘한 역에서 지상으로 나가니 조금 후덥지근한 공기가 몸을 감쌌다. 도쿄에서 태어났지만 변두리 출신이라 화려한 거리에 나오면 언제나 야생동물의 표적이 된 듯한 공포를 느끼고 만다. 이쪽의 무지함과 무식함을 알아차리고 콱 물어뜯는 건 아닐까. 주위를 지나는 사람들은 야생동물과 거리가 먼, 세련된 옷을 입고 환한 표정을 짓고 있는 남녀들이었다. 버튼다운 셔츠 위에 단추 세 개짜리 재킷을 입은 남성은 말할 나위도 없고, 양복을 입은 남자들도 회사에 있는 나이 든 사람들과는 달리 산뜻해 보였다. 여성들이 입은 블라우스도 직접 지어 입은 에미의 옷과는 많이 달라서 세련되게 보였다.

버드나무 옆에서 서로 웃고 있는 젊은이들이 눈부셨다.

어지간한 사정이 아니면 긴자에 나올 일이 없어서, 수수한 차림으로는 혼자만 주위에서 튀지 않을까 걱정되어 평소보다 복장에 신경을 썼는데도 아까까지 함께 있었던 오빠는 "너 지금 이 거리에서 제일 촌스러워"라고 놀렸다. "게다가 평소보다 화장도 요란하네. 오늘 너하고 미쓰코시 라이온* 앞에서 만나기로 했잖아. 라이온이 있다 싶었더니 그게 에미 너였지 뭐야. 함께 사는 나도 누군지 몰랐다니까."

농담인 건 알지만 에미는 상처 입었다. 그녀로서는 애써 예쁘게 화장을 하고, 직접 지은 옷 중에서도 최고로 예쁜 원피스를 입고 왔는데도 주위 사람들보다 못하다는 것은 자각하고 있었다.

오빠가 드물게 긴자에서 함께 식사를 하자고 부르기에 찾아왔더니, 요컨대 용건은 피앙세 소개였다. 식사 후 바에 데려가

* 일본에서 가장 오래된 백화점인 미쓰코시의 긴자점 입구에는 다른 주요 지역의 점포들과 마찬가지로 사자 동상이 있어 약속 장소로 많이 이용된다.

나 싶더니, 빨간 원피스를 입은 여성이 나타나 "어머, 당신이 에미 씨군요. 얘기는 자주 들었어요" 하고 쾌활하게 말했다. 세련된 굵은 벨트에, 입술에 바른 립스틱은 지금 유행하는 시세이도 제품이다. 이목구비도 뚜렷한 그녀는 에미 앞에서도 오빠에게 몸을 기댔다. 부드러운 동작 때문인지 어딘가 야해서 어찌해야 할지 몰랐다. 게다가 오빠는 오빠대로 위엄을 강조하고 싶은지 에미에게 "회사에 괜찮은 남자는 없어?" "어머니가 마련한 맞선에는 꼭 나가. 많이 만나 보면 하나는 걸려"라고 말하지를 않나, 급기야 피앙세인 여성까지 "5년만 지나면 애 딸린 남자밖에 못 만나요"라고 위협하듯 에미를 몰아세워서 완전히 침울해졌다. "내가 다음에 도쿄대 의대생을 소개해 줄까?" 하고 피앙세가 말하자 오빠가 "얘한테 그건 돼지 목에 진주야"라고 놀렸다.

에미는 잔뜩 무거운 마음으로 "몸이 안 좋아서 먼저 집에 돌아갈게요" 하고 자리에서 일어섰다. 동생을 염려하는 말도 없이 오빠는 그저 "어머니께 넌지시 이 사람 칭찬 좀 해 줘"라고 말할 뿐이었다. 여성의 교성이 그 말을 지우며 에미의 등을 때렸다.

시간은 제법 늦었지만 긴자에 오는 건 오랜만이라 바로 돌아가기는 아쉬웠다. 가로등 불빛에 의지해 긴자 거리로 나가서 저게 산아이 빌딩인가, 하고 불빛을 구경하며 스키야바시 다리 쪽으로 걸어갔다. 블루버드, 코로나, 미제 자동차가 거리를 달렸다. 르노 택시가 지나갔다.

고개를 숙이고 걷고 있는데 횡단보도에 접어든 바로 그때, 검은 그림자가 꿈틀거리는 게 눈에 들어왔다. 처음에는 지나쳤다가, 그 뒤에 천천히 한 걸음, 두 걸음 뒷걸음질을 쳐서 가만히 훔쳐보니 재킷을 입은 두 남자가 한 남자와 마주 서 있었다.

왠지 긴장된 분위기라고 생각한 순간, 두 남자 중 한 명이 앞에 선 남자의 멱살을 잡았다. 에미가 깜짝 놀랐을 때는 이미 얼굴을 후려치고 있었다.

얻어맞은 남자가 그 자리에 엉덩방아를 찧었다.

"무슨 짓이에요!"

그녀의 목소리에 서 있는 남자들이 뒤를 돌아보았다. 귀찮다는 듯 혀를 찬다. 질 나쁜 양아치들과는 달리 굳이 따지자면 예의 바른 학생처럼 보였다. 하지만 때린 것은 사실이다. "폭력 반대!" 떨리는 목소리로나마 고함을 지를 수 있었던 것은 오빠와의 만남으로 쌓인 스트레스를 토해 내고 싶었기 때문인지도 모른다.

두 남자는 순간 황당해하다가 "넌 안 불렀거든?" 하고 비웃듯 말하며 에미를 향해 손을 휘휘 저었다. 휘휘, 저리 가. 에미는 그 무례한 태도에 화가 나 머리에 피가 쏠렸다. 게다가 남자가 한 말과 '넌 안 불렀거든?'이라는 코미디언 우에키 히토시의 유행어가 딱 맞아떨어지는 바람에 반사적으로 눈을 꾹 감고 "이거 또 실례했습니다!" 하고 맞장구를 쳤다.* 화들짝 놀라 옆을 보니 우에키 히토시가 출연한 영화 포스터가 붙어 있었다. 저것도 다소 연상 작용을 했을까. 어쨌든 그녀의 필사적인 외침이 어지간히 무서웠는지, 아니면 너무 이상했는지, 정신을 차렸을 때 두 남자는 이미 사라지고 얻어맞은 남자만 그 자리에 남아 있었다.

두 달 전 조사 의뢰를 받았을 때, 그 추억을 와카바야시 에미에게 들은 구로사와는 자기가 망신을 당한 것처럼 몸이 근질거렸다. "그런 소리를 고래고래 질렀다면 상대도 겁을 먹을 만하네."

"당시에 유행했단 말이에요."

"유행어를 쓰지 말라고 학교에서 안 배웠어?"

병원 안 카페는 손님은 자꾸 바뀌었지만 타이밍이 좋았는지 계속 테이블이 하나 비어 있어 대화하기 편했다.

"그렇게 그 얻어맞은 남자하고 만나게 됐어요. 밤이라 문을 연 약국도 없었는데, 그 사람은 얻어맞은 눈이 퉁퉁 부어서, 제가 분수 물에 적신 손수건을 빌려줬어요."

"그림 같은 만남이로군." 구로사와는 감탄스럽다는 듯이 말했다.

"그렇죠? 그림의 떡이라고 해야 할까."

"그건 뜻이 좀 다를 텐데."

✤ '넌 안 불렀거든? 이거 또 실례했습니다!'는 일본의 1960~1970년대 인기 예능 프로그램 〈비눗방울 홀리데이〉에서 만능 엔터테이너 우에키 히토시가 선보인 유행어로, 프로그램 중에서 우에키를 따라다니는 역할인 고마쓰 마사오가 잘못된 순서에 등장했을 때 우에키와 고마쓰가 주고받는 말이다.

"그럼 그림 같은 떡?"

"그건 점점 멀어지는데."

"참 까다롭기는." 와카바야시 에미는 건방진 아들에게 질린 어머니처럼 말했다. 그러고 보니, 하고 구로사와는 그녀의 아들들에 대한 정보를 떠올렸다. 각자 일 때문에 먼 곳에 살고 있어 병원에는 좀처럼 올 수 없는 상황이라고 했다.

"그래서, 그 후에 어떻게 됐어?"

"그대로 둘이서 이야기를 나눴어요. 뒷골목에서. 실은 뉴도쿄 같은 가게에 가면 좋았을 텐데."

"얻어맞아 눈이 부었다면 가지 못했겠지."

"그것도 있지만, 그때는 젊은 여자가 낯선 남자와 술집에 간다는 건 생각도 못할 일이었으니까요. 저도 우아하고 얌전했다고요. 경계도 하고 있었고. 벤치에 나란히 앉는 것도 얼마나 가슴 떨렸는데요. 하지만 지금의 저였다면 망설이지 않고 따라갔겠죠." 와카바야시 에미는 그렇게 말하며 웃었다.

"지금 병실에 누워 있는 남편이 화낼 거야." 구로사와는 가게 밖, 리놀륨이 깔린 통로에 시선을 던졌다.

"뭐 어때요. 그 사람, 성실한 척하지만, 성격도 나름대로 성실하긴 하지만, 외도한 적도 있는걸요."

"그래?"

"그렇다니까요." 와카바야시 에미가 입을 크게 벌리고 손바닥으로 공기를 부채질했다. "맞선 결혼이라 서로 연애의 즐거움을 모르는 인생이었어요. 그런 연애에 끌리는 마음을 이해 못 하는 바는 아니지만. 우리 남편은 자주 당신 세상은 좁다며 저를 우습게 여겼어요. 하지만 서로 다를 바 없다고요."

"세상은 실제로 좁은데."

"아아, 디즈니랜드에도 있죠."

"뭐가 말이야?"

"잇츠 어 스몰 월드.* 그게 그 뜻 아니에요? 세상은 좁다는."

"글쎄. 어쨌든 그 좁은 세상에 살다 보니 당신도 옛날에 만났던 남자가 궁금해지기 시작했다는 건가?"

"지금까지는 이따금, 어쩌다 기억나는 정도였지만요. 왜, 예를 들어 버드나무가 있잖아요. 그걸 보면 생각나요."

"버드나무?"

"긴자에는 옛날에 버드나무가 쭉 늘어서 있었거든요. 몇 번 철거되어서 지금은 줄었어요. 그런데 구로사와 씨, 왜 버드나무를 가로수로 썼는지 알아요?"

구로사와는 갑작스러운 질문에 잠시 당황했지만 바로 "아마 지반 사정 때문에 그런 것 아닌가?"라고 대답했다.

"뭐야, 알고 있었어요?"

"아니, 짐작이야. 식물에게 중요한 건 흙 아니면 물이니까."

"산소도요. 하지만 긴자에 버드나무를 심은 이유는 유명해요.

* 배를 타고 세계 각국의 의상과 문화를 둘러볼 수 있는 놀이 기구.

우리 남편도 전에 말한 적 있을 정도니."

"그 버드나무가 어쨌는데?"

"50년 전, 그때 만난 그 사람이 가르쳐 줬어요."

눈이 붓다니 꼴사납군. 남자는 자조했다. 마침 비어 있던 벤치에 둘이서 나란히 앉았을 때였다.

길을 걸어가는데 술 취한 두 남자가 시비를 걸어왔다. 얻어맞기는 했지만 당신이 끼어든 덕에 살았어. 고마워. 남자는 조금 쑥스러운 기색으로 고개를 숙였다. 게다가 이 손수건도, 하고 덧붙였다.

에미는 밤에 처음 보는 남자와 함께 있다는 사실에 긴장감과 고양감을 느껴 구름 속에 떠 있는 기분이었다. 오늘은 무슨 일로 왔는지 묻는 남자에게 "댄스홀에 자주 가니까"라고 거짓말을 한 이유는 마음이 들떴던 것도 있지만 또 하나는 허영심 때문이었다. 유흥에 익숙하지 않은 순진한 여자로 보이면 우습게 여길 것 같았다. 거짓말이 탄로 나지 않도록 먼저 질문 공세를 퍼부었다. "긴자에는 자주 오나요?"

"그래, 자주 오는 편인데." 남자는 멍하니 대답하며 "그러고 보니 어째서 긴자에 버드나무를 심었는지 알아?" 하고 손수건으로 가린 상처를 조심하면서 고개를 돌렸다. 에미는 반사적으로 얼굴을 피했다.

"메이지 시대에 긴자 거리가 확장되었을 때, 일본 최초로 가로수가 생겼어. 그때는 벚나무나 소나무, 단풍나무였대."

"벚나무, 소나무가 긴자에?"

"그래. 다만 긴자는 매립지라서 수분이 많아 식물이 잘 자라기 어려워. 말라 죽거나 뿌리가 썩는 거야. 그래서 어차피 그럴 바에야, 하고 물에 강한 버드나무를 심게 된 거래."

아아, 그런 거구나. 에미는 감탄했다. 긴자의 명물이라 할 수 있는 버드나무 가로수에 이런 이유가 있는 줄은 몰랐다. "나무한테 물은 중요한 요소군요."

"그래. 그리고 이것도 알아? 나무는 이산화탄소를 흡수하고 산소를 배출해."

자랑스럽게 말하는 남자에게 에미는 어떻게 반응해야 할지 난처했지만 초등학교에서도 배우는 지식이니 "그 정도는 알아요"라고 대답했다.

"그렇구나." 남자는 자존심에 조금 상처를 입었는지 머쓱한 목소리로 대답했지만, 다시 입을 열었다. 감기 때문에 목이 아프다고 사탕을 빨면서. "하지만 그렇게 생각하면, 나무가 줄어들면 사람이 토해 내는 이산화탄소가 계속 증가할 테니 큰일 날 것 같지 않아?"

"나무가 줄고 있어요?"

"그야 종이도 나무가 원료인 펄프로 만든 거니까, 이렇게 신문이나 잡지가 증가하면 나무를 자꾸 벌목하게 되지 않겠어? 조만간 산소가 부족해질 거야."

"아아, 확실히 그러네요." 그렇게 말한 에미는 갑자기 자기 주변의 공기가 희박해진 듯한 느낌을 받았다.

"아, 저기." 남자가 목소리를 바꾸었다.

"네." 에미는 등을 쭉 폈다.

"지금, 둘이서 바에 가지 않을래?"

그녀는 당연히 동요했다. 물론 가슴이 뛰었다. 이렇게 남자에게 유혹을 받아 보기는 처음이었고, 더군다나 밤에 예기치 못한 전개로 만난 두 사람이라는 비일상적인 상황에 마음이 들떴다. 단지 기쁨 이상으로 겁이 났던 것도 사실이었다.

아아, 아니, 저기. 우물거리고 말았다. 단호한 거절에 대한 공포와 거부감, 그리고 극적인 만남을 잃기 싫은 마음이 뒤섞여 있었다.

남자는 에미의 태도를 슬쩍 보고 작게 한숨을 쉬었다.

침묵이 이어졌다. 가로등 불빛 속, 체면을 벗어던지고 떠들썩하게 지나가는 회사원들은 상스러웠다. 울분이 쌓였는지 그들은 큰 소리를 내며 멀어져 갔다.

어색한 분위기가 느껴지기 시작했을 무렵, 남자가 "고마쓰 스토어의 금화 이야기 알아?" 하고 입을 열었다.

"네?"

"지금으로부터 5~6년 전일까, 긴자 6번가 고마쓰 스토어가

신축 공사를 하는데 금화가 나왔어. 꽤 떠들썩했는데."

기억이 날 듯 말 듯 했다. 듣고 보니 오빠가 그런 말을 했던 것도 같다. 에미는 떠올려 보려 했지만 기억이 별로 없었다. 6년이나 옛날 일이면 에미가 아직 중학생 때니 긴자의 금화 소동은 먼 나라 일이나 마찬가지였다.

"그 금화는 어떻게 됐나요? 발견한 사람이 가졌어요?"

"국가 소유가 된 것 같아."

"어머, 왠지 아깝네요."

남자는 소리 내어 웃다가 "아야야" 하고 눈을 누르고 있던 손에 다른 손까지 겹쳤다. 웃으면 아픈 모양이다. 괜찮은지 묻기도 전에 남자가 말을 이었다. "뭐, 아깝긴 하지만 사장은 그 덕에 고마쓰 스토어가 유명해졌으니 괜찮다고 했대. 똑똑한 사람이지. 그 이듬해에는 왜, 저쪽 후지 은행 공사 현장에서도 작은 금화가 나왔어."

"굉장하네요. 금화가 줄줄이 나오다니, 멋져요."

"정말?"

"네?"

"실은 나도 노리고 있거든." 남자는 고개를 들어 정면을 똑바로 바라보았다. 시선 끝에 있는 것은 육교뿐이었다. "긴자에는 그것 말고도 금화가 묻혀 있다는 소문을 들었어."

"그, 그래요?"

아아, 응. 남자는 의미심장하게 대답한 뒤에 "나, 뭐 하는 사람처럼 보여?"라고 물었다.

뭐 하는 사람이냐고 물어도 대답하기 난처했다. 그제야 비로소 왼쪽에 앉은 남자를 똑바로 보았는데, 밤의 어둠 속에서 손수건까지 덮고 있어 생김새를 제대로 파악할 수 없었다. 남자는 귀가 덮일 정도로 머리가 길고, 몸집도 키도 평범했다. 콧대는 번듯했다. 뭐 하는 사람일까 생각해 봐도 떠오르는 게 없었다. 애초에 외모로 사람의 직업을 알 수 있는 걸까? "저, 얼굴에 수건을 대는 일?" 하고 말한 것은 장난칠 셈이 아니라 그것밖에 떠오르지 않았기 때문이지만 그 말을 들은 남자는 웃음을 터뜨렸다. "그런 일이 있어?"

"아니, 모르겠어요."

"모르는 게 아니지. 난 알아. 손수건으로 얼굴만 가리고 있어도 되는 직업은 절대 없어."

"그렇겠죠." 에미는 동의하고 이번에는 같이 웃었다. "대체 무슨 일을 해요?"

"못 맞히겠어?"

"음, 그러니까," 질문에 대답해야 한다는 중압감을 느꼈다. 인상 좋은 일을 말해 줘야 기뻐하지 않을까 상상했다. "의대생?"

"아아." 남자는 조금 놀란 목소리를 냈다. "용케 알았네."

제가 맞혔나요? 에미가 손으로 입을 가리고 남자를 가만히 바라보자 그의 눈이 놀라움 때문인지 좌우로 움직였다.

"나는 말이야." 남자는 더듬더듬 말했다. "왜, 얼마 전에, 학생들이 국회에 모여서 장갑차를 뛰어넘어 침입하기도 하고, 수십 만 명이 데모로 모이기도 했잖아."

에미는 그 말을 들으면서도 남자가 언제 '당신은 어떻게 생각해?'라고 물을까 봐 두려웠다. 신문을 통해 학생운동 소란은 알고 있었지만 정치적인 사안에는 관심이 없어, 어려운 문제는 몰랐다. 애초에 미국과의 조약 승인이 그녀의 일상생활에 어떤 영향을 미칠지 짐작도 가지 않았다. 그보다 오빠의 피앙세가 언젠가 집에 들어온다고 생각하니, 그게 더 중요한 문제처럼 느껴졌다.

"난 거기에 참가했던 건 아니지만."

"그렇군요."

"분명 그 수십만 명 속에는 그저 소란을 일으킬 목적으로, 재미로 그랬을 리는 없지만 앞날을 진지하게 생각하지 않는 사람도 많았을 거야."

"앞날?"

"국가를 어떻게 할지. 공산주의라고 해도 그 실현 방법까지 생각하지는 않은 거야. 국회를 에워싸서 설령 조약을 저지했다고 해도, 내각을 무너뜨렸다고 해도, 그럼 그다음에 어떻게 할 거지? 그저 기반을 부수려고 날뛰는 거라면 그야말로 신문에 실린 것처럼 단순한 폭동, 도쿄 폭동으로 그치고 말아."

"아아, 네."

"그래서 난 거기에 끼지 않고 일단 자금을 모으려고 해."

"돈을?"

"자본주의를 타도하고 공산주의 혁명을 일으키려 해도, 처음부터 공산주의 방식으로 자본주의를 무너뜨리기란 몹시 어려운 일이야. 애초에 폭동만으로 일을 성사시키기는 어려워. 내가 볼 때는 일단 상대의 규칙을 따라야 해. 즉 자본주의의 근간, 돈을 써서 위대한 인물이 된 다음에 내가 바라는 사회를 만들면 되는 거야."

에미는 마땅히 대꾸할 말이 없었지만 남자의 논리적인 주장은 신선했다. 집에 있는 오빠는 자기 옷이나 헤어스타일, 사고 싶은 차에만 정신이 팔려 있고, 직장에 있는 남자들도 일에 대한 불평이나 술집 이야기만 늘어놓았지 주변에 국가에 대한 이야기를 하는 사람은 없었다.

"그래서 금화를?"

"응, 찾아낼 거야. 지도를 손에 넣을 예정이니까."

"지도?"

그래, 하고 남자는 말하더니 "실은 아까 맞은 것도 그것 때문이야"라고 불쑥 털어놓았다.

"네?"

"내가 금화를 손에 넣으면 곤란한 그룹이 몇 있거든. 그래서 날 협박한 거야." 남자는 그제야 생각났다는 듯 손가락으로 앞니를 만졌다.

"왜 그래요?"

"혹시 이가 부러지진 않았나 싶어서."

"괜찮아요." 에미가 말했다. 처음 만났을 때부터 그의 치아가 하얗고 깨끗하다는 걸 알고 있었다. "그런데 당신을 협박했다는 그 그룹은 대체 뭐예요?"

남자는 살짝 고개를 돌리고 에미의 시선을 피했다. 그러더니 잠시 후, 자기 발끝을 바라보며 말했다. "저기, 내일도 만나지 않을래?"

"두 달 전, 조사 의뢰를 받았을 때도 생각했지만 그런 수상한 이야기를 잘도 믿었군그래." 지금 병실에서 와카바야시 에미와 마주 앉은 구로사와는 핵심으로 들어가기 전에 그녀의 의뢰 내용을 재확인하면서 그렇게 말했다. "금화가 있다고 믿었나?"

"글쎄요. 이제 와서 생각해 보면 수상한 얘기지만, 그때는 저도 순수했거든요. 게다가 밤이라 묘한 분위기가 감돌았고 낯선 남자하고 단둘이 있었으니 독특한…… 뭐라고 하지, 세뇌?"

구로사와는 웃었다. "그렇게 본격적인 세뇌는 아닐 텐데."

"하지만 전 내심 일상과는 다른 무언가를 기대했는지도 몰라요. 매일 차를 나르고, 성실하게 일만 했으니까 밤의 긴자에서 우연히 만난 남자가 보물 지도를 들고 위험한 모험을 하려는 걸 안다면, 역시 믿고 싶어지지 않겠어요?"

"난 그런 감각은 잘 모르겠지만," 구로사와는 그렇게 말하다가 "일상과는 다른 경험이라면 한 적 있어. 생각해 보니 그것도 긴자였네" 하고 중얼거렸다.

"어머나, 금화라도 주웠어요?"

"전에 밤의 긴자에서 악기점에 들렀는데, 거기서."

"거기서?"

"굉장한 음악이."

"그게 무슨 소리예요?"

구로사와의 단단한 입가에서 힘이 풀리더니 "아까우니까 비밀이야. 그건 굉장한 경험이었어"라고 말했다.

"쩨쩨하기는."

"어쨌든 50년 전 긴자에서 금화 이야기를 나눈 이튿날에도 그 남자와 만났다 이거지? 이름은 서로 말하지 않았나?"

"그래요." 와카바야시 에미는 그렇게 대답한 뒤에 못 참겠다는 듯이 웃음을 터뜨렸다. "그 사람이 이렇게 말했어요. 지금도 기억해요. '나는 위험한 사명을 짊어지고 있으니, 내 이름은 모르는 게 나아. 무슨 일이 생겨도 당신은 모른다고 잡아뗄 수 있으니까. 당신 이름도 묻지 않겠어. 그게 서로를 위한 일이야.' 그래서 그때는 저도 순정파라 '그, 그래요' 하고 수긍해 버렸지 뭐예요."

구로사와는 쓴웃음을 지었다.

"잘 기억은 안 나지만 왜, 〈그대 이름은〉이라는 드라마가 있었잖아요. 라디오에서 방송해 준."

"그런 게 있었나?"

"거기서도 태평양 전쟁 공습으로 두 사람이 스키야바시 다리에서 만나는데, 비슷하죠?"

"비슷하다고?"

"저하고 그 남자의 만남이."

"대충 분류하면 비슷할지도 모르지."

"거기서도 두 사람은 이름을 말하지 않아요. 그래서 저도 그 여주인공 흉내를 냈던 건지도 모르죠."

"그리고 다음 날도 만났고, 그다음 날도 만난 거로군."

"그다음 날도요."

퇴근 후 긴자 미쓰코시 라이온 앞에 도착했을 때, 에미는 자기가 속아서 놀림 당한 게 아닐까 불안해졌지만 금방 안대를 한 남자가 보여서 마음을 놓았다.

"맞은 자리는 좀 괜찮아요?" 그렇게 묻자 "이렇게 안대를 하고 있으면 부끄럽지만, 없으면 또 푸르죽죽하게 부은 자리가 눈에 띄어. 그렇다고 모처럼 당신하고 만나기로 했는데 안 올 수도 없고"라고 대답했다. 역시 사탕을 먹고 있었다. 에미는 까르르 웃었다. 평소에 한 번도 낸 적 없는 웃음소리에 스스로도 놀랐다.

누가 먼저랄 것도 없이 스키야바시 쪽으로 가서 벤치에 앉아 이야기를 나누었다.

"왜, 이렇게 안대를 하고 있으면 긴자에 흔히 어슬렁거리는 상이군인처럼 보이지 않을까? 여기에 개 한 마리만 데리고 있으면 누가 적선해 줄지도 몰라."

"그때 금화도 얻을 수 있을지 모르겠네요." 에미는 마음이 앞서 나가 큰 목소리를 냈다. 재치 있는 대답을 찾아내 말하는 건 태어나 처음 해 보는 경험이었다.

아아, 금화라고? 그거 좋네. 남자가 유쾌하게 껄껄 웃자 에미는 안도했다. 마음도 푸근했다.

"하지만 어느 형사가 긴자의 상이군인을 점찍어서 미행해 봤더니 훌륭한 집에 처자식까지 있더라는 이야기도 있잖아. 겉모습으로는 알 수 없다고 할까, 뭐가 부를 낳을지는 모르는 일이야." 그러더니 남자는 또 사회의 미래에 대해 뜨겁게 논했다. 에미는 그 이야기에 매력을 느끼고 흥분했다. 다른 세상을 들여다보는 감각에 빠져 남자가 "그런데 당신은 지금 무슨 일을 해?"라고 물었을 때 그만 "번역 일을 해요"라고 거짓말을 하고 말았다. 어째서 그런 말을 했는지 스스로도 영문을 알 수 없었지만, 다른 나라와 연결 고리가 있는 일을 말해야 남자가 경멸하지 않을 것 같았다.

"번역!" 남자는 깜짝 놀라더니 "영어? 아니면 독일어?" 하고 연달아 물었다. 어쩔 수 없이 "스페인어요"라고 대답했다. 단순히 직장 상사 중에 스페인어를 공부하는 사람이 있었기 때문이었다. 다행히 남자는 그 이상 캐묻지 않았다.

구로사와는 웃음을 참을 수 없었다. "번역가라니!"

"꽤 그럴싸한 거짓말이죠?" 와카바야시 에미는 되레 당당하게 가슴을 폈다. "제가 봐도 센스가 있어요."

"거짓말치고는 아슬아슬한데. 뭘 번역하느냐고 물을 가능성도 있잖아."

"직업상 비밀이라고 대답해야죠."

"지금이니까 하는 말이지. 그때는 못 했을걸. 젊고 순수했을 테니까."

"구로사와 씨, 예리하네요. 그건 그냥, 쑥스러운 과거예요."

"그 랑데부는 나흘째 되던 날 끝났다고 했지?"

"21세기에 랑데부라는 말이 아직 살아 있을까요?" 그녀는 웃었다. "하지만 그랬어요. 나흘째에 그가 이렇게 말했어요. '역시 더 이상 만나면 당신을 위험에 빠뜨리게 될 거야.'"

"위험이라."

"내가 하려는 일은 전학련*에도, 내각에도 반감을 사겠지. 양쪽에 감시당할지도 몰라. 그러니 당신이 위험해지기 전에 그만

* 전일본학생자치회 총연합의 약칭으로, 1948년 결성되어 일본 학생운동의 중심에 섰다.

만나자, 그러지 뭐예요."

오호라. 또 그렇게 말하는 구로사와는 노골적으로 웃음을 삼키고 있었다. "꽤나 극적인 이별 핑계로군."

"그렇죠? 실은 저, 그때 이렇게 말하고 싶었어요. '반년 후에 여기에서 또 만나지 않겠어요?' 〈그대 이름은〉하고 똑같이 말이에요. 하지만 그런 말을 어떻게 하겠어요."

"그래서 그걸로 끝이었다, 이거군." 오늘은 조사 결과를 보고하러 왔는데, 이렇게 다시 개요를 확인하니 웃음을 참을 수 없었다.

"그래서 나흘 동안 밤에만, 벤치에 앉아 두 시간쯤 이야기한 게 다예요."

"도합 여덟 시간인가."

"구로사와 씨, 제가 어리석어 보이죠?" 와카바야시 에미가 웃었다. "겨우 여덟 시간의 추억을, 50년 지난 지금까지 소중히 간직하다니."

아니. 구로사와는 즉각 고개를 저었다. "옛날에 본 육상 선수 칼 루이스의 100미터 달리기는 거의 10초밖에 안 됐지만 지금도 똑똑히 기억해. 추억은 시간하고는 별 상관 없어."

"칼 루이스에 비교하다니, 이걸 기뻐해야 하나 말아야 하나."

"어쨌든 그 남자가 어떻게 사는지 궁금해졌다 이거지."

"그래요. 그야, 그렇게 엉뚱한 소리만 하던 사람이 제대로 살아 있기나 할지 걱정스럽잖아요. 한동안 신문을 볼 때마다 그 남자 기사가 있지는 않을까 걱정했어요."

"금화를 주운 뉴스라도 났을까 봐?"

"그래요. 어쩌면 폭행당하거나, 협박당하거나. 그것도 아니면 스파이 혐의나."

"스파이?"

"그런 분위기가 있었으니까요."

"아마 죄다 거짓말일 거야."

와카바야시 에미는 놀라지도 않고 "구로사와 씨, 용케 그 사람에 대해 조사했네요"라고 말했다.

"그건," 실제로 그의 입장에서는 대수롭지 않은 일이었지만, 구로사와는 별일 아니라는 듯이 말을 이었다. "왜, 아까도 말했잖아. 옛날 사장 아들을 만났다고."

"아아, 저한테 호감을 품고 있었다는 그 사람요?"

"그래, 몽블랑 역할의 남자 말이야."

와카바야시 에미가 웃었다. "그래서, 그 남자가 어쨌는데요?"

"실은 당시 마음에 두었던 여성이 평소와 달리 가벼운 발걸음으로 퇴근하는 모습이 신경 쓰였다더군."

"제 얘기예요?"

"그래."

조사를 속행하다가 사장 아들을 찾아낸 것은 한 달 전이었다. 불쑥 나타난 구로사와가 50년 전 이야기를 묻자 처음에는 그도 당황했지만 바로 이야기보따리를 풀어냈다. 과수 재배 회사를 세운 지 얼마 되지 않았다고는 해도, 아내는 이미 타계했고 두 아들은 사업에 실패해 빚을 갚느라 동분서주하는 듯했다. 부모 자식이 나란히 빚더미에 앉았습니다. 이것도 유전일까요, 하고 혼자 껄껄 웃는 모습은 호탕하고 대범한 성격 때문이라기보다 침울하게 가라앉는 데 지쳐서 그런 것처럼 보였다. 활달한 모습은 연기다. 그래서 와카바야시 에미의 이야기는 그에게 현실에서 조금이라도 멀어질 수 있는 절호의 핑계였는지도 모른다. 기꺼이, 매달리듯 필사적으로 말했다.

"실은 말이죠, 뒤를 밟았어요." 사장 아들은 죄책감도 없이 말했다.

"뒤를?"

"그래요. 에미 씨가 너무 즐거워 보였거든요. 평소 부르는 수병 리베도 콧노래에 가까웠어요. 폴짝폴짝 뛰기까지 하더라니까요. 그래서 회사 일을 마친 뒤에 어디에 가는지 따라갔습니다."

그랬더니 긴자가 아니겠어요? 사장 아들은 손을 활짝 펼치고 화려한 거리에 놀라 눈을 휘둥그레 뜨는 시늉을 했다.

"에미 씨는 바로 미쓰코시로 들어갔어요. 화장실에 가더니 나왔을 때는 이미 다른 옷으로 갈아입었더라고요. 붉은색 원피스로요. 저도 깜짝 놀랐지요. 그런데 라이온 앞에서 웬 남자를 만나 걸어가더군요."

"짝사랑이 끝났군." 구로사와가 놀리듯 말하자 사장 아들은

"뭐, 저는 끈질긴 편이라 조금 다른 식으로 생각했습니다"라고 코를 긁적였다.

"다른 식으로?"

"아아, 이거 분명 저 남자한테 속고 있는 거다 싶었죠. 왜긴요, 상대 남자는 수상한 안대를 하고 있지, 둘이서 어디에 가지도 않고 히비야 근처 벤치에 앉아 종알종알 떠들기만 하니 그렇죠. 이거 에미 씨를 잘 구슬려서 돈이라도 뜯어내려는 것 아닌가, 아니면 구름에 태워 쇼걸 일이라도 시키려는 것 아닌가 싶었어요."

"별생각을 다 하는군."

"단순히 에미 씨에게 연인이 있다는 사실을 인정하기 싫었던 거겠지요. 그래서 두 사람이 헤어진 후에 이번에는 남자의 뒤를 쫓아갔어요."

미행은 그리 어렵지 않았다고 한다. 지하철을 탄 남자는 옆길로 새지 않고 그대로 작은 아파트로 돌아갔다. 화가 머리끝까지 난 사장 아들은 주저 없이 남자가 사라진 집의 현관문을 두드렸다. 밖으로 나온 남자가 무슨 일인가 엉거주춤하는 사이 "아까 그 여자한테 무슨 수작이야!" 하고 다그쳤다.

"난 그 여자 양육을 맡고 있는 사람이다, 하고 엉터리 소리를 지껄였죠. 알겠어? 어쨌거나 두 번 다시 만나지 마! 라고요."

"너무하는군." 구로사와는 어이가 없었다. 그 때문에 이제 막 시작된 한 여성의 연애가 부득이하게 급정지한 것이다. 옆에서 불어온 강풍에 선로에서 전복된 꼴이다.

"그랬더니 그 남자도 이럽디다. '알겠어, 당신 말대로 그 여자한테는 더 이상 관여하지 않을게. 실제로 나도 그녀 앞에서 허세를 떨거나 분수에 맞지 않는 거짓말을 한 바람에 이제 어쩌나 고민하던 참이었어.' 아무래도 그 남자, 자기를 도쿄대 의대생이라고 소개한 모양이더라고요."

"아니었나?"

"도쿄대 의대생이 그리 흔한 줄 압니까?" 사장 아들은 웃었다. "그것 말고도 정치에 대해선 전혀 모르는데 잘난 척 떠들고 말았다며 후회하더군요. 다만 그 남자는 한 번만 더 만나서 이별을 고하게 해 달라고 제게 머리를 숙였습니다. 내일 밤도 만나기로 약속하고 말았다, 허탕을 쳐서 그녀가 불안해하기라도 하면 미안하다. 내일 만나면 그걸 끝으로 더는 만나지 않겠다고 말할 기회를 달라. 그렇게요. 지금 생각해 보면 성실한 남자였는지도 모르겠습니다."

그렇게 된 일이라고 설명하자, 와카바야시 에미는 깜짝 놀라 "그 사장 아들이 그런 짓을 했어요? 어머나" 하고 눈을 휘둥그레 떴다. 머릿속이 좀처럼 정리되지 않는 것이리라.

"하지만 사장 아들이 훼방을 놓지 않았어도 그 남자하고는 잘되지 않았을지도 몰라. 도쿄대 의대생이란 말도 거짓말이었고, 왜, 당신도."

"번역가였고요." 그녀는 실눈을 떴다. "거짓말에 거짓말을 덧바르다 보니 뭐가 뭔지 알 수 없었어요. 하지만 남의 연애를 방해할 줄이야."

"그 벌로 빚더미에 앉았잖아." 구로사와는 어깨를 으쓱 움츠렸다. "하지만 그 사장 아들 덕분에 이번에 그 남자를 추적할 수 있었던 것도 사실이야."

"어머, 그래요?"

"남자가 살던 아파트를 기억하더군. 정확히는 아파트와 집 위치를 기억하고 있었어. 그래서 나는 거기에 가서 주위 사람들에게 물어보았지. 물론 당시의 아파트는 사라졌고, 같은 곳에는 임대 맨션이 있었어. 집주인은 대가 바뀌었지만 그래도 당시 집주인의 아들이더군."

"어머나."

"원래 집주인이 어지간히 꼼꼼한 성격이었는지, 그전 계약서나 집세 영수증을 전부 챙겨 뒀더라고."

"옛날 것까지?"

"그래. 손으로 쓴 장부 같은 게 있었어. 그래서 당시 그 집 세입자의 기록을 찾아냈지."

"오래된 거라도 개인 정보잖아요. 용케 보여 줬네요."

"그야 뭐."

물론 구로사와가 찾아가서 옛날 세입자 정보를 알려 달라고 했지만 상대는 허락해 주지 않았다. 불쑥 찾아온 무뚝뚝한 구로사와에게 그렇게까지 해 줄 이유가 없다. 문전박대는 당연한 처사라 할 수 있다. 구로사와에게는 돈을 내고 교섭한다는 길도 있었지만 너무나 오만 방자한 상대의 태도가 거슬려서 그 방법은 관뒀다. 대신 익숙한 방법을 선택했다. 상대의 생활 습관을 관찰하고, 집을 비운 틈을 노려 몰래 침입한 것이다. 장부를 찾아내 원하는 정보를 찾았다. 하는 김에 장롱에 숨겨 놓은 봉투 속, 비상금이라고 부르기에는 지나치게 두터운 돈다발에서 지폐를 몇 장 뽑았다. 훔친 금액을 기록한 영수증 메모를 남기고 떠났다. 빈집털이와 탐정, 둘 중 어느 게 부업인지 점점 분간이 가지 않는다.

"하지만 구로사와 씨, 그런 다음에 어떻게 그 사람이 있는 곳을 찾아냈죠? 거기서 알아낸 건 고작해야 이름 정도잖아요."

"당시 근무처도 있었거든."

"이번에는 거길 찾아갔어요? 구로사와 씨도 고생이 많았네요."

"정말이지, 이런 의뢰를 하는 사람은 어떻게 생겼는지 궁금할 정도야." 구로사와는 그렇게 말하며 손가락을 내밀어 그녀를 가리켰다.

"그 사람, 어디에서 일했어요?"

"아아. 다구치 광고라는 이름이었어."

"광고 대리점?"

"광고를 대신해 준다는 의미에서는 그런지도 모르겠군."

"광고를 대신해 주다니 무슨 뜻이에요?"

"당시에 긴자 거리를 활보하는 '인간 광고판'이 참 많았다지. 바로 그거야. 다구치 광고가 맡았던 일은."

와카바야시 에미는 순간 무슨 뜻인지 몰랐는지 어리둥절한 표정을 지었지만 곧바로 "어머나" 하고 웃었다. "정말 도쿄대 의대생이 아니었군요."

구로사와는 고개를 끄덕였다. "당신이 번역가가 아니었던 것처럼."

"그래서."

구로사와는 거기서 목소리를 바꾸어 "어떻게 할 테야? 계속 말할까?" 하고 물었다.

"아직 뒤가 더 있어요?"

"모처럼 두 달이나 조사했는데 보고할 내용이 이것뿐이면 면목이 없으니, 나름대로 재미있는 이야기를 궁리해 봤어."

"당신, 농담할 사람처럼 보이지는 않는데요." 와카바야시 에미는 날카롭게 지적하더니 자리에서 일어나 "잠깐 기다려요" 하고 침대로 다가갔다. 남편의 숨소리를 확인하듯 코에 귀를 가까이 대더니, 주위 기구들을 매만지고 이불을 다시 덮어 주었다. "이 사람 저녁 식사 때까지 아직 시간이 조금 있으니 말해 줘요.

그 재미있는 이야기" 하고 의자에 도로 앉았다.

"기대하면 난처한데." 구로사와는 고개를 저었다. "그냥 갖다 붙인 얘기니까."

"그냥 갖다 붙인 얘기예요?" 와카바야시 에미가 요란하게 실망하는 시늉을 했다.

"실은 당신이 말한 이야기 속에 나온 키워드를 조금 생각해 봤어."

"키워드? 제 이야기에 그런 게 있었어요?"

"아니, 내가 마음대로 뽑아낸 것뿐이야. 예를 들어 긴자에서 처음으로 그 남자하고 이야기했을 때, 화제가 뭐였지?"

"뭐였더라. 금화였나?"

"버드나무였잖아."

"아아, 그랬죠, 버드나무였지."

"버드나무는 식물이니까 이산화탄소를 흡수하고 산소를 배출한다고 했지."

"구로사와 씨, 그런 얘길 용케 기억하고 있네요."

내가 할 말이다. 구로사와는 얼굴을 찌푸렸다. "그리고 남자의 치아가 유난히 깨끗했다는 말도 했잖아. 그 남자도 앞니가 부러지지 않아서 다행이라고 그랬고."

"그게 어때서요?"

"그리고 또 한 가지, 60년 전 추억도 좀 쓸게."

"60년 전 추억이라니 뭔데요? 아아, 제가 초등학생 때 미아가

됐던 이야기요? 그걸 뭐에 쓰려고요?"

"유원지에서 미아가 된 소년과 만난 건 바퀴벌레 때문이었어. 맞지?"

"아니에요. 만난 뒤에 바퀴벌레가 나와서, 그 애가 걷어차서 쫓아 준 거예요."

"아아, 그랬지. 혹시 바퀴벌레 퇴치 세트라는 건 알아? 옛날에는 자주 썼는데."

"스프레이 말고요? 붕산먹이 같은 거요?"

구로사와는 입가를 씩 올리며 손가락을 세웠다. "바로 그거야."

"저기요, 무슨 말을 하고 싶은 건지 통 모르겠어요, 구로사와 씨."

"곧 알게 될 거야. 그 후에 미아 커플은 숯불 닭꼬치를 먹었다고 했지?"

"그래요."

"숯에 들어 있는 게 뭔지 알아? 탄소야."

"네?"

구로사와는 말하는 속도를 조금 높였다. "그리고 미아 커플은 헤어질 때 인사를 못 했어. 왜냐면, 소년이 화장실에 갔기 때문이지. 소변을 누러. 소변이라고 하면 암모니아지. 암모니아의 화학식이 뭔지 알아? NH야. N이라는 건 질소지."

이미 구로사와의 의도를 알아차린 와카바야시 에미는 유쾌하다는 듯 환하게 웃으며 손바닥을 내밀어 마음껏 해 보라는 뜻을 전했다.

"이어서 긴자 이야기로 돌아가 볼까? 아까도 말했지만 남자와의 대화에서 나온 화제는 버드나무야. 산소를 배출하는 식물 이야기지. 그리고 앓니."

"불소죠."

"맞아. 당시에 충치 예방 개념은 없었겠지만, 지금은 불소를 배합한 치약을 팔아. 뭐, 불소가 좋은지 나쁜지는 찬반양론이 있는 모양이지만, 어쨌든 치아와 불소를 연결 지을 수 있지."

"참 잘 갖다 붙이네요. 그래서 어떻게 되는데요? 재료는 다 갖췄어요?"

"눈치가 빠르군."

"구로사와 씨가 친절하게 설명해 주니까요. 순서대로 따지면 처음이 붕산먹이죠. 붕산이 B였던가."

"그래. 붕산, 탄소, 질소, 산소, 불소. 차례대로 B, C, N, O, F."

"나의 배가 되네요. 마지막 Ne는 없지만."

"Ne는 네온이야. 긴자에는 잔뜩 있었겠지."

수병 리베 나의 배. 와카바야시 에미는 리듬을 타며 흥얼거렸다. 짝짝, 작게 손뼉을 치더니 참 잘했어요, 라고 말한다.

"당신이 말한 추억담에는 우연히도 '나의 배'에 나오는 원소가 전부 들어 있었던 거야."

"갖다 붙이기는."

"놀랐어?" 구로사와가 말했다. "원소 주기율표 그대로 나온다고. 새로운 발견이지?"

"하지만 구로사와 씨, 그건 정말 억지잖아요. 숯불 닭꼬치가 탄소라느니, 치아가 깨끗하다고 불소라느니, 전부 당신이 억지로 갖다 붙였을 뿐이잖아요?"

"그래. 마음만 먹으면 이런 건 누구나 할 수 있어." 구로사와는 인정했다. "하지만 즐겁잖아?"

"확실히 즐겁긴 하지만." 와카바야시 에미는 그렇게 말하고 숨을 후 내뱉었다. "그럼 구로사와 씨, 아까 얘기로 돌아가서."

"돌아가? 지금 나의 대발견의 여운을 조금 더 누리지 않아도 괜찮겠어?" 하고 스스로 실소하듯 말했다.

괜찮아요, 괜찮아. 와카바야시 에미도 웃었다. "그래서 구로사와 씨, 당신 보고는 아직 멀었어요?"

구로사와는 들고 온 가방에서 디지털카메라를 꺼냈다.

"그 카메라는 뭐예요?" 와카바야시 에미가 물었다. "아아, 맞다. 구로사와 씨, 긴자의 그 남자를 만나서 사진을 찍어 온 거죠? 그렇죠? 얼른 보여 줘요. 어떤 남자가 되었을지 가슴이 설레네요." 와카바야시 에미는 자리에서 일어나 구로사와 곁으로 다가오더니 찰싹 들러붙어 카메라를 들여다보았다.

"아니." 구로사와는 고개를 저었다. "안 찍었어."

"아니, 그 정도도 못 해 줘요?" 와카바야시 에미는 말처럼 불만스러워 보이지는 않았다. 그저 가벼운 농담을 하는 것 같기도 했다. "일을 너무 설렁설렁하는 것 아니에요?"

"듣고 보니 사진 정도는 찍어 둘 걸 그랬군." 구로사와는 카메라 전원을 켜고 바로 쥐었다. 정면에는 와카바야시 에미의 남편이 누운 침대가 있었다. 의료 기구가 감싸고 있다. 셔터를 누르자 청량한 샘물에서 물방울이 튀어 오르는 듯한 소리를 내며 실내의 풍경을 사로잡는 빛이 번쩍였다.

"뭐 하는 거예요, 테스트?"

구로사와는 단추를 눌러 디지털카메라 액정 화면에 지금 막 찍은 침대 사진을 띄웠다. 그것을 와카바야시 에미에게 건넸다. "자, 이거야."

"이거라니, 뭐가요?"

"당신이 찾던 남자."

와카바야시 에미는 처음에 누가 바보인 줄 아느냐, 사람 우습게 보느냐며 불쾌한 기색을 드러냈다. "장난도 작작해요" 하고 소리를 높이다가 "어" 하고 고개를 갸웃거리더니 "잠깐, 어떻게 된 거죠?" 하고 구로사와 앞의 의자에 다시 앉았다.

"50년 전 아파트 장부를 조사했어. 다구치 광고에서 일하는, 그 남자의 이름은 와카바야시 준이치였어. 어때, 남편 이름하고 똑같지 않나?"

"설마." 그녀는 입가를 일그러뜨리며 관자놀이를 실룩였다. "장난하는 거죠, 구로사와 씨?"

"장난할 이유가 없어. 물론 동성동명일 가능성은 있지. 우연일지도 몰라. 단순히 그 5년 후에 맞선을 봐서 결혼한 남자하고 같은 이름이었던 거지."

"하지만 서로 몰랐을 리가 있겠어요?"

"어두운 밤, 단 나흘. 게다가 안대를 하고 있었어. 무엇보다 두 사람 다 직업을 속이고 긴자의 사랑을 즐겼으니 멀쩡한 정신 상태는 아니었을 테지. 기억은 가공되는 법이야. 미화되는 경우도 많지. 아마 와카바야시 준이치는 그때 그저 단순히 거리에서 취객에게 붙들렸던 걸 거야. 그러면 너무 볼품없으니 사정을 꾸며낸 거지. 바에 가자고 유혹했는데 거절당해서 망신을 샀으니 허세를 부리려 했던 거야. 그런 것 아니겠어?"

"어째서 그런 짓을."

"그 여자하고 특별한 관계가 되고 싶었던 거겠지."

"이 사람이? 그런 남자가 아니었어요. 성실하기만 했지."

"그러니까 결혼한 후에도 말 못 했던 건지 몰라."

"그럴 수가 있을까요? 보통은 그런 젊었을 때 이야기, 다들 하잖아요."

"그럼 당신은 어때? 긴자에서 나흘 동안, 수수께끼의 남자를 만났던 추억을 남편에게 말했나?"

와카바야시 에미는 잠시 입을 다물었다가 고집을 부렸다. "하지만 친구한테는 말한 적 있어요. '이래 봬도 나도 왕년에는 낭만적인 추억이 있었어' 하고."

"이 사람도 마찬가지야." 구로사와는 침대를 가리켰다. "옛날 친구를 찾아내 물어봤어. 세 사람을 만났는데 그중 한 명이 말해 주더군. 와카바야시 준이치가 술에 취했을 때, 자랑했던 모양이야. 젊은 시절, 인간 광고판 일을 할 적에 〈그대 이름은〉이 현실에 일어난 것 같은 만남이 있었다고."

"잠깐만요." 와카바야시 에미는 손을 내밀었다. 스톱, 일시 정지 신호를 보내는 것 같다. "차분히 생각할 시간을 줘요. 음, 그러면 우리 남편도 제가 그때의 가짜 번역가라는 걸 몰랐단 말이에요?"

"아마도." 구로사와가 말했다. "지금, 저기서 이 이야기를 듣고 깜짝 놀라고 있겠지."

와카바야시 에미도 몸을 돌려 뒤를 보았다. "잠깐, 여보, 진짜예요? 네? 정말 놀랄 일이네."

병석에 누운 남편은 꼼짝도 하지 않았지만 구로사와는 그를 뚫어져라 쳐다보았다. "아까 내가 지어낸 원소기호 이야기가 훨씬 더 놀랄 일인데" 하고 진지한 얼굴로 말하더니 손목시계를 보았다. 슬슬 면회 시간도 끝나 간다. "끝으로 하나 더."

"뭔데요?"

"아까도 말했다시피 나는 이번에 별로 많이 조사하지 않았어. 어려운 일은 아니었어."

"다행이네요." 와카바야시 에미는 웃었지만 지금은 그럴 정신이 아닌지 벌떡 일어나서 실내를 방황했다. "대체 뭐야, 결국 난 긴자에서 만났던 그 사람과 결혼했다는 거야?"

"모처럼 시작한 김에 첫사랑 쪽도 조사해 봤어."

"네?"

"부가 서비스 같은 거야. 60년 전 유원지에 가 봤지. 거의 다 새 걸로 바뀌었고, 관리동도 싹 바뀌었어."

"그랬겠죠. 아니, 정말로 갔어요? 혼자서?"

"대단하지?"

"왜 그런 짓을."

"60년 전, 미아가 되었던 남자를 찾을 수 있지 않을까 싶어서."

"거짓말이죠? 이젠 아무것도 없을 텐데?"

"아니, 그런데 옛날 관리동도 일단 남아는 있지 뭐야. 자료관이라는 명목으로, 허름한 목조 건물이었지만." 구로사와는 또 디지털카메라를 만졌다. 경쾌한 소리가 울렸다. 보름 전에 찍은 사진을 불러왔다. "잘 보여야 할 텐데."

"뭐가요?"

"그 관리동 벽."

"벽?"

"처음에 의뢰했을 때 당신이 말했잖아. 미아가 된 두 사람은, 관리동 벽에 낙서를 했다고. 내가 찾아간 건물 벽에는 확실히 우산 낙서가 잔뜩 있었어."

"정말로요?"

"어렸을 때 키를 생각하면 찾을 곳을 한정할 수 있지. 뾰족한 돌로 새겼는지 사라지지 않고 남아 있더군."

"거짓말이죠?" 와카바야시 에미가 다시 구로사와 곁으로 다가와 카메라를 들여다보았다.

"이건 진짜 웃겼어. '에미'라고 적힌 이름 옆에 뭐라고 적혀 있었는지 알아?"

60년 전인데 어떻게 알아요. 와카바야시 에미는 말했다. 하지만 바로 딱딱하게 굳은 표정으로 "아" 하고 입을 벌리더니 "설마. 그럴 리 없죠?" 하고 구로사와의 옆얼굴을 바라보았다.

구로사와는 카메라 단추를 눌러 표시된 사진을 확대했다. 와카바야시 에미가 들여다보았다. 이미 거기에 적혀 있는 이름을 짐작하는지, 뻗은 손가락이 떨리고 있었다.

"우연히 같은 이름인지, 아니면 잇츠 어 스몰 월드인지 모르겠지만, 후자라면 당신은 평생 이 남자의," 구로사와는 침대를 가리켰다. "'나의 배'에 타고 있었던 셈이야."

잠시 후 와카바야시 에미는 "세상에" 하고 요란한 한숨을 내뱉었다. 그러더니 "기쁜 건지, 실망스러운 건지 모르겠네요. 내 소중한 추억을 남편이 망쳐 놓은 기분이에요"라고 말하면서 "아아, 아까 그 우산도 이쪽에서는 배처럼 보이네요" 하고 카메라를 가리키며 얼굴을 누그러뜨리는가 싶더니 눈물을 주르륵 흘렸다.

"어쨌거나," 구로사와는 자리에서 일어났다. "조사 비용 입금 계좌는 여기에 적어 놨어." 작은 테이블 위에 봉투를 내려놓고 병실을 뒤로했다.

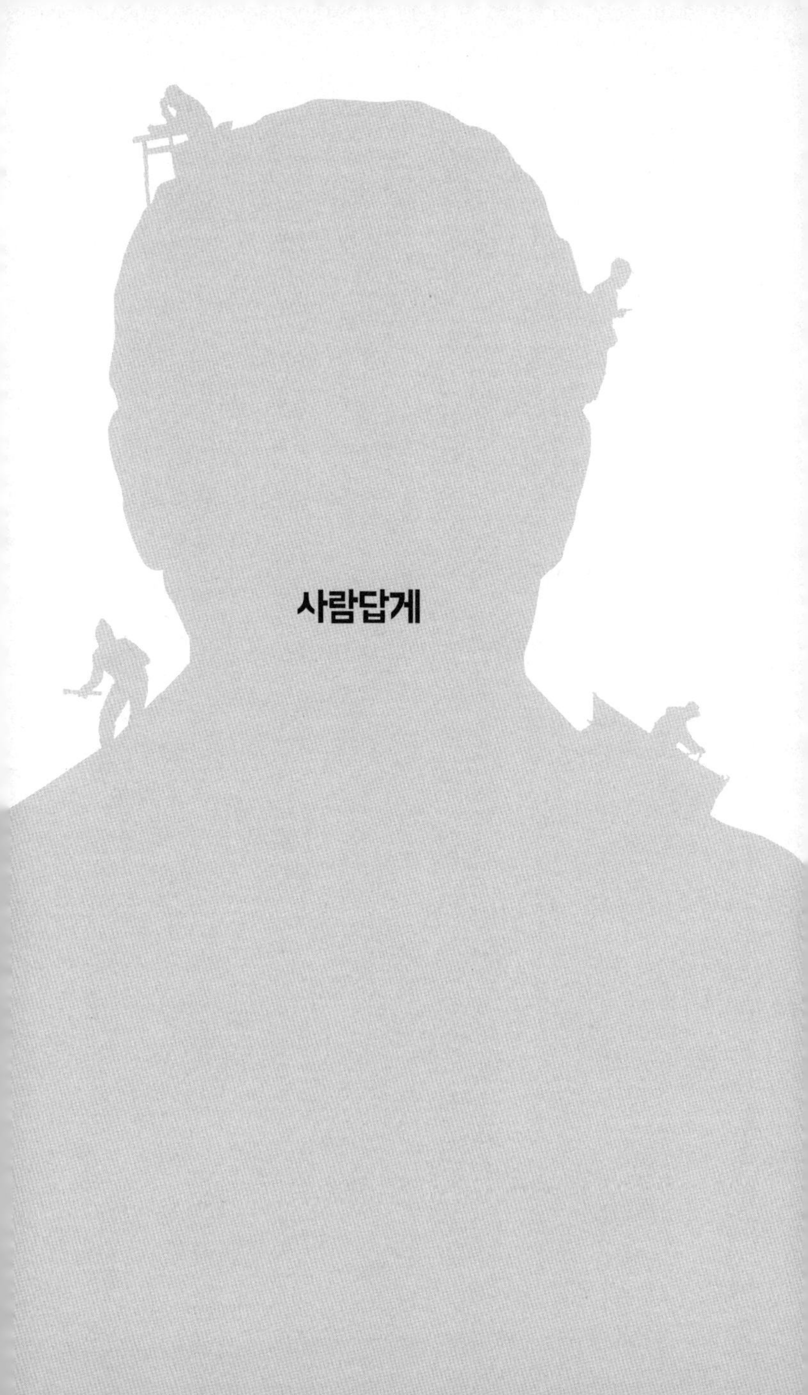

사람답게

人間らしく

《신초》 2013년 1월호

세상엔 하느님도, 부처님도 없어. 의뢰인은 구로사와 옆에서 그렇게 말했다.

40대 후반의 전업주부인 그녀는 하느님이나 부처님의 존재를 인정해야 하는가, 의심해야 하는가 하는 문제에 대한 답이 아니라 단순한 푸념으로 그렇게 말했다. 서양 영화에서 주인공이 위험에 빠지면 외치는 '지저스'나 '오 마이 갓'에 가까웠다.

센다이 역 동쪽 출구 뒷골목에 있는 유료 낚시터였다. 작은 수영장 같은 수조가 있고, 그 수조를 벤치 몇 개가 에워싸고 있다. 구로사와는 요즘 시간이 남아돌면 그곳에서 낚싯대를 들고 잉어 낚시를 할 때가 많았다. 열을 올리는 것도, 열심히 하는 것도 아니지만 하염없이 낚싯대를 드리우고 있다. 평일 낮에는 손님이 거의 없어 자연히 자주 보는 사람과는 안면을 트게 되는데, 여자는 그런 사람 중 하나였다.

여자는 구로사와가 의뢰를 받아 일하는 탐정이라는 사실을 알자 "부탁하고 싶은 일이 있는데"라고 말했다. "제부 뒷조사 좀 해 줘. 불륜 증거."

낚싯대 끝의 찌가 움찔, 물속에 잠겼다. 구로사와는 반사적으로 손목을 꺾어 낚싯대를 걷었지만 감촉은 제로, 미끼만 빼앗겼을 뿐이다. 낚싯줄을 되감아 손가락으로 돌돌 뭉친 미끼를 바늘에 달았다.

"말이 제부지, 그렇게 부르기도 싫지만." 옆에 앉은 여자는 낚싯대를 든 채로 말을 이었다. "여동생 남편일 뿐이지, 그 인간은 그냥 불쾌한 남자야."

그리고 구로사와에게 다섯 살 어린 여동생에 대해 자신의 반생을 털어놓듯 열심히 설명했다.

"여동생은 어렸을 때 간호사로 일했는데, 거기에 입원한 환자랑 결혼했어. 뭐, 사귈 때는 그런대로 연애를 즐겼겠지. 그 남자는 사랑해, 당신밖에 없어, 하고 달콤한 말을 쏟아 내서 결혼을 따낸 거야."

"그래?" "어?" "그런 말을 했어?"

"나야 모르지만, 뻔하잖아. 그런데 막상 결혼하고 나니 싹 변한 거지. 낚은 물고기에게 먹이를 주지 않는 전형적인 남자였어."

"안 잡히고 먹이만 먹고 내빼는 물고기도 많은데." 낚싯대를 쥐고 찌를 멀리 던졌다.

"구로사와 씨, 당신, 사사건건 시시한 소리만 하네." 여자도 낚싯대를 올렸다. 미끼만 채어 갔다. 바늘에 갈고리가 없어 잉어가 달려들어도 좀처럼 걸리지 않는다. "잉어 얘기가 아니잖아."

잉어가 아니라 인간 어장 관리. 구로사와의 머릿속에 말장난이 떠올랐다. "결혼해서 어떻게 됐는데?"

"그 남자 태도가 손바닥 뒤집듯 싹 차가워졌어. 원래 이름 있는 회사에서 바쁘게 일했던 모양인데, 좀처럼 집에 돌아오지 않는 거야. 게다가 우왕좌왕하는 사이 시집살이가 시작됐어. 그 남자 부모 댁에서 살게 된 거지. 원래 시아버지는 치매도 있어서 자리에만 누워 있었다니까, 이쯤 되면 그냥 처음부터 그럴 작정이었다는 생각밖에 안 들어."

"그럴 작정?"

"간호사니까 잘 돌볼 줄 알았겠지. 분명 그랬을 거야."

"낚은 물고기에게 간호를 시킨 건가."

"구로사와 씨, 물고기 얘기는 그만 좀 해."

"낚시터에 안 어울려?"

"TPO 같은 건 됐어."

그녀의 여동생은 집안일을 도맡아 하고, 시부모는 그녀를 부려 먹었다. 어깨가 결린다느니, 단 음식이 먹고 싶다느니, 단 음식 때문에 이가 아프다느니, 어리광의 파도에 휩쓸렸다.

“하지만 갠 근본이 성실하고 정이 많은 아이라, 난처해하긴 했지만 할 수 있는 일은 다 해 줬어.”

“그 남편은?”

“물론 아무것도 안 했지. 어쩜 저렇게 아무것도 안 할 수 있나 감탄스러울 정도로 아무것도 안 했어. 동생 얘기를 들어 주지도 않고, 고생했다고 다독여 주는 일도 없고.”

“그 남편한테 부모를 간호할 만한 형제자매는 없어?”

“그게 글쎄, 있어. 형하고 누나, 남동생까지 줄줄이 버티고 있다니까. 한 세트야.”

“한 세트라는 게 맞는 말인지는 모르겠지만.”

“하지만 다들 부모님 댁에는 안 와. 요컨대 귀찮으니까 전부 내 동생한테 맡긴 거겠지. 실제로 걔는 열심히 간호했어. 하지만 곁에서 보기에도 이미 만신창이라, 보다 못해 요양원에 보내는 게 어떻겠느냐고 말해 보기도 했는데.”

남들 눈이 있지, 그런 짓을 어떻게 해!

“여동생한테 역정을 내는 거야.” “누가? 남편이?” “그래. 그리고 그 형제하고 누나도.” “한 세트가 다 모여서?”

결국 요양원에 보내지는 않았다고 한다. 이윽고 시아버지가 세상을 떠났다.

구로사와는 낚싯대를 들었다. 또 허탕이다. 새 미끼를 달았다.

“그 무렵부터 어머님은, 아, 걔 시어머니 말이야. 그 시어머니는 마음을 열기 시작했대. 뭐, 그야 그렇겠지. 그 애 말고 돌봐 줄 사람이 없으니.”

그런데 대체 남편은 뭘 했는가 하면, 밖에서 다른 여성을 사귀어 불륜을 저지르고 있었다.

“활약이 대단하시군.”

“최악이지? 아내한테 부모 뒷바라지를 떠맡기고 자기는 다른 여자하고 시시덕거리는 거야. 그런데 얼마 전에 시어머니가 돌아가셨어. 마지막에는 병원에 입원했는데, 걔한테는 고마워했던가 봐. 숨을 거두기 직전에는 걔 손을 잡고 놓지 않았대.”

“감동적인 얘기네.”

“그렇게 감동적이진 않은데. 그게 다라면 그나마 속 편하게 얘기할 수 있겠지만.”

“뒤가 더 있어?” “놀라운 전개가.” “〈엘 토포〉처럼?” “그게 뭐야?” “영화. 앞부분하고 뒷부분이 딴판이란 소리야.” “그 영화에 물고기가 나와?” “어땠더라.” “TPO는 무시하는 거야?”

그녀의 여동생 이야기의 뒷부분은 이러했다.

남편은 여동생에게 이혼을 요구했다. 지금까지 부모 뒷바라지는 눈곱만큼도 하지 않고, 자유롭게 인생을 즐겼던 남편이 “딴 여자가 있으니 헤어지자”라고 말한 것이다. 의논이나 제안이 아니라 선언이나 명령에 가까웠다.

“그 남자 집안은 지주여서 그럭저럭 유산이 있었대.”

“상속 문제도 튀어나오는 거야?”

“상속은 부모가 자식한테 하는 거니 며느리는 상관없잖아? 그거 이상하지 않아? 노인을 돌보는 건 보통 며느리들이잖아. 게다가 이혼하면 생판 남이야. 물론 걔도 유산을 노리고 시부모를 돌봤던 건 아니고, 그런 푸념은 한 마디도 하지 않았지만, 그래도 난 이해할 수가 없어. 그렇잖아, 자기 인생의 시간을 깎아 가며 뒷바라지를 했는데 ‘이혼하자, 그럼 안녕’이라니. 정말 단순한 간병 도우미였던 거잖아.”

구로사와는 짤막하게 대꾸했다. “그렇군.”

“게다가 그쪽 시어머니는 걔한테 고마워해서 유산상속에 대해 따로 문서로 남겨 두었대. ‘찾아오지도 않는 친자식보다 며느리에게 유산을 많이 남겨 주도록’이라고 말이야.”

“감동적인 얘기네.”

“다만 결론적으로는 정식으로 작성한 유언장이 아니라서 법률적인 효력은 전혀 없었어.”

“아깝군.”

“본인이 남긴 말도 있는데, 이상하지?”

여동생이 안쓰러운 한편, 여동생의 인생을 그렇게 이용한 남자를 용서할 수 없어 혼쭐을 내 줘야겠다고 생각한 그녀는 구로사와에게 제부의 외도 증거 사진이라도 찍어 달라고 의뢰했다. “하다못해 위자료라도 잔뜩 뜯어내야지.”

구로사와는 딱히 거절할 이유가 없었다. 낚싯대 끝에 달린 찌는 물 위에 조용히 떠 있었다.

"대체 정신 상태가 어떻게 생겨 먹은 걸까?" 여자도 낚싯대에서 드리운 낚싯줄을 가만히 바라보았다. "죄의식이랄까, 죄책감이 없는 걸까? 그래도 사람 맞느냐고 묻고 싶어."

"그래도 사람이겠지."

"더 사람답게 살아야 하는 거 아니야?" 누구에게랄 것 없이 호소하듯 불평하는 여자를 바라보며 구로사와는 사람답게 산다는 게 어떤 뜻인지 고민했다.

세상엔 하느님도, 부처님도 없다니까. 여자가 또 한탄했다. 찌가 움찔 가라앉자 냉큼 낚싯대를 걷었다. 잉어는 없었다. 힘껏 걷어 올리는 바람에 바늘이 위쪽 기둥에 걸려 여자가 점원을 불렀다.

소수의 학생에 한 명의 교사. 이것이 학력을 높이는 비결입니다.

학원은 그렇게 제창하고 있었다. 스기나미 구 어느 역 뒤편에 얼마 전에 생긴 빌딩, 그 2층 모퉁이에 있는 작은 교실이다.

그가 그 학원에 다니기 시작한 것은 중학교 3학년, 2회전에서 패한 축구부 여름 대회 이후였다. 수험 공부에 전념하기로 결심했을 때, 우연히 집에 온 전단지를 보고 이 학원을 골랐다.

하지만 그곳에서 그가 배울 수 있었던 것은 수험에 필요한 영어 문법이나 방정식 해법이 아니라, 전혀 다른 지식이었다.

소수제를 구가하는 그 학원의 교실에는 그 외에도 세 명의 학생이 더 있었다. 그가 다니는 공립 중학교와는 다른, 사립 중학교에 다니는 학생들이었다.

한 명은 키는 그리 크지 않았지만 어깨가 딱 벌어진 듬직한 풍채에 헤어스타일에 목숨을 거는 남자로, 오코우치라고 했다. 무스 때문인지 머리카락이 번들거렸다.

나머지 두 사람은 고지마와 나카야마, 둘 다 왜소했다. 학교에서 유행하는 스타일인지 오코우치와 마찬가지로 앞머리를 길러 옆으로 넘겼다.

학원에 다니기 시작하고 몇 번은 아무 일 없이 지나갔다. 그는 강사에게 수업을 받고, 자전거를 타고 집으로 돌아갔다. 그뿐이었다.

계기는, 지우개였다.

수업 시간에 그가 발밑에 지우개를 떨어뜨렸다. 주우려고 허리를 굽혔다. 좀처럼 손이 닿지 않아 끙끙거리는데 고지마가 돌격해 왔다. 손을 들어 강사에게 화장실에 다녀오겠다고 말한 고지마가 벌떡 일어나서 화장실에 가는 척하고 일부러 부딪친 것이다.

아아, 미안. 고지마는 바로 사과했지만 그 무릎이 그의 둥그스름한 등을 짓누르며 체중을 실어 오는 바람에 숨을 쉴 수가 없었다.

괜찮니? 강사는 그렇게 물었지만 다가오지는 않았다.

어이 어이, 괜찮아? 고지마가 몸을 숙였지만 그 표정은 명백하게 웃고 있었다. 그가 통증을 느끼는 부위를 집요하게 눌렀다. 그는 더욱 몸을 움츠렸다.

그러자 이번에는 앞에 앉아 있는 나카야마가 "괜찮아?" 하고 일어섰다. 그러더니 바로 뒤쪽, 다시 말해 그의 책상에 걸렸다. 고의적인 행동이었지만 그때의 그는 물론 그들이 일부러 그런 짓을 하는 줄은 생각도 못했다.

쓰러진 그의 위로 책상이 넘어졌다. 으아아! 나카야마는 연극적인 비명을 질렀다. 요컨대 '이것은 사고다' '고의가 아니다'라는 표현을 위한 신호와도 같은 말이었지만 어쨌든 넘어진 책상 위에 나카야마도 엎어져 그를 더욱 세게 짓눌렀다.

괜찮아? 괜찮아? 걱정하는 목소리가 들리기는 했지만 그에게는 통증과 고통만 더해졌다. 상황을 알 수가 없었다. 물도 없는데 물속에 빠진 기분이었다. 계속 쌓여 가는 '괜찮아?'라는 말의 무게에 짓눌렸다.

이윽고 간신히 몸을 일으켰다.

강사는 교단에서 한 발짝도 움직이지 않았다. "괜찮니?" 하고 물어만 볼 뿐, '걸음'을 떼려는 노력조차 아까워 발성만으로 어떻게든 책임을 다하려 했다.

"어쩐지 일이 커졌네." 그렇게 말한 것은 책상 앞에 앉아 있던 오코우치였다. 입고 있는 셔츠가 화려해 무지개 색을 본뜬 줄 알았다. "선생님, 빨리 수업 계속하시죠."

고지마와 나카야마가 허둥지둥 자리로 돌아갔다. 그도 몸을 일으켜 책상을 도로 세웠다.

"너희, 수업에 집중해라." 강사가 말했다.

옆에 있는 고지마가 공책을 펼치고 앞을 바라보는 것을 확인한 그는 '넌 화장실에 가려던 것 아니었어? 왜 도로 앉아? 소변은 어디로 사라졌어?'라는 의문을 품지 않을 수 없었다.

오른쪽 왼쪽 구분도 못 해요. 작가라는 남자는 구로사와 앞에서 말했다.

구보타란 본명으로 소설을 쓰는 그는 센다이 시내에서 혼자 살고 있다. 서른 중반 독신으로 딱히 결혼할 마음은 없는지 어딘가 느긋하게 살고 있는 인상이었다.

전에 출판사와 다투었을 때 구로사와에게 서류를 꼭 좀 되찾아 달라고 부탁한 것을 계기로 알게 되었다.

센다이 시내 한구석, 국도 서쪽 야마가타 현 경계에 가까운 산기슭의 아담한 단독주택으로 이사한 모양인지 "구로사와 씨, 근처에 올 일 있으면 꼭 놀러 오세요"라고 했다. 마찬가지로 독신인 구로사와에게 친근감을 느꼈는지도 모르지만 구로사와 입장에서 보면 그런 민폐가 또 없었다.

"아이고, 반갑습니다!" 구보타는 덜컥 찾아간 구로사와에게도 싫은 내색을 보이지 않고 오히려 노골적으로 기뻐했다.

"일 때문에 당일치기로 사쿠나미 온천에 왔는데 설마 못 돌아가게 될 줄이야."

"아마 내일이면 길도 뚫릴 겁니다. 보통 그렇거든요. 방은 남아도니 주무시고 가도 괜찮아요."

날씨가 갑자기 나빠져 폭우가 내렸다. 차로 30분만 가면 시가지가 나오는데 소규모 토사 붕괴로 길이 막혔다. 그때 구보타의 집을 떠올린 것이다.

"혼자 사는 것치고는 호화로운 집이군." 구로사와는 진심으로 말했다.

"사슴벌레를 키울 온실을 만들고 싶었거든요."

"무슨 벌레?"

"사슴벌레요. 어라, 구로사와 씨한테 말 안 했던가요? 저, 몇 년째 사슴벌레를 브리딩 하고 있습니다."

"브리딩?" 구로사와는 귀에 낯선 단어를 발음해 보았다.

"그래서 사육용 공간을 마련하려고 맨션에서 이곳으로 이사한 겁니다."

국내 사슴벌레라면 상온에서 키울 수 있지만 외국 사슴벌레는 그에 맞는 온도 관리가 필요하다. 유충이니 성충이니 해서 사육 상자가 잔뜩 쌓이다 보니 부지가 넓은 지역으로 옮겨 사육실을 준비했다고 한다.

거실 소파에 앉자 텔레비전 화면에는 영화가 일시 정지로 멈춰 있었다.

"마침 이걸 보고 있었습니다." 구보타는 리모컨을 들어 단추를 눌렀다.

흑백 영상이 움직이기 시작했다.

구로사와는 "찰리 채플린의 〈소방수〉네"라고 말했다.

"잘 아시네요, 구로사와 씨."

"이거, 말이 후진하는 장면이 인상적이었거든."

자동차가 주차장에 후진 주차하듯 채플린이 탄 마차가 뒤로 깔끔하게 물러난다. 물론 말이 뒤로 걸을 리는 없다. 거꾸로 되감은 것이다.

영화가 끝나자 구보타가 "오른쪽 왼쪽 구분도 못 해요"라고 투덜거렸다.

"젓가락을 쥐는 쪽이 오른쪽."

구보타가 힘없이 웃었다. "저번에 어느 잡지에서 수필 의뢰가 들어왔어요."

끝이 살짝 말린 머리카락에 코가 큼직한 그는 젊어 보일 때도 있지만 각도에 따라서는 주름이 뚜렷해 노안으로 보이기도 했다. "그 수필에 '평화 제일'이라고 썼어요. 깊은 뜻은 없었습니다. 왜 그냥, 몇몇 아시아 국가에서 신무기 실험을 했다느니 하는 무서운 뉴스가 많잖아요. 그래서 평화 제일이라는 소리를."

"'평화 제일'이라고 쓰고 돈을 받는 직업도 있다니."

"그랬더니 상경했을 때 만난 동업자가 '그런 나약한 글을 쓰다니 마음에 안 들어' '좌익이지?'라고 하는 거예요."

"아하."

"좌익이라니, 무슨 뜻일까요?"

"사전에 의하면 공산주의라는 뜻이겠지."

"그렇죠?" 구보타는 얼굴을 찌푸리면서 고개를 끄덕였다. "하지만 전 뿌리까지 자본주의자예요. 될 수만 있다면 돈의 노예가 되고 싶을 정도로."

구로사와는 동의했다. 구보타의 직업이 얼마나 잘 버는 일인지 자세히는 모르지만 집 밖에 늘어선 국산 고급차를 보면 자본주의와 영합하고 싶은 마음이 잘 느껴진다.

"게다가 그 동업자에게 '태평하게 감상주의에 빠져 그런 속 편한 소리를 하는 사람은 국가를 걱정하지 않는 인간이야'라는 말도 들었습니다. 하지만 솔직히 그 녀석보다는 제가 훨씬 더 이 나라를 좋아해요. 저는 이 나라의 풍토를 좋아하고, 간결한 국기도 좋아합니다. 협조를 중시하는 국민성도 정말 좋아요. 일본 기업에 공헌하고 싶어 가급적 일본 제품을 사려고 할 정도입니다. 그에 비해 그 동업자는 수입 제품만 사고, 그것도 모자라 음악도 게임도 불법으로 다운로드 한다니까요."

"기업과 국가는 별개일 텐데."

"하지만 극단적인 예로 전쟁만큼 자국 경제가 악화되는 상황은 없잖아요. 비용도 들고, 무엇보다 경제활동도 제대로 성립되지 않을 테고, 그렇지 않아도 저출산 시대인데 젊은이들이 죽으면 어떻게 되겠습니까?"

"뭐, 전쟁이 어떤 건지 나는 모르겠지만." 구로사와는 맞장구를 쳤지만 딱히 관심은 없었다.

"저도 전쟁은 잘 모르지만 저걸 보고 알았어요." "뭘?" "〈라이언 일병 구하기〉 초반 30분."

"아아." 구로사와도 고개를 흔들었다. "그건 정말 끔찍했지."

"그걸 본 뒤로 저는 전쟁이 얼마나 끔찍한지 배웠습니다. 젊은 병사들이 눈 깜짝할 사이에 죽어 나가고, 뭐가 뭔지도 모르죠. 이게 전쟁인가 싶었어요."

"스필버그한테 배웠군." 구로사와는 비아냥댔다. "하지만 그 해변은 독일 측 토치카 폭격에 실패한 탓에 연합국 피해가 컸던 걸로 아는데. 그건 그것대로 표준적인 전쟁이 아닐지도 몰라."

"아니, 구로사와 씨, 그렇다고 해도 그건 끔찍해요. 누가 승자인지 알 수가 없습니다. 둘 다 패한 꼴이에요."

"〈지상 최대의 작전〉에서도 병사가 똑같은 말을 했지."

"그랬습니까? 전 노르망디 상륙 작전 얘기가 아니면 관심이 없어서."

"그것도 노르망디 상륙 작전을 다룬 영화야." 구로사와는 그렇게 말하고 〈지상 최대의 작전〉 마지막에 나오는 병사를 떠올렸다. 낙하산 부대의 일원으로 착륙했지만 "아직 총을 한 발도 쏜 적이 없어"라고 털어놓는다. "낙하산으로 착륙한 다음 저쪽에서 총격전이 있는 줄 알고 죽어라 달려가 보면 벌써 끝나 있고, 계속 어슬렁거리고만 있어." 병사는 망연자실해서 말한다.

나는 그 병사와 비슷하다. 구로사와는 이따금 그런 생각을 할 때가 있었다.

의욕이 없는 것도 아닌데 언제나 엉뚱한 장소에 서 있다. 사람 마음을 이해하려고 하는데도 엉뚱한 결론에만 도달한다. 총을 쏘고 싶은데도 쏠 기회를 자꾸만 놓친다. 다른 사람들과 같은 작전을 실행하고 싶은데, 끼지 못하고 있다.

"어째서 금방 오른쪽 왼쪽을 따지는 걸까요?"

"지금은 그런 말을 많이 하진 않잖아?"

"저는 들었어요." 구보타는 승복하지 못하겠다는 투로 어린아이처럼 토라졌다.

"안심해." 구로사와는 달랠 작정은 아니었지만 이렇게 말했다. "애국자와 반전주의자는 서로 모순되지 않아. 오히려 대다수가 그렇겠지."

"그럴까요? 애국자라고 하면 전쟁도 불사하는 이미지가 있잖습니까."

"그것도 편견이야."

"저는 소위 우익이라 불리는 사람도 싫지 않아요. 전에 센다이 시내 횡단보도에서 웬 할머니가 쓰러졌는데, 가장 먼저 차에서 내려 달려온 사람이 가두선전 차량에 있던 청년이었습니다. 그 행동력과 정의감에는 감탄했어요. 다만 확실히 구로사와 씨 말씀처럼 애국자면서 반전주의자라는 입장은 있을 수 있겠네요. 착각하시면 곤란한데, 저도 국가를 지킬 방법이 그것밖에 없다면 전쟁도 어쩔 수 없다고 생각합니다. 다만 그건 정말 마지막 수단이라고 생각해요. 저는 딱히 모두 서로 사랑하고 사이좋게 지내자는 박애주의를 호소하는 게 아닙니다. 그저 금방 호전적인 소리를 하는 사람이 과연 국가를 염려하는가 하면, 그럴 것 같지가 않거든요. 전쟁은 여러 의미에서 국가에 있어 최악의 상황 아닙니까?"

"뭐, 아마도."

"저는 학교에서 과거의 전쟁에서 있었던 끔찍한 사례를 많이 가르쳐야 한다고 생각해요. 일본이 당사자였던 전쟁을 다루면 이것저것 복잡한 문제가 얽히니 다른 국가의 전쟁 사례를 이용해 전쟁이 얼마나 끔찍한지, 질서가 없으면 일반 시민의 생활이 얼마나 엉망이 되는지, 국가에 얼마나 손해인지 가르쳐야 합니다."

"그러면 뭐 좋은 일이 있나?"

"조금 더 피해가 적은 다른 방법, 말하자면 교묘한 수단으로 이길 방법을 찾으려 하겠지요. 그게 훨씬 국가에 도움 되는 일입니다. 전쟁을 하면 돈을 번다고 하지만, 그건 자국이 전쟁터가 되지 않고, 장기전이 아닐 경우예요. 그런 건 생각도 않고 바로 거친 소리를 하는 사람은 믿을 수 없습니다. 전쟁에 반대하다니 넌 애국심이 없느냐, 그렇게 말하는 사람은 잘못됐어요.

국가를 생각한다면 일단 피해가 적은 전략을 선택해야 하니까요."

거기서 구로사와는 입을 열었다. "평화 제일이라는 말은 인류는 모두 형제라는 꿈같은 소리로 들려. 그래서 인기가 없는 거겠지."

"이런 건가요? 고등학교 때 반장이 '모두 친하게 지내자'라고 호소하면 코웃음을 쳤는데, 축구부 가토가 '저 학교 녀석들 건방지니 한판 뜨러 가자'라고 말했을 때는 앞다투어 나섰거든요."

"가토의 인기 때문이었을 수도 있지만."

"그 가토는 지금 영화 제작 회사에 취직해서 살육 영화를 만들고 있습니다."

"적재적소네."

"하지만 앞뒤 가리지 않는 호전적인 사람은 싸움 자체가 목적이지, 이길 확률이 높을 것 같지는 않아요."

"굳이 따진다면 겁쟁이에 신중한 남자를 따라가야 오래 살아남을 수 있지."

"감정에 휩쓸려 공격하는 것보다 침착하고 냉정하게 생각하는 게 더 사람답습니다."

"사람답다라." 구로사와는 그 말의 의미를 곱씹듯 찬찬히 입에 담았다. "아니, 사람도 동물도 똑같아. 늘 냉정하고 논리적으로 행동하는 건 아니야. 로렌츠*가 인용한 '군기가 휘날리면 이성이 나팔을 분다'라는 우크라이나 속담은 동물에게도 사람에게도 적용돼."

"나팔? 그게 무슨 뜻입니까?"

"광신이 곧 공격성을 낳는다. 그리고 광신을 낳는 데 가장 간단한 방법은," 구로사와는 표정을 무너뜨리지 않고 말했다. "적을 만드는 거야. 이대로 있다가는 우리가 위험해, 이대로 있다간 당할 거야, 하고 공포를 부추기는 거지. 분노는 일시적이지만 공포는 지속돼. 공포에 맞서기 위해 광신이 태어나지. 더 심하게 말하면 적 자체는 없어도 그만이야. 로렌츠도 그렇게 말했어. 가공의 적을 준비해 깃발을 휘두르면 이성이 나팔을 부는 거지. 그런 구조야."

구보타는 제대로 듣고 있는 건지 "공격성이라는 의미에서 사슴벌레는 영역 의식이 강해서 기본적으로 한 마리씩 기르지 않으면 금방 싸움이 일어나 죽어 버립니다"라고 말하더니 "구로사와 씨, 사슴벌레 사육실 좀 보고 가세요"라고 소리를 높였다.

"아니, 사양할게."

구로사와는 그렇게 대답했지만 구보타는 이미 2층으로 이어지는 계단을 오르고 있었다. "이쪽입니다."

✣ 콘라트 로렌츠는 오스트리아의 자연학자로, 동물들이 본능적으로 타고난 행동을 연구하는 학문인 비교행동학의 창시자이다. 1973년 노벨 의학 · 생리학상을 수상했다.

"거기 너."

수업이 끝난 후, 계단을 내려가 빌딩 밖으로 나가서 자전거 자물쇠를 풀고 있는데 뒤에서 누가 그를 불렀다. 빌딩 뒤편, 역 앞 큰길에서는 한 길 들어온 곳이었는데 고개를 돌리니 그곳에 오코우치가 서 있고 뒤에 고지마와 나카야마가 있었다.

"왜?" 그가 말하자 오코우치가 "어쭈, 시치미를 떼?" 하고 울컥한 표정으로 봉투를 내밀었다.

그가 봉투를 받아 안을 들여다보니 종이가 한 장 있었다. '청구서'라고 적혀 있다. 손으로 쓴 '수업료 3인분 5천 엔'이라는 글자가 보였다.

"어?"

"학원에는 수업료를 내야 한다는 거 알지? 모두 돈을 내고 공부하러 오는 거야. 그런데 네 원맨쇼로 수업을 방해받았으니, 그만큼 네가 메워 넣는 게 도리지."

"원맨쇼라니." 그는 당황했다. 학원이 유료라는 건 안다. 하지만 그가 방해했다느니, 메워 넣으라는 건 무슨 소리인가. 애초에 부딪쳐 온 건 고지마였다. 그런 생각이 그의 얼굴에 드러났는지 고지마가 가면처럼 무표정한 얼굴로 "난 벌써 냈어"라고 말했다.

거짓말. 하지만 그는 증명할 수 없다.

"이 5천 엔은 누구에게 줘야 하는데?"

"우리 세 사람한테."

고지마가 머릿수에 들어 있다니 이상하지 않은가. 그는 쓴웃음을 흘리지 않을 수 없었다. 게다가 세 사람 몫이라면서 3으로 나누어떨어지지 않는 금액이라니 엉터리도 정도가 있다.

그래서 그는 반박했다. "아니, 그건 이상해. 못 내겠어."

순간 그의 눈앞이 번쩍 빛났다. 아니, 빛난 게 아니라 한순간 어두워졌다가 바로 원래대로 돌아왔다.

얻어맞았다.

왼쪽 뺨부터 뒤쪽으로 충격이 달렸다. 머리가 흔들리면서 동시에 몸의 균형이 무너졌다. 눈을 뜨니 오코우치가 벌건 얼굴로 몸을 흔들고 있었다. 그러지 않아도 뒤로 비틀거리는 그에게 고지마가 몸으로 부딪쳐 왔다.

그는 저항도 못 하고 엉덩방아를 찧었다. 단단한 바닥의 충격에 몸이 흔들렸다.

그걸로 모자라 나카야마가 쓰러진 그의 가슴께를 짓밟았다. 오코우치는 발끝으로 옆구리를 걷어찼다.

그리고 그의 목덜미를 붙잡아 일으켜 세웠다. 쓰러져 있는 모습을 누가 보면 큰일이라고 판단한 것이리라.

"너, 돈 별로 없지?" 나카야마가 옆에서 지갑을 뒤졌다. 그의 뒷주머니에 들어 있던 지갑이다. 천 엔짜리 지폐 두 장을 빼 가더니 지갑을 내던지고 세 사람은 그곳을 떠났다.

그는 몸에 외상이 없는지 확인하면서 옷에 묻은 먼지와 모래를 손으로 털었다. 다리가 후들거렸다. 통증 이상으로 누가 가슴속을 할퀸 것 같아 힘이 들어가지 않았다. 굴욕이 분했고 스스로가 한심해서 저도 모르게 눈물이 어른거렸다. 자전거를 꺼내 안장에 앉는데 그때 누가 말을 걸어왔다. "네가 오기 전에 있던 학생은."

그는 눈가를 훔치며 뒤를 보았다. 낯선 여성이 있었다. 키가 작고 피부가 하얗다. 눈은 작고 눈썹도 옅고 목소리도 작았다. 존재감이 희박하다 못해 윤곽마저 흐릿했다. 온몸에서 '건강'이 증발한 것 같았다.

"네가 이 학원에 다니기 전에 다른 학생이 있었는데, 그 학생은 그 애들 때문에 빈사 상태까지 몰렸어." 그런 무서운 소리를 한다.

무슨 소릴까, 그는 눈을 껌뻑이는 수밖에 없었다. 수상한 단체에 가입하라는 걸지도 모른다 싶어 의심했다.

"네가 오기 전에도 학생이 있었어. 같은 책상에 앉았었는데."

"하아."

"하지만 그 애들한테 당했지."

'그 애들'이 오코우치 패거리를 가리킨다는 것은 이해할 수 있었다. "당했다고요? 빈사라는 건."

"말 그대로 빈사 상태. 알았을 때는 이미 몸의 뼈가 부러져 있었어."

"네?"

"공격이 점점 거칠어졌어. 어느 날, 세게 떠밀려서 교실 문에 부딪쳐 코뼈가 부러지고, 몸도 찌부러졌어."

"그건 이미 범죄 아닌가요?"

"만일 규칙이 적용된다면 그렇겠지."

"규칙? 법률을 말씀하시는 건가요?"

"법률을 초월하는 것. 너 어렸을 때 안 배웠니? 착한 행동은 보답을 받고, 나쁜 행동은 벌을 받는다는 이야기."

"권선징악 같은 것 말인가요?"

"어땠어?"

"있으면 좋겠지만, 실제로는 없죠."

"어째서 그렇게 생각해?"

그야, 그는 웃음이 터져 나왔다. 그 세 사람이 그렇게 지독한 폭력을 휘두르고, 다른 학생을 빈사 상태로 내몰았는데도 태평하고 뻔뻔하게 살고 있으니 그 '권선징악'이란 규칙이 제대로 작용하고 있다고 생각할 수 없었다. 그 세 사람이라면 그런 규칙은 '넌 안 불렀거든?' 하고 쫓아내고 끝 아닐까?

세상엔 하느님도, 부처님도 없어. 그는 내뱉듯 말했다.

사슴벌레는 기본적으로 상자 하나에 한 마리씩, 이게 기본입

니다.

구로사와를 2층 안쪽 방으로 안내한 구보타는 그렇게 말했다. 지붕이 가까워서 그런지 굵은 빗줄기가 부딪치는 소리가 뚜렷이 들렸다. 이거 정말 오늘 못 돌아갈지도 모르겠군. 구로사와는 그런 생각이 들었다.

다다미 여섯 장짜리 방의 벽면에 선반이 놓여 있었다. 원예용 선반이다. 그 선반 위에 상자가 그득히 늘어서 있었다. 방 한복판에는 가로로 긴 책상이 놓여 있다. 구보타는 "이 책상에서 사슴벌레를 관찰하거나 상자를 청소합니다"라고 자랑스레 말했다.

"선반은 각각 온도 조절이 가능해요. 국내에 있는 사슴벌레는 상온에서 키울 수 있지만 외국 품종은 온도를 맞춰야 하거든요."

"이런 정리나 작업이 특기로군."

"뭐, 그렇죠. 대신 태블릿이나 스마트폰은 잘 못 다룹니다. 쓰는 법도 잘 몰라요."

"해외에서 들여온 벌레도 있다고 했지?"

"물론입니다." 구보타는 생기 넘치는 얼굴로 선반을 하나씩 가리켰다. "저건 안테우스왕사슴벌레고, 이쪽에는 로젠버기황금귀신사슴벌레가 있고, 그쪽에서는 그냥 사슴벌레를."

"귀신이니 사슴이니." 구로사와는 구시렁구시렁 맞장구를 쳤다. "이런 건 마구 번식시키는 거야? 여름이 끝나면 죽지 않나?"

"아니요, 장수풍뎅이는 그해에 죽지만 사슴벌레는 겨울잠을 자서 2~3년 사는 경우도 많아요." "그래?" "장수풍뎅이하고 사슴벌레는 완전히 다른 겁니다."

구보타는 콧구멍을 벌름거리며 차분히 설명했다. 장수풍뎅이는 우화한 순간부터 에너지가 넘쳐 일단 교미하느라 바쁘고, 매일 엄청나게 먹어 치운다고 한다.

곤충 젤리란 상품이 있는데 그것을 매일 바꿔 주면 된다고 하는, 구로사와는 궁금하지도 않은 정보를 배웠다.

"거기에 비해 사슴벌레는 조용합니다. 왕사슴벌레속屬, 왕사슴벌레나 애사슴벌레는 대개 나무 기둥 속에 있다가 한밤중에 몰래 나와서 젤리를 먹어요. 게다가 장수풍뎅이에 비하면 소식가입니다. 저쪽은 하루에 한 번은 바꿔 줘야 하지만 사슴벌레는 일주일에 한두 번, 많아야 세 번 정도예요."

"영업 사원들이 그런 식으로 말하지." 저쪽보다 이쪽이 훨씬 뛰어납니다. 부디 장수풍뎅이보다 사슴벌레를. 이런 식이다. "장수풍뎅이한테는 발암물질이 함유되어 있다는 말은 안 하겠지?"

구보타는 그 말에는 대꾸하지 않고 "왕사슴벌레는 교미도 우아합니다"라고 했다.

"언젠가 사슴벌레 교미 얘기를 들을 날이 올 줄 알았어."

왕사슴벌레 수컷과 암컷은 나란히 옆에 서서 엉덩이를 가만히 붙입니다. 위에서 보면 V자 같은데, 게다가 움직이지도 않고 가만히 있어요. 수컷이 암컷 위에 올라타 움직이는 상스러운 장수풍뎅이하고는 완전히 딴판입니다. 구보타는 심취해 있었다.

사슴벌레와 장수풍뎅이는 완전히 딴판이라고 또 반복했다.

"그래, 사슴벌레는 영역 의식이 강하다면서?"

"아, 맞아요, 맞습니다." 구보타가 고개를 끄덕였다. "아까도 말씀드렸지만 한 마리씩 키워야 해요. 그러지 않을 경우, 거친 표현을 쓴다면 서로 잡아 죽이고 맙니다."

"그 정도야?"

"일전에 시험 삼아 저 큼직한 수조에서 왕사슴벌레와 애사슴벌레를 키워 봤어요. 둘 다 수컷이었는데." 구보타는 상자 하나를 가리켰다.

"왕사슴벌레를 두 마리 키우면 큰일 나?"

구보타의 얼굴이 환하게 빛났다. 기다리던 질문이었던 것이다. "왕사슴벌레끼리는 확실히 싸웁니다. 애사슴벌레끼리도 마찬가지고요. 다만 왕사슴벌레와 애사슴벌레는 크기가 완전히 달라요. 길이로 따지면 왕사슴벌레가 두 배는 되니까요."

"그럼 어떻게 되는데?"

"애사슴벌레가 겁을 먹어 왕사슴벌레에게 싸움을 걸지 않아요." "그런 거야?" "저는 그렇게 생각했습니다." "오호라." "물론 나무 기둥, 보금자리는 두 개를 준비했어요. 젤리도 두 군데에 놓았고."

"2세대 주택이라는 건가."

"상자도 나름대로 큼직해서 이거라면 공존할 수 있지 않을까 싶었죠. 실제로 두 마리는 저마다 자기 집에 들어가 편히 지내는 것 같았습니다."

"편히 지냈다는 말은……"

"다만 실제로 키워 보니 제 생각대로 되지는 않았어요." 구보타는 눈에 띄게 섭섭한 표정이었다.

"서로 잡아 죽였나?"

"애사슴벌레가 시비를 걸었어요. 일부러 왕사슴벌레가 있는 기둥에 들어가 공격한 거죠. 얌전한 왕사슴벌레도 누가 자기 영역에 들어오면 확 달려들어요. 애사슴벌레는 몸에 구멍이 뚫려 즉사했습니다."

"넌 그 모습을 잠자코 관찰한 거야?" 구로사와가 물었다. "네 직업이, 내가 만났을 때 그대로라면."

"소설을 쓰는 일입니다."

"사슴벌레를 관찰하면서 소설을 쓸 수 있나?"

"아뇨, 옆이 작업실이라 그쪽에서 일을 합니다. 그래서 밤에 조금 일이 안 풀리면 이쪽 방에 와서 저 흐린 회중전등으로 상자를 들여다봐요." 구보타가 가리킨 쪽에는 붉은 셀로판지를 바른 회중전등이 놓여 있었다. "마음에 위안이 됩니다."

"아로마 향초 같은 효과인 건가?" 구로사와는 놀릴 셈으로 말했지만 구보타는 바로 정답이라는 듯이 고개를 끄덕였다.

"뭐, 그런 이유로 애사슴벌레한테는 미안하게 됐지만, 다음에는 다른 작전을 생각했지요."

"질리지도 않나 보군."

"다음에는 그리 세지 않은 사슴벌레를 함께 키워 보려고 했습니다."

"세지 않은 녀석이 있어?"

"예. 사슴벌레의 집게 부분을 턱이라고 부르는데, 그 턱 모양을 기준으로 살상 능력이 낮다고 해야 하나, 일단 성질이 사납지 않을 것 같은 녀석을 골라 키워 보았어요."

"성질이 어떻든 함께 키우면 싸움이 생겨."

"사람하고는 다르니까요."

"사람에게도 본능적인 공격성이 있어."

"사람들 사이에 괴롭힘이 사라지지 않는 이유를 말씀하시는 건가요?"

1층에서 휘파람 소리가 났다. 구보타는 물이 다 끓었다며 구로사와에게 1층에서 과자라도 먹자고 했다.

다음에 학원에 갔을 때, 교실에 들어가는 순간 그는 내장이 꽉 오그라들 정도로 긴장했다. 지난번의 공포를 몸속 세포 하나하나가 기억하고 있는 것 같았다.

그러나 예상과 달리 오코우치와 고지마, 나카마야마는 퉁명스럽게 인사만 할 뿐, 트집을 잡지는 않았다. 강사가 오자 수업이 시작되었다.

며칠 전 그건 착각이거나 꿈속에서 있었던 일이 아닐까? 하지만 수업이 끝나고 화장실에 갔을 때, 오코우치 패거리가 거침없이 들어오더니 잔뜩 흥분해서 가학적이기 짝이 없는 웃음을 슬며시 내비쳤기 때문에 그는 '아아, 역시 뒤가 있구나'라고 인식했다.

온몸에 땀이 흐르고 털이 곤두섰다. 위험하니 도망쳐, 아니면 숨어! 머릿속에서 지령이 내려왔다. 그런데도 원래 같으면 용감하게 움직여야 할 근육과 관절은 완전히 겁을 집어먹었다. 마음의 병사가 용기를 잃고 그 자리에 주저앉아 버렸다.

"저쪽 칸으로 들어가." 오코우치 패거리는 그를 화장실 변기에 앉혔다. "얌전히 있어" 하고 꽉 눌렀다. "똥 싸도 돼."

그러더니 칸막이 앞에 줄을 서서 한 명씩, "간다!" 하고 외치며 변기 위에 앉아 있는 그의 상반신을 구둣발로 걷어찼다.

힘껏, 발로 짓밟듯 차는 것이었다.

오코우치 패거리는 신나게 떠들며 연속으로 타격을 가했다.

그가 일어서려 하면 그 순간에 또 걷어찬다.

"결정타, 간다!" 오코우치가 그렇게 말하더니 칸막이 문의 위쪽 프레임을 철봉처럼 움켜쥐고 두 다리를 들어 드롭킥이라도 하듯 그의 얼굴을 걷어찼다. 얼굴이 찢어지고 머리가 날아가는 느낌이었다.

겨우 눈을 뜨자 바로 앞에 오코우치가 있었다. "더러워, 변기를 건드렸네." 얼굴을 찌푸리며 변기 위에 앉아 있는 그의 뺨에 그 손을 닦았다.

그는 얼마 후에야 겨우 일어섰다. 그들도 그 킥 작전에 지쳤는지 공격해 오지 않았다.

"야, 이 녀석 전에 있었던 새끼, 누구였지?" 오코우치가 옆에 있는 고지마에게 물었다.

"아아, 그 등뼈 부러진 자식?" 고지마가 웃었다. "칼슘 부족."

그는 순간 며칠 전 자전거 주차장에서 그에게 말을 걸었던 여자를 떠올렸다. 네가 오기 전에 있었던 학생은 빈사 상태까지 몰렸어.

"그거 정말이야?" 그가 중얼거렸다.

"어, 뭐?" 나카야마가 귀에 손을 대고 과장스럽게 되물었다. "안 들리는데?"

"그 얘기, 정말이야?" "정말입니까, 가르쳐 주세요, 라고 해야지." "정말입니까? 가르쳐 주세요." "정말이야. 우리가 살짝 부딪쳤더니 병원에 실려 갔지. 약한 새끼는 안 된다니까. 오히려 우리가 피해자야." "진짜, 그렇다니까." "바늘방석이야." "참고로 다른 사람한테 고자질해도 소용없어." "맞아. 전에 있던 녀석도 결국 사고로 처리됐고, 우리는 아무 짓도 안 했어."

"어째서?"

오코우치가 팔짱을 끼고 사회구조에 감탄하듯 힘차게 고개를 끄덕였다. "약육강식이랄까, 진화의 법칙이랄까, 도태라고 하던가? 네 인생이 박살 날 때까지 우리는 널 괴롭힐 거야."

그는 그때 하늘에 매달리고 싶은 심정이었다.

세상엔 하느님도, 부처님도 없어.

또 그런 생각이 들었다.

그런데 그 직후, 공간에 틈이 생겼다.

오코우치가 사라진 것이다. 갑자기 그 자리에서 사라져, 그만큼 공간이 넓어진 듯했다.

"어?" 고지마와 나카야마가 얼굴을 마주 보았다. 그도 고개를 앞으로 내밀고 눈을 몇 차례 깜빡이며 무슨 일이 생겼는지 생각해 보았지만 답은 찾을 수 없었다.

오코우치는 대체 왜 사라졌을까?

짐작 가는 가능성은 많지 않았다.

오코우치가 글자 그대로 '눈 깜짝할 사이에' 떠났거나.

그렇지 않으면 그들이 어떤 이유로 의식을 잃은 사이에 오코우치가 사라졌거나.

일그러진 시공의 틈새에 빠져 버렸거나.

고지마와 나카야마도 오코우치가 사라진 사태에 놀라 한참 머리를 굴리더니 화장실에서 나갔다.

그 역시 무슨 일이 있었는지 고민하면서 밖으로 나갔다. '어쩌면' 하는 생각이 든 것은 건물에서 나와 자전거 자물쇠를 풀었을 때였다.

어쩌면 오코우치는 처음부터 존재하지 않았던 게 아닐까?

귀신은 아니더라도, 뭔가 현실감 넘치는 환각에 가까운 존재였던 게 아닐까?

설마. 하지만 그 가능성밖에 없었다.

다음에 학원에 갔을 때는 긴장했다. 오코우치의 책상이 사라지지는 않았을까, 혹시 오코우치에 관한 정보가 전부 사라진 건 아닐까, 그런 상상을 했던 것이다.

그러나 기우였다.

다음에 학원에 갔을 때, 오코우치의 모습은 교실 안에 있었다. 머리에 붕대를 두르고 있었다.

아까도 말했지만 로렌츠의 『공격성에 대하여』라는 책이 있거든. 구로사와가 말했다.

"읽으면 뭐 득이 되나요?"

책을 집필하는 일을 하는 남자가 '읽으면 득이 되느냐'고 묻는다는 사실에 구로사와는 중이 제 머리 못 깎는다, 의사가 제 병 못 고친다, 타산지석, 이건 조금 빗나갔지만 아무튼 모순을 느꼈다. "로렌츠는 이런 글을 썼어. '정착하는 동물은 모두 자신의 동료가 어떻게 분포되는지 염려한다.' 요컨대 동물은 영역을 염두에 두지 않을 수 없다는 말이야. 아까 네가 말한 사슴벌레도 그렇겠지. 그리고 사람도 그래."

"사람도요?"

"물론이지. 사람의 공격성은 본능적인 거니까. 후천적인 게 아니야. 잘 키운다고 해서 공격성 없는 사람이 태어나는 일은 없어. 그 책에 따르면 미국 교육자들은 옛날에 이런 생각을 했다더군."

"어떤?"

"아이들을 욕구불만 없이, 스트레스 없이 키우면 신경질적이지 않은, 요컨대 너그럽고 공격성 없는 사람으로 자란다고."

"아아, 그럴 것 같네요. 그래서 어떻게 됐습니까?"

"결국 알아낸 건 그렇게 키워 봤자 공격성은 자연히 싹튼다는 사실이었어. 공격 충동은 학습으로 생기는 게 아니야. 성욕이나 식욕과 마찬가지로 제어할 수 없는 본능이지. 게다가 공격성을 억누르려 할수록 복잡한 문제가 생겼대."

"복잡한 문제?"

"본능을 억제하려고 하면 결국 본능은 발산할 곳을 찾기 위해 그 기준을 낮추지." "로렌츠 씨가 한 말이죠?" "그래. 예를 들어 교미할 상대가 없는 동물은 그러는 사이 암컷을 닮은 인형을 상대로도 발정해." "그런가요?" "본능의 방아쇠를 쉽게 당기게 된다고나 할까? 공격성도 억누르면 억누를수록 약간의 자극에도 튀어나오는 거야."

"금방 이성을 잃는 격이네요."

"그러니 내가 볼 땐 학교에서 왕따가 발생하는 건 당연한 일이야. 교실에 갇혀 폭력도 억제당하고, 다 함께 사이좋게 지내기를 강요받지. 몇 마디 나눠 본 적도 없는 다른 사람에게도 상냥하게 대하기를 강요받는 거야."

"하지만 그건 나쁜 일이 아니잖아요."

"그래. 잘못된 건 아니야. 공동체를 유지하기 위해서는 필요하기도 하고. 왜, 아까 말한 '평화 제일'이라는 말은 꿈같은 소리가 아니라 모두의 본심이야. 다만 본능으로 존재하는 공격성을 발산할 곳을 마련해 줘야 해."

"운동 같은?"

"예리하군." 구로사와가 말하자 구보타는 소년처럼 실눈을 뜨며 기뻐했다. "네 말대로 운동은 나쁘지 않아. 로렌츠도 말했어. 규칙 속에서 승패에 연연하는 것은 올바른 공격성의 분출구다. 건전한 청소년을 육성하기 위하여 운동을 권장하는 건 딱히 잘못된 게 아니라는 말이지. 다만 나는 이런 생각을 해. 운동이라는 건, 적성이 없는 사람은 하기 싫어 해. 오히려 열등감을 느낄 때도 있지. 그렇잖아? 게다가 운동은 건전하다는 이미지가 있는 한편, 어리석게 여기며 멀리하는 사람도 있어."

"사람은 참 귀찮은 생물이네요. 그럼 어떻게 해야 하죠?"

"나 같으면 서바이벌 게임이라도 시킬 거야."

"네?"

"학교에서 그룹을 나누어 게임용 무기라도 쥐여 주고 서바이벌 게임을 시키는 거지."

"아무리 그래도 그건."

"공포도 흥분도, 공격성도 거기서 발산하게 하면 돼. 특정한 운동보다 참가하기도 쉽고."

"여자도 말인가요?"

"공격 본능은 누구에게나 있어. 남을 괴롭혀 영역을 차지하고 싶은 마음은 성별과 상관없잖아. 서바이벌 게임으로 공격성을 발산하게 하면 왕따는 줄지 않을까? 커리큘럼에 넣어야 해." 구로사와는 그제야 비로소 슬며시 웃었다. 어디까지가 진심으로 하는 말인지, 스스로도 이해 못 하는 눈치였다.

"그건 절대 실현되지 않을 겁니다. 서바이벌 게임이라니 야만적이라는 비판이 문부과학성에 쇄도할걸요."

"그렇겠지." 구로사와는 즉각 대답했다. "아니면 축제라도 해야지."

"축제?"

"온 동네 사람들이 무서운 도깨비하고 싸우는 축제를 해마다 여는 거야. 유사 전쟁 같은 건데, 그래도 공격성은 발산할 수 있어. 애초에 축제에는 그런 측면이 있지 않던가? 잔뜩 쌓인 욕망과 스트레스를 내뱉는 기능 말이야. 지금은 인터넷으로 울분을 토해 내고 있는지도 모르겠군. 그것도 일종의 유사 전쟁으로 봐야 하나?"

"공격성이라고 하니 왜, 아까 그 뒷얘기인데요."

"오른쪽 왼쪽 이야기?" "아니요, 사슴벌레 말이에요." "그래, 살상 능력이 낮은 사슴벌레를 키웠다고 했지."

"예, 그렇습니다." 구보타는 거기서 다시 활기를 띠기 시작했다. 책 이야기보다 사슴벌레 이야기에 의기양양해질 정도라면 직업을 바꿔야 하지 않나, 구로사와는 그렇게 생각했지만 입 밖에 내지는 않았다.

구보타는 먼저 두 손을 머리 위로 꼿꼿이 폈다. "이렇게 생긴 메탈리퍼가위사슴벌레라는 게 있거든요. 몸이 금속처럼 번쩍거려요. 턱이 이렇게 긴데, 이게 위력이 없거든요. 물려도 아프지 않고요. 젓가락에 잡히는 느낌이에요."

"오호라, 그거라면 싸워도 치명상은 입히지 않겠군."

"그리고 뮤엘러리사슴벌레라는 게 있어요. 녹색을 띠지만 반짝거리는데," 구보타는 그렇게 말하더니 이번에는 두 팔을 굽혀 몸을 가렸다. 권투 선수가 얼굴에 날아오는 펀치를 방어하려고 가드를 올리는 동작과 똑같았다. "턱이 이렇게 생겼거든요."

"그런 턱으로 뭘 잡을 수나 있어?" 보통 사슴벌레와는 꽤나 다르게 생겼다. 장수풍뎅이의 작은 뿔이 두 개 나란히 붙어 있는 것 같았다.

"공격하려고 해도 누르거나 밑에서 찍어 올리는 동작밖에 못 해요."

"확실히 그렇게 생겼으면 불가능하겠지." 구로사와는 구보타의 팔을 가리켰다.

"그런 종류의 사슴벌레라면 수컷끼리 하나의 상자에 넣어도 사이좋게 살지 않을까 싶었습니다. 아, 그것 말고도 람프리마색

사슴벌레라는 게 있는데요."

"지금 이 자리에서 지어낸 듯한 이름인데."

"만일 그런 센스가 있다면 제 소설은 훨씬 더 잘 팔렸을 겁니다." "그렇겠지." "줄여서 람프리마라고 부르는데, 이 람프리마는 뮤엘러리사슴벌레를 그대로 축소한 것처럼 생겼어요. 새끼손가락 한 마디 정도 되는 크기인데."

"그 녀석 턱도 역시 아까 그것처럼 생겼어?" 권투 선수 방어 자세다.

"색도 예쁘고 귀여워요. 그래서 일단 녀석들을 큼직한 사육 상자에서 키워 보았습니다. 메탈리퍼와 뮤엘러리를 한 마리씩. 람프리마는 작으니까 두 마리. 젤리는 세 곳에 놓았어요. 이것으로 자연의 광경을 만들어 냈다 싶어 어찌나 기뻤는지 모릅니다."

"그게 정말 자연의 광경인지는 모를 일이지만."

"우주를 만드는 기분이라고요. 그런 얘기가 있지 않았던가요? 페선던 이야기였나 뭐였나."

"페선던사슴벌레라는 게 있나?"

"소설 등장인물 얘기예요. 우주를 만드는 사람 이야기. 역시 우주를 만드는 작업은 훨씬 재미있겠죠?" 구보타는 인류 공통의 즐거움에 대해 논하듯 말했지만 구로사와는 감조차 오지 않았다.

"그래서 어땠어? 예상대로 그 수조에서는 평화가 유지되었나?"

"아니요." 구보타는 고개를 저었다. "실패했습니다."

"실패?"

"처음에는 먹이 공급처에서 뮤엘러리하고 메탈리퍼가 서로 눈씨름을 했습니다. 서로 견제하면서 씨름을 하듯 힘을 겨뤘지요. 그건 제가 보고 싶었던 광경이니 흥분도 했고, 정말 즐거웠어요. 다만 예상 이상으로 뮤엘러리가 강했습니다."

"턱 힘은 별로 세지 않다면서?"

"예. 다만 살짝 잡을 수는 있어서, 턱으로 메탈리퍼를 붙잡아 힘껏 집어 던졌던 겁니다. 메탈리퍼는 턱이 길어 그대로 뒤집혀 버렸어요. 맞아요, 사슴벌레는 뒤집히는 것도 위험해요."

"위험하다고?"

"발버둥밖에 못 치니까 괜히 체력만 낭비하거든요. 그러다가 죽는 경우도 굉장히 많습니다."

"제힘으로는 못 일어나나?"

"편평한 땅에서는 꽤 어렵죠. 그래서 일어날 때 발판으로 쓸 수 있도록 상자에는 되도록 나뭇가지나 잎사귀를 넣어 줍니다. 그래도 이따금 들여다보면 홀딱 뒤집혀서 발버둥 치고 있어 당황하곤 해요."

"누가 당황해?"

"저요. 사슴벌레가 뒤집히는 건 꽤 심각한 문제라고요. 그래서 뒤집힌 녀석을 발견하면 원래대로 돌려 주죠."

"마치 하느님 같군." 구로사와의 말에 구보타는 순간 어리둥절히 어째서 자기가 하느님 취급을 받는지 놀랐다.

"이제 끝장이다, 하고 힘이 빠진 사슴벌레가 볼 때는 상자 덮개를 열고 손을 넣어 다시 뒤집어 주는 존재가 있다면 하느님의 힘처럼 느껴지지 않겠어?"

"하지만 하느님하고는 천지 차이예요." 구보타가 쓴웃음을 지었다. "늘 상자를 들여다보고 있을 수도 없고."

"일하는 짬짬이 본다고 했지."

"집중력이 떨어졌을 때."

"네 집중력이 떨어질 때도 다 있어?" 구로사와는 명백히 비아냥거리는 투로 말했지만 "실은 있어요." 하고 구보타는 진지하게 수긍했다. "어쨌든 메탈리퍼는 뮤엘러리한테 맞아서 나동그라졌지, 그것도 모자라 작은 람프리마까지 올라타는 바람에 완전히 힘을 잃었어요."

"그 람프리마라는 녀석이 뮤엘러리 편에 붙었다는 건가?"

"제 눈에는 그렇게 보였습니다. 실제로 동맹을 맺었는지는 모르겠지만요. 하지만 끔찍했어요."

"뭐가?"

"처음에는 단순한 다툼인 줄 알았습니다. 먹이를 차지하려고 싸우는 것처럼요. 그런데 자세히 보니 저들 나름대로 공격 방법이 악랄하더라고요."

"악랄하다니?"

"꾹꾹 밀어내는 게, 메탈리퍼의 기다란 몸을 나무토막에 밀쳐서 부러뜨리려는 것처럼 보였습니다. 소름이 쫙 끼쳤죠. 악의 같은 걸 느꼈어요."

"사슴벌레한테도 악의가 있을 줄이야."

오코우치는 사라지지 않았다. 전처럼 학원에 나와 교실에 앉아 있었다. 하지만 머리에 붕대를 둘둘 감은 그 모습은 어딘가 이상했다.

교실에 들어가자 오코우치는 늘 그렇듯 살가운 구석이라고는 없는, 무관심하기 짝이 없는 태도로 인사를 했지만 그가 붕대를 쳐다보는 것을 알아차렸는지 거북한 기색으로 허둥거렸다.

"그 머리는?" 그가 물었다.

"다쳤어." 오코우치는 그 이상 이야기할 마음이 없는지 눈썹을 찌푸리며 위협적인 표정을 지었다.

수업이 끝나자 오코우치는 황급히 돌아갈 채비를 하고 교실에서 나갔다. 도망에 가까웠다.

대체 왜 저러지? 무슨 일이 있었나?

교실에 남아 있던 고지마에게 물었다. "오코우치 상처 말인데, 무슨 일 있었어?"

고지마는 며칠 전 화장실에서 혼쭐을 내 준 그가 대등하게 밀을 걸어오는 게 불쾌한 기색이었지만 "아아, 그런가 봐. 머리를 다쳤어" 하고 웅얼거리는 목소리로 대답했다.

"머리를 다쳤다는 건 보면 알아." 그는 웃었다. 저렇게 붕대를 둘둘 감아 놓고 실은 꽁무니뼈에 금이 갔다고 하면 그게 더 놀랄 일이다.

"갑자기 어두운 곳에, 아니, 밝은 곳이라고 했나? 낯선 장소에 끌려갔다나 봐." 고지마는 무슨 일인지 이해는 못 해도 괜히 무서웠는지 목소리를 낮추었다. "누가 강한 힘으로 몸을 짓누르고 머리를 때렸대."

"노상강도?"

"무슨 일이 있었는지 몰랐대. 통증보다도 충격이 더 커서, 몸이 덜컥 튀어 오를 정도였다더라."

"범인은 못 잡은 거야?"

"아마 아직 못 잡았을 거야. 어쩌면 착각한 걸지도 모르고."

"오코우치가?"

"그래. 그렇잖아. 너무 막연하다고 생각하지 않아? 어디에서 당했는지, 어떤 상대에게 당했는지도 잘 모른대."

그렇구나. 그는 그렇게 말하고 가방을 들고 교실 문 쪽으로 가다가 문득 생각나는 바가 있어 걸음을 멈추고 내뱉었다. "어쩌면 천벌이라도 받은 것 아닐까?"

고지마는 말없이 그를 뚫어져라 쳐다보았다.

"왜, 나한테 그런 짓을 했잖아. 폭력을 휘둘러 공격했지. 나쁜

만 아니라 다른 학생도 다치게 했지? 반성도 안 하고. 그래서 천벌을 받은 것 아닐까?"

"설마."

"그러니 너희도." 위험한 것 아니야, 하고 말하려다 관뒀다.

그 후로도 그는 학원에 계속 다녔다. 천벌설은 반쯤 농담이었지만 '나쁜 짓을 하면 천벌이 내리지 않을까, 그랬으면 좋겠다'라는 마음은 진심이었다.

만일 천벌이 내린 거라면 오코우치는 머리 부상을 계기로 개과천선하지 않을까? 아니, 개과천선은 아니더라도 행동을 조심할 테고, 조심까지는 아니더라도 조금은 횡포를 덜 부리지 않을까?

하지만 바람대로 되지는 않았다.

오코우치는 상처가 나아 붕대를 풀자 조금씩 원래대로 돌아가, 정기적으로 그에게 시비를 걸기 시작했다. 입으로 사납게 협박하고, 실제로 폭력을 휘두른 적도 있다.

"어이, 너, 내가 다친 게 천벌 때문이라며?" 윽박지르며 침을 튀긴 적도 있었다.

어쩔 수 없다. 그는 감내했다. 그리고 하루하루 지날수록 오코우치 패거리와의 충돌을 요령 좋게 회피하는 수법을 익히기 시작했다. 오코우치 패거리도 그의 인생을 박살 낼 만한 짓은 하지 않았다.

운 좋게 성장기가 찾아와 그의 몸집이 날이 갈수록 커진 것도 상관이 있었으리라.

그래서 처음에 우려했던 것보다는 평온하게, 그는 학원에서 계속 공부할 수 있었다. 학력은 연말부터 신년에 걸쳐 급상승해 손이 닿지 않을 것 같았던 유명 학교에 입학했다.

고등학교에서도 계속 성실하게 생활한 그는 이윽고 국립대학 의학부에 들어가 뇌 외과의가 되었다. 그리고 병으로 고통 받는 수많은 사람들의 인생을 구하며 행복하게 잘 살았다고 한다.

화과자를 먹으며 구로사와는 텔레비전으로 권투 시합 중계를 보고 있었다. "레퍼리, 어딜 보는 거야? 지금 팔꿈치가 들어갔잖아!" 구보타는 분개하며 몇 번이나 심판을 헐뜯었다. 확실히 심판은 위치가 안 좋은지 반칙에 가까운 챔피언의 움직임을 몇 번이나 놓쳤다. "반칙이야, 반칙!" "집중력 떨어지는 레퍼리네." 구로사와도 한마디 거들고 싶을 정도였다. 결과적으로는 레퍼리에게 항의도 하지 않고 끝까지 참아 낸 도전자가 KO 승을 거두었다. 시합 후 "챔피언의 펀치가 조금 부당하지 않았습니까?"라고 마이크를 들이대자 승자는 "아니, 레퍼리도 발견했을 때는 경고해 주었으니까요"라고 대답했다.

"성실하니 호감이 가네요." 구보타가 감동했다.

"발견했을 때는 경고해 주었다라." 구로사와가 말했다.

"아, 구로사와 씨. 그래, 하나만 더 봐 주세요." 구보타는 갑자기 큰 소리로 외치더니 손뼉을 치며 다시 구로사와를 2층 사육실로 데려갔다.

내키지는 않았지만 구로사와도 계단을 올라가며 나도 참 사람이 좋지, 하고 스스로 탄복했다.

구보타는 선반 한쪽에 놓인 작은 플라스틱 상자를 가리켰다. "보세요, 이게 메탈리퍼가위사슴벌레입니다."

상자 안에는 턱이 긴 사슴벌레가 있었다. 구보타의 설명대로 턱은 쭉 뻗은 팔처럼 생겼고 몸통이 짧았다. "꽤 멋지군." 구로사와는 감상을 말했다. "광택도 있네. 구릿빛이라고 해야 하나, 황갈색이라고 해야 하나."

"그렇죠! 이게 실은 아까 말했던, 뮤엘러리한테 뒤집혔던 사슴벌레입니다. 바로 그 당사자예요."

"당사자라는 표현이 맞는지 모르겠지만, 어쨌든 아직 살아 있군." 상자 안의 사슴벌레는 활기차다고 말하기는 어려웠지만 촉각을 움직이며 먹이에 머리를 얹고 있었다.

"제가 들여다보았을 때, 뮤엘러리가 돌진해서 메탈리퍼의 몸을 꾹꾹 짓누르려 하길래 황급히 구출했지요. 이 1인실로 옮겨 줬습니다."

"1인실이라." 구로사와는 상자를 보았다.

"그리고 바나나를 주니까 조금씩 기운을 차렸어요."

"바나나?"

"사슴벌레는 바나나를 엄청 좋아합니다. 영양가도 있는지 산란 전 암컷에게 주는 사람도 많은 모양이에요. 다만 금세 시커멓게 상하니 어지간해서는 주지 않아요."

"그럼 이 녀석은 운이 좋았네." 구로사와는 그렇게 말하고 촉각만 흔드는 사슴벌레를 바라보며 "빈사 상태에 빠지긴 했지만"이라고 중얼거렸다.

"이 녀석을 공격한 뮤엘러리와 람프리마는 설마 이 메탈리퍼가 VIP 룸에서 바나나를 먹고 있는 줄은 꿈에도 모르겠지요." 마치 자기가 그 둘을 제친 것처럼 성취감을 드러내며 말하는 구보타를 본 구로사와는 기가 막혔다. "다 네가 키우는 사슴벌레잖아." 멋대로 한곳에 몰아 놓고, 싸움을 일으키고, 멋대로 한쪽을 편들고 있는 것뿐이지 않나.

"뭐, 그렇긴 합니다만. 다만 그 뮤엘러리가 너무 방약무인하고 심술궂어서 저도 화가 났어요."

"그러니까 그건 네가 멋대로 그렇게 해석하는 것뿐이잖아."

"그래서 혼쭐을 내 주려고 어제 다른 뮤엘러리도 같이 넣어 줬지요."

"또 여러 마리를 한곳에 넣었어?"

"전에 있던 뮤엘러리보다 몸집이 훨씬 큰 놈이었어요. 이놈이라면 대등하게 맞설 테니 그 녀석도 다른 이의 고통을 알 수 있지 않을까 하고요."

"넌 대체 뭘 하고 싶은 거야?" 구로사와는 요란하게 한숨을 쉬었다. "동물의 영역 싸움은 어지간해서는 멈출 수 없어. 어차피 또 싸울 뿐이야."

"건방진 놈들은 혼쭐을 내 주고 싶은걸요."

"그래서 어떻게 됐어?"

"그걸 지금 확인하려고 하는데." 자, 과연 어떻게 됐을까요? 구보타는 희희낙락 말했다. 사람 눈높이쯤 되는 선반에 폭이 50센티미터쯤 되는 상자가 있었다. "아이쿠야." 가까이 다가간 구보타가 외쳤다.

"무슨 일이야?"

"구로사와 씨, 좀 보세요. 바야흐로 그 현장입니다."

"무슨 현장?"

"싸움 말이에요. 구로사와 씨가 말한 공격성이 발산되고 있는 참입니다."

구로사와는 방 안쪽으로 들어갔다. 상자 안에는 다른 통과 마찬가지로 흙에 이끼와 작은 풀이 나 있고, 강에서 주워 왔는지 나무를 얼기설기 놓은 모형 같은 숲이 펼쳐져 있었다. 가만히 시선을 집중했다. 〈라이언 일병 구하기〉의 초반 30분 같은 광경이 거기에 펼쳐지고 있을 것만 같아 주저했지만, 사슴벌레가 숨은 곳은 금방 찾을 수 있었다. 아름다운 녹색 광택이 눈에 띄는 데다가 구석에서 꿈지럭거리고 있었기 때문이다.

상자 구석에 벌레가 발라당 뒤집혀 있다. 거기에 또 한 마리, 똑같이 생긴 녹색 사슴벌레가 몸을 던지고 있었다. 일반적인 사슴벌레와는 생김새가 달랐다. 오호라, 이게 뮤엘러리사슴벌레구나. 장수풍뎅이 뿔처럼 밑에서 위로 뻗은 턱이 두 개 있다. 그리고 그 두 개의 턱으로 뒤집힌 사슴벌레를 꾹꾹 밀어내고 있었다.

그것도 모자라 자그마한 쑥색 벌레가 열세에 몰린 그 사슴벌레를 짓밟듯 지나갔다.

"아아, 여기요, 구로사와 씨, 이걸 좀 보세요. 람프리마가 이쪽 뮤엘러리의 부하가 되어서 공격하고 있어요! 이 졸개 녀석이." 구보타는 이성을 잃고 손으로 입을 가리며 부르르 떨었다. 믿을 수 없다는 듯한 기색이다.

"당하고 있는 쪽은?"

"나중에 넣은 뮤엘러리사슴벌레입니다. 몸집은 크지만 역시 처음부터 있던 선배라 이쪽이 더 강한 걸까요." 구보타는 그렇게 말하더니 상자에 손을 뻗어 투명한 덮개를 열었다.

무슨 짓을 할 셈인지, 구로사와는 지켜보았다.

구보타는 일단 상자 안에서 쓰러져 있는 사슴벌레를 붙잡아 조금 떨어진 나무 그늘로 피난시켰다. 그러더니 이번에는 공격한 쪽의 사슴벌레를 붙잡아 밖으로 꺼냈다. "보세요, 이놈입니다" 하고 오른손으로 등을 붙잡아 구로사와에게 보여 주었다.

"모든 악의 근원처럼 말하는데, 그저 평범한 사슴벌레잖아. 뭐, 반짝반짝 예쁜 사슴벌레이긴 하지만."

"이렇게 나쁜 짓을 하는 녀석은 따끔하게 가르쳐야 합니다."

구보타는 말이 떨어지기가 무섭게 그 뮤엘러리사슴벌레를 테이블 위에 내려놓더니 손가락으로 등을 튕겼다. 아이들 꿀밤 장난처럼 딱, 딱, 두 번 때렸다. 사슴벌레는 충격으로 얼어붙었다.

"그렇게 해도 되는 거야?" 작은 벌레를 상대로 정색하고 손가락으로 공격하는 모습은 우스꽝스러우면서도 과잉 반응으로 보였다.

"하지만 이런 놈은 가르치지 않으면 몰라요. 벌을 줘야지."

"아동교육이나 개 훈련하고는 다르잖아." 어차피 상대는 사슴벌레다. 본능으로 움직일 뿐이다. "게다가 이건 네가 만들어 낸 상황이잖아."

구보타는 화들짝 놀라더니 "아아, 그랬죠" 하고 붉은 얼굴을 일그러뜨리며 낙담했다. "옛날에, 저도 어렸을 때 부모님께 자주 맞았거든요. 역시 그런 게 상관있는 걸까요?"

"아니, 꼭 그런 건 아니겠지. 사람은 이따금 울컥할 때가 있어. 뇌간이 활성화되면 공격성이 생기고 흥분하지. 누구나 그럴 때는 있어. 딱히 네 유년 시절 때문에 그런 건 아니야. 물론 유년 시절에서 원인을 찾고 싶다면 반대하지는 않겠지만."

구보타는 한숨을 쉬며 뮤엘러리를 상자에 도로 넣었다. 다시 차분해진 모습으로 어깨를 늘어뜨리고 있다. "역시 여러 사슴벌레를 함께 키우는 건 무리일까요?"

"나한테 물어봤자."

그때 구로사와의 휴대전화가 울렸다. 누구인가 했더니 의뢰인인 여자였다. 전화를 받자 "지금 어디?"라고 물었다. "사슴벌레 집이다." "무슨 벌레?" "아니, 사쿠나미 온천 근처에 있어. 왜, 당신이 말한 제부가 여자하고 여행을 가서 그 사진을 찍고 돌아가는 길이었어. 무슨 일 있나?"

"아직 사쿠나미 근처에 있는 거지? 마침 잘됐네. 지금 여동생한테 연락을 받았는데, 어떤 상황인지 잠깐 보고 와 줘."

"무슨 일이 있었어?"

"그게, 여동생도 잔뜩 겁을 먹어서 횡설수설해. 여관에 좀 가 봐."

날씨는 제법 잠잠해졌지만 자동차 전조등을 켜니 빗줄기가 뚝뚝 떨어지고 있었다.

센다이 시가지로 가는 길은 아직 통행금지였다. 그렇지만 반대 방향, 사쿠나미 온천으로 가는 길은 문제없었다. 구보타의 집을 나선 지 20분도 지나지 않아 온천 여관이 드문드문 보이기 시작했다.

밤의 장막이 드리운 주변은 어둠이 완연했다. 띄엄띄엄 놓인 가로등이 길을 비추고 있었다. 왼쪽 좁은 길로 깊이 들어가자 목적한 여관 건물이 보이면서 화려한 붉은색이 허공에서 요란하게 춤추고 있었다. 경광등이다. 사이렌 소리는 없다. 여관 바로 앞에 선 구급차가 붉은 불빛으로 밤의 어둠을 훑고 있었다.

구로사와는 갓길에 차를 세웠다. 여관 쪽을 보니 꽤 늦은 시간인데도 사람들이 어슬렁거렸다. 유카타를 입고 있는 게 보아하니 숙박객 같았다. 구경거리를 찾아 밖으로 나왔는지도 모른다.

구로사와는 이야기를 들어 보려고 운전석에서 내리려다 방금 전 구보타와 나눈 대화를 떠올렸다.

"비는 괜찮을까요?" 걱정스레 현관 밖까지 배웅하러 온 구보타는 "구로사와 씨, 어쩌면," 하고 말했다. "어쩌면 하느님은 이런 걸지도 모릅니다."

"하느님?" 구로사와는 눈살을 찌푸렸다. 수상쩍게 대체 무슨 소린가 싶었다.

"아까 저 말이에요. 사슴벌레들이 보면 상자 밖에서 작업하거나 안을 바라보는 제가 하느님 같지 않겠습니까? 그들 세상과는 다른 차원에 있달까. 구로사와 씨도 그랬지요, 뒤집힌 사슴벌레를 살며시 원래대로 돌려 준다고 했을 때, 하느님 같다고."

"하지만 너도 하느님이라면 항상 지켜볼 거라고 부정했잖아."

"바로 그거예요."

"그거?"

"하느님도 결국 저하고 마찬가지 아닐까요? 지금 문득 그런 생각이 들었습니다."

"너하고 하느님이 똑같다? 그건 또 겁 없는 소리네."

"아니, 보세요, 전 항상 일을 하다가 짬짬이 마음이 내키면 옆방의 사슴벌레 상자를 확인하지요."

"위안을 받고 싶어서." "그렇습니다. 그리고 그때 사슴벌레가 뒤집혀 있으면 바로잡아 주고, 부당하게 싸우고 있으면." "구해 주지." "나쁜 뮤엘러리는 손가락으로 때려 주기도 하고요. 다시 말해." "다시 말해?" "천벌이지요." "오호라." "게다가 죽을 뻔했던 불쌍한 사슴벌레는 격리하고 바나나를 줬습니다."

"하느님의 가호라는 건가?" 구로사와는 빨리 이야기를 끝내고 사쿠나미로 가야겠다 싶었다.

"지금 사슴벌레들의 입장에서 생각해 보니."

"역시 작가는 다르군. 벌레 마음까지 헤아리다니."

"가령 뮤엘러리에게 잔뜩 괴롭힘 당하던 다른 사슴벌레는 이렇게 생각하겠지요. '하느님 도와주세요! 왜 구해 주지 않는 겁니까?' 뒤집힌 사슴벌레도 그럴 겁니다. '어째서 제가 이런 꼴을 당해야 합니까? 나쁜 짓은 하지 않았는데. 이대로 꼼짝 못 하고 죽다니. 뭘 잘못한 겁니까?'"

"세상엔 하느님도, 부처님도 없다고 한탄하겠지."

"바로 그겁니다. 하지만 하느님은 있어요. 옆방에서 일을 하고 있을 뿐이죠. 마음이 내키면 상자를 들여다보고, 그때 알아차리면 도와주기도 하고요."

"나쁜 놈에게는 벌을 주지."

"그렇게 생각하면 마음이 놓이지 않습니까? 신은 우리를 항상 지켜보는 게 아닙니다. 그 점은 실망스럽지만, 다만 보고 있을 때는 규칙을 적용해 주는 거예요. 규칙을 위반하거나, 불공평하고 부조리하게 편중되어 있으면 그걸 수정해 주지요. 악인에게는 천벌을, 착한 사람에게는."

"바나나를."

"권선징악의 법칙은 없는 게 아니라는 말입니다. 지금, 그렇게 생각하니 마음이 가벼워졌어요."

"하느님은 이따금 보고 계시다는 건가."

"하늘의 그물은 크고 성겨서 은근히 놓친다고나 할까요."

"은근히라." 구로사와는 쓴웃음을 흘리지 않을 수 없었다. "다음에 그걸 소재로 소설을 써 보면 어때? 아이디어 때문에 고민하고 있지? 사슴벌레를 사람처럼 묘사해 봐. 뭐라더라, 의인화라고 하나? 빗대서 쓰면 돼."

"하느님의 존재 방식에 대해서?"

"뭐, 그런 심각한 문제는 나중에 생각하고." 하느님이 옆방에서 일을 하고 있다는 게 무엇을 뜻하는지도 잘 모르겠다. "힘내서, 누가 봐도 사람답게 쓰는 거야."

안 써요, 그렇게 대답한 구보타는 꽤 세게 버텼다.

구로사와는 여관 앞에서 스마트폰을 만지작거리는 백발 남자에게 다가갔다. 남자는 여관 이름이 적힌 유카타를 입었다.

"왜 구급차가 와 있는 겁니까?"

자세히 보니 여관 옆에는 경찰차도 서 있었다. 오늘은 딱히 위법행위도 하지 않았는데 구로사와는 괜히 껄끄러웠다.

"옥상에 가족탕이 있는데, 남자하고 여자가 떨어졌다나 보오." 백발 남자는 흥분한 기색이었다.

"떨어져요?"

"밑이 벼랑이라."

"토사 붕괴가 일 정도로 폭우가 내리는데 노천탕에 들어간 겁니까?"

"이 여관 주변만 비가 잠깐 그쳤거든."

그런 일이 있을 리 없다고 부정할 생각은 없었다. 거짓말을 할 이유가 없다.

벌거벗은 채로 불륜 상대와 함께 벼랑 밑으로 떨어진 것은, 천벌일까 행운일까. 구로사와는 상속 문제를 생각했다.

이혼 전이라면 의뢰인이 말한 '시어머니의 재산'은 아들에게서 그 아내에게 넘어갈지도 모른다.

"하지만." 백발 남자가 고개를 갸웃거렸다. "그 가족탕, 울타리도 높아서 떨어질 만한 곳이 아닌데."

"아마도 그건," 구로사와는 대답했다. "마침 옆방에서 일하다 질려서 살짝 들여다보러 온 순간이었겠지요."

"누가 말이오?"

구로사와도 그 이름을 입에 담기는 망설여졌다. 거대한 손가락이 비구름 사이로 쑥 튀어나와, 욕탕에 몸을 담그고 있던 남자의 머리를 붙잡는 광경이 구로사와의 머릿속을 스쳤다.

월요일에서
벗어나

月曜日から逃げろ

《yom yom》vol.27 2013년 겨울호

월요일

낚시터는 한산했지만 잉어들은 배가 고프지 않았다.

평일이라 그런지 손님은 거의 없었다. 찌의 반응을 놓쳤나 싶어 낚싯대를 걷어 보니 미끼는 그대로였다. 벤치에 앉은 구로사와는 말없이 다시 낚싯줄을 드리웠다.

손님이 적다고 잉어도 의욕을 잃었나?

최근 할 일이 없는 날, 즉 '누군가를 위해 탐정 일을 할 필요'도 없고 '자신을 위해 빈집을 털 필요'도 없는 날을 말하는데, 그런 날에는 대개 이곳에 와서 한두 시간 잉어 낚시를 즐길 때가 많았다. 찌가 가라앉는 동시에 쏜살같이 손목을 젖혀 낚싯대를 걷는다. 바늘이 잉어에 파고드는 강한 감촉이 느껴졌다. 작은 성취감이 생겨나고, 구로사와는 사행심에 대해 생각하게 된다. 하지만 잉어는 놓쳤다.

"구로사와 씨, 역시 여기 있었군요." 등 뒤에서 누가 불렀다. 누군지는 보지 않아도 안다.

한 달 전 접촉해 온, 도쿄의 제작 프로덕션 소속 남자다. 지상파 텔레비전 방송국 프로그램을 만드는 경우가 많은데, 주로 다큐멘터리를 담당한다고 했다.

처음에는 도쿄에서 만났지만 조사 능력은 좀 되는지, 구로사와가 낚시터 단골이라는 것도 어느새 파악하고 있었다.

고임금에 나름대로 안정적인 지위를 가진 방송국 사원과는 달리 하청 입장인 프로덕션은 잔업수당도 제대로 안 나오는 상황에서 밤낮없이 일한다는 선입견이 있었지만, 이 구키야마라는 남자는 입고 있는 양복도 고급 원단인 데다 표정에도 여유가 넘친다. 마흔 후반치고는 젊어 보였다. 턱에 난 수염은 늙어 보인다기보다 그의 패션 센스를 주장하고 있었다.

한 달 전, 빈집털이를 전문으로 하는 동업자 나카무라에게 들은 바가 있었다. "구키야마는 방송업계 높은 분들하고 연줄이 있을 거야. 그러니 부티가 줄줄 흐르지."

"높은 분들한테 신뢰받는다는 건가?"

"신뢰라고 할까, 약점을 잡고 있다고 할까. 그렇지 않으면 함께 나쁜 짓이라도 하는 거겠지. 공범 관계라는 것 말이야."

실제로 만나 보니 구키야마는 껄렁하고 경박한 남자 같기는 했지만 두뇌 회전이 빠르다는 것은 알 수 있었다. 남에게 직접 뭔가 명령하거나 의뢰하는 게 아니라, 말로 교묘하게 상대를 유도하는 능력이 뛰어나다. 처음 만났을 때도 잡담을 가장하고 구로사와에게 빈집을 털라고 부추겼다.

"오늘 아침 신칸센 고속 열차로 센다이에 왔습니다." 벤치 옆에 앉은 구키야마는 "구로사와 씨, 부탁이 있습니다만" 하고 말을 이었다. 입가가 헤벌쭉하다. 웃는 건지, 난처해하는 건지 판단이 서지 않는다.

"내가 할 수 있는 일이 있어?"

"물론입니다. 구로사와 씨의 가면 속 얼굴이라고 해야 하나요. 저쪽 일 관계로."

구로사와는 눈썹을 실룩거렸다. 상대의 자신만만한 말투를 들으니 그 속셈을 알고 있다 해도 기분이 좋지 않다. 애초에 구키야마가 구로사와를 만나러 와서 처음에 했던 말이 "방송에서 빈집털이 기술을 보여 주실 수 없겠습니까?"였다. 어디에서 정보를 입수했는지, 자신만만했다.

나는 네가 찾는 그 구로사와하고는 다른 사람이다, 구로사와인 척하고 있을 뿐이라고 말해도 상대는 듣는 시늉도 하지 않았다.

어쩔 수 없이 상대의 이야기에 맞장구를 쳐 주었지만 빈집털이라는 사실은 시인하지 않았다.

"구로사와 씨, 도쿄에서 일 좀 해 주실 수 없습니까?"

"도쿄?"

"실은 깜짝 놀랄 만한 사건이 터져서요."

"깜짝 놀랄 만한 사건이라면 당신네 전문이잖아."

"전문?"

"텔레비전은 시청자를 깜짝 놀라게 해야 하잖아. 해마다 수만 명이 자살하는데도 거의 뉴스에 나오지 않는 건 그게 이미 일상화되었기 때문이야. 놀랄 요소가 없지."

"뭐, 그렇긴 합니다." 구키야마는 흘려들었다. "하지만 이번에 터진 건 정말 수수께끼 같은 일이에요, 진짜로요."

구로사와는 낚싯대 끝을 바라보며 "그럼 더더욱 텔레비전 일이네" 하고 말해 보았다.

"뭐, 그렇긴 합니다만. 제가 당사자라."

구키야마의 말에 구로사와는 웃음을 터뜨릴 뻔했다.

찌가 가라앉는 것을 보고 손목을 젖혔다. 낚싯대가 휙 올라왔는데 손맛이 묵직했다. 악수를 나누는 듯한 감촉에 가슴속에 작은 기쁨이 피어올랐다. 바늘에 걸린 잉어가 물속을 헤엄치자 거기에 맞추어 낚싯대를 가만히 내렸다. "뜰채를 준비해."

"네?" 구키야마는 화들짝 놀랐다. 갑작스레 뜰채 담당자로 임명된 그는 당황하면서도 벤치에 기대어 놓았던 뜰채를 손에 쥐었다. 라크로스* 스틱을 크게 만든 듯한, 손잡이가 달린 뜰채다.

* 끝에 그물이 달린 크로스라는 스틱을 이용하여 상대의 골에 공을 쳐 넣어서 득점을 겨루는 구기 경기.

"어떻게 하면 됩니까?"

"조금 더 잉어를 유인할 거야. 눈에 보이면 떠 올려."

구로사와는 힘차게 낚싯줄을 끌어당기는 큼직한 잉어에게 거스르지 않고 적당히 견제하면서 낚싯대를 좌우로 움직이다가 물었다.

"그래서, 무슨 일인데?"

"네?" 뜰채를 쥐고 우왕좌왕하던 구키야마가 말했다.

"깜짝 놀랄 사건의 당사자라면서?"

"아아, 네." 구키야마는 고개를 수차례 끄덕였다. "요전번 도쿄에 있는 자택에 오랜만에 돌아가 봤더니."

"자택에 오랜만이라." 구로사와는 구키야마의 가족 구성을 떠올렸다. 젊었을 때 결혼한 아내와 광고 대리점에서 일하는 장성한 아들이 있었다.

"뭐, 그 점은 제가 방랑벽이 있어 집에 잘 돌아가지 않다 보니."

"평소에는 젊고 아름다운 여성 곁에 있나?"

"조사했습니까?" 구키야마는 경계심 가득한 불쾌한 표정을 지었다.

"위키피디아에 실려 있던데." 구로사와는 농담을 했다. 덧붙여서 방랑벽이라는 표현은 너무 낡아 빠졌다고 말해 주려다 관뒀다.

"그보다 지난주는 촬영 때문에 지방에 가 있었던 터라."

"그래서 자택이 어쨌는데?"

"모르는 그림이 걸려 있더군요."

"모르는 그림? 회화를 말하는 건가?" 그때 구로사와는 "지금이다!" 하고 낚싯대를 당겼다. 갑작스러운 명령에 펄쩍 뛰어오른 구키야마는 당황하면서도 뜰채를 휘둘러 물속을 갈랐다. "잡았다!" 구키야마가 흥분한 기색으로 뜰채를 밖으로 꺼냈다.

"꽤 크군." 물속에서 잡아 올린 잉어는 육상 잠수함처럼 비현실적인 모습으로 펄떡이고 있었다. 구로사와는 수건으로 잉어를 감싸 물속에 담가 두었던 통발에 넣었다.

뜰채를 내려놓고 낚싯대를 다시 쥐었다. "그래, 모르는 그림이 어쨌다는 거야?"

아아, 하고 구키야마는 신문지를 꺼냈다. "이건 보름 전에 난 기사인데." 도내 미술 수집가의 수집품 중에서 그림이 도난당했다는 뉴스였다.

"아아, 이거."

"역시 절도 뉴스에는 정통하시군요."

"그 뉴스가 왜?"

"이 기사에 도난당한 그림이 실렸는데, 그게 저희 집에 걸려 있었습니다. 아시겠습니까? 도난 사건으로 뉴스에 나온 그림이 저희 집에 있었다고요."

구로사와는 고개를 옆으로 돌려 구키야마를 뚫어져라 보았다. 한참 관찰한 뒤에 낚싯대로 시선을 돌렸다. "용케 훔쳤네."

"농담은 그만하세요. 훔칠 리가 없잖습니까? 구로사와 씨하고 똑같이 취급하지 마세요."

"남편이 집에 하도 안 돌아오니 아내가 그림 도둑이라도 된 것 아닌가?"

"말도 안 됩니다. 집사람은 집에 텔레비전하고 인터넷만 있으면 행복한 사람이에요. 그림에 대해 따져도 언제부터 있었는지 모른다는 겁니다. 제 서재에 걸려 있어서 당연히 제가 사 온 줄 알았다더군요. 원래 그림을 몇 점 가지고 있기도 했고, 그 밖에도 직업상 텔레비전 방송에서 사용한 소도구나 상품을 가지고 돌아오는 경우가 있으니 그런 것일 줄 알았답니다."

"유명한 화가가 그린 거지?"

"보세요, 이겁니다. 한 달 전에 일본에 왔다는데."

외국인 화가라는 건 알았지만 지금도 살아 있는 인물일 줄은 구로사와도 몰랐다. 게다가 일본에 와 있다니. 구키야마가 다른 날짜의 신문을 펼쳤는지, 스페인에서 온 현대미술의 거장이라는 표제와 함께 백발노인의 사진이 있었다.

"흔해 빠진 옹고집 노인으로밖에 안 보이지만요."

기사를 훑어보니 까다로운 성격이 엿보이는 발언이 이어졌다. 하지만 일본에 있는 동안 변덕을 부려 도쿄 길바닥에 앉아서 초상화를 그렸다는 일화에는 구로사와도 깜짝 놀랐다. "오호라."

"장난기가 있다고 하면 듣기엔 좋지만 영락없이 외국인 노숙자 몰골이었다더군요. 만약 알았더라면 그림을 그려 달라고 해서 비싸게 팔았겠지요. 수집가들이 깜짝 놀랄 값으로 사 줄 텐데." 구키야마는 구로사와를 보며 "왜 웃는 겁니까?" 하고 물었다.

구로사와는 그 말에 자기가 웃고 있었다는 것을 깨달았다. "만약 알았더라면 텔레비전으로 중계했을 거면서."

"아, 뭐, 그렇죠." 구키야마는 시인했다. "그래서 아무튼, 어찌된 영문인지 저희 집에 이 화가의 그림이 걸려 있었습니다."

"너무 이상하군." 구로사와는 계속 웃었다. "믿을 수가 없어."

"그렇다니까요. 이런 걸 믿어 준다면 더 이상할 겁니다. 그래서."

"그래서?"

"구로사와 씨, 돌려주시지 않겠습니까?"

구키야마의 말에 얼굴을 찌푸렸다. "돌려준다고? 이 그림을 당신 서재에서?"

"원래 주인의 소장실에."

"짐 배달은 택배 기사나 이사 전문업자가 더 잘해."

"그렇게 대놓고 할 수는 없습니다."

"몰래 해 달라?"

"당연하지요. 구로사와 씨라면 할 수 있습니다. 빈집털이하고 똑같잖아요. 게다가 이번 경우는 훔치는 게 아니라 돌려주기만 하면 그만입니다."

"돌려주기만 하면 그만이라고 해도 하는 짓은 거의 똑같아." 구로사와는 고개를 저었다. "게다가 난 돌려줄 집이 어디에 있는지도 몰라."

"제가 그 미술 수집가의 집 주소는 알려 드리겠습니다. 부탁입니다. 정말 난처하다고요."

"난 난처할 일 없어."

"난처하다니까요." 구키야마는 거기서 책사 같은 눈빛으로 슬그머니 웃었다. "왜냐면."

"당신이 내 약점을 쥐고 있으니까." 구로사와는 인정했다.

"그렇습니다."

구로사와는 한숨을 쉬었다. 난처하군. 한탄하는 표정을 지었다.

"내일이라도 당장 도쿄에 가 주시겠습니까? 부탁드립니다. 저희 집 주소는 알려 드릴 테니."

"내일? 안 돼. 난 요즘 바빠."

구키야마는 눈을 몇 번 껌뻑이다가 낚시터를 바라보았다. "월요일부터 이런 곳에서 낚시를 하고 계시면서요?"

"난 일하기 전에는 조사를 해. 준비와 조사를 게을리하면 잘 풀릴 일도 잘 안 풀리는 법이야. 당장은 착수할 수 없어."

"곤란합니다. 전 글피부터 또 다른 촬영 때문에 출장을 갑니다. 목요일부터요. 일주일 후에 돌아오기는 하지만."

"일주일이라. 그러면 일주일 후에 하면 되잖아."

"아니, 그럼 너무 늦어요."

"바쁜 양반이군."

"제가 한 명 더 있으면 좋겠다 싶을 정도입니다."

"대역이 필요하다니, 채플린이 채플린 닮은 꼴 대회에 직접 나갔던 일화를 알고 있어?"

"왜 채플린 얘기가 나옵니까?"

"당시에 채플린은 인기인이라 여기저기에서 그를 따라 하는 게 유행했대. 가짜가 찍은 영화가 채플린 영화로 상영된 적도 있었지."

"그런 일이 있었습니까? 그건 대단하네요."

"그래서 그 닮은 꼴 대회에 채플린 본인이 나갔는데, 결승에도 못 나갔다는 얘기가 있어."

구키야마는 웃었다. "정말로요?"

"어쩌면 재미 삼아 그냥 지어낸 이야기일지도 모르지만, 요컨대 진짜와 가짜를 구분하기란 어려워. 그걸 보는 사람의 이미지나 선입견에도 영향을 받으니까. 그러니 당신도 그럴 마음만 먹으면 다른 사람한테 일을 시킬 수도 있을 거야."

"그렇군요." 구키야마는 말했다. "저 같으면 요일마다 담당을 정할 겁니다. 월요일은 저 가짜, 화요일은 이 가짜, 이렇게요."

"당신은 무슨 요일을 맡을 건가?"

"물론 주말이지요."

"그렇겠지." 구로사와는 시시하다는 듯이 대답했다. "뭐, 당신이 보는 나도 진짜 내가 아닐 가능성이 있어."

"무슨 말씀을 하시는 겁니까? 어쨌든 구로사와 씨, 내일 부탁드리겠습니다."

"안 된다면 안 돼."

"구로사와 씨, 입장상으로는 제가 더 유리합니다. 구로사와 씨의 직업, 뒤에서 하는 일 말입니다, 그 직업은."

"앞이고 뒤고 없는데."

"시치미 떼지 마세요. 어쨌든 제가 확실히 파악하고 있으니까요. 언제든 경찰에 제출할 수 있습니다. 그러니까, 뭐라고 하죠? 서로 의지한다고 하나, 교환 조건이라고 하나, 싫다, 제가 이런 말까지 해야 하나요?"

"그림을 돌려준다고 해도 그 미술 수집가의 집을 미리 조사해야 해."

"구로사와 씨 친구 중에 그런 정보에 해박한 동업자가 있다고 하지 않았던가요?"

머릿속에 나카무라가 떠올랐다. 최근 센다이에서 도내로 영역을 넓혀 수집품이나 경매에 관한 일에도 손을 뻗고 있다. 그 너그럽고 느긋한 성격으로는 새로운 분야에서 성공할 것 같지 않아 그만두는 게 낫다고 생각하지만, 엮일 마음도 없어 입 밖에 내지는 않았다.

"어쨌든 안 돼." 구로사와는 매몰차게 거절했다. 그리고 "그러고 보니 돈은 도둑맞지 않았어?"라고 물었다. 당신 집에 몰래 들어간 그림 도둑이 돈은 훔치지 않았느냐고.

"아아, 그건 아직 조사를 못 했습니다. 왜요?"

"그냥, 도둑맞았으면 꼴좋다고 놀리려고."

"구로사와 씨한테는 교섭의 여지가 없습니다. 일주일 후, 출장에서 돌아왔을 때 그림이 아직 저희 집에 있다면."

"있다면?"

"구로사와 씨를 경찰에 신고할 겁니다."

잠시 고민에 빠진 구로사와는 이윽고 어쩔 수 없다는 듯 머리를 설레설레 흔들었다.

구키야마가 만족스러운 듯 타인을 꺾은 기쁨으로 가득한 표정으로 고개를 끄덕였다.

"그나저나," 구로사와는 화제를 바꾸었다. "채플린 영화에."

"또 그 얘깁니까? 구로사와 씨, 그렇게 좋아요?"

"좋아." 구로사와는 즉답했다. "우스꽝스럽고 정신없지만 무성영화로 어떻게 하면 약동감을 표현할 수 있는지 필사적으로 고민했겠지. 그 움직임만 봐도 어른이고 아이고 얼굴에 웃음꽃이 피어. 사람을 웃긴다는 게 얼마나 어려운 일인지 모를 거야."

"구로사와 씨는 웃을 것 같지 않은데요."

"옛날 단편영화 중에 〈월급날〉이라는 작품이 있는데."

"채플린 영화입니까?"

"거기에 채플린이 건설 현장에서 벽돌 쌓는 일을 하는 장면이 있어. 재주가 대단해. 그건 정말 멋진 장면이야. 그래서."

"그럼 구로사와 씨도 그 대단한 재주로 냉큼 그림을 제자리에 되돌려 놔 주십시오."

"그런 얘기가 아닌데."

화요일

설사 동네 이름을 숨길 수 있다 해도 구로사와는 도쿄의 그 주택가가 고급 동네라는 것을 금세 알았을 것이다. 즐비한 집들은 딱 보기에도 훌륭했고, 건물들은 당당하게 위엄을 뿜어냈다. 센다이에도 이런 집이 있기야 하지만, 이렇게 한곳에 몰려 있다니 흥미로웠다. 하지만 영화에 키 큰 배우들만 잔뜩 나오면 결과적으로 그 큰 키가 관객들에게 전혀 전달되지 않는 것과 마찬가지로, 고급 주택지 속에서 집의 훌륭한 자태는 주위에 파묻히는 게 사실이었다.

집 벽을 재빨리 뛰어넘어 정원을 따라 뒤쪽으로 이동했다. 지퍼 달린 검은 운동복 상의에 검은 바지를 입고 있었다.

주방으로 통하는 뒷문이 있는 건 알았지만 그쪽 자물쇠 모양까지는 파악하지 못했다. 더블 디스크 텀블러 자물쇠였다. 도둑 방지 대책으로 개발된 자물쇠인데, 그렇다 해도 어차피 낡아 빠진 물건이다. 구로사와는 조금 안도했다. 이런 유형이라면 어렵지 않다.

안경을 썼다. 검은 테를 고쳐서 미간 위치에 작은 LED 라이트를 넣은 안경이다. 두 손을 쓰면서도 앞을 비출 수 있다. 도구를 써서 자물쇠 손잡이를 조작했다.

참으로 영양가 없는 행동이다. 구로사와는 생각했다. 보통 빈집털이를 할 때는 수입을 위해 유복한 가정에서 돈을 빼 간다. 이번에는 '그림을 오른쪽에서 왼쪽으로 이동'시키는 게 전부다.

하지만 일을 하기로 했으니 하는 수밖에 없다. 구키야마의 실실거리는 표정이 떠올랐다. 남의 약점을 잡아 업신여기는 자의 웃음이다.

자물쇠 따기에 성공한 구로사와는 일단 뒷문에서 벗어나 정원을 둘러싼 담으로 돌아갔다. 미리 위에 매달아 놓은 상자가 있었다. 사방 1미터 정도, 두께는 5센티미터쯤 되는 그림 상자다. 안에 액자에 든 그림이 들어 있다.

고요한 달빛 아래서, 검은 옷을 입은 구로사와는 월귤나무로 보이는 정원수 옆을 지나 그림 상자를 품에 안고 뒷문으로 돌아갔다.

미리 따 놓은 문을 열고 안으로 들어갔다. 빈집을 털 때는 흔히 그렇듯 버선발이었다. 손으로만 털어도 흙이나 먼지가 떨어진다.

발소리를 죽이고 복도를 지났다.

방에 들어가서도 불은 켜지 않았다. 안경의 LED로 족하다. 구로사와는 상자를 가만히 내려놓고 안에서 액자를 꺼냈다.

수집 케이스가 가득한 방이었다. 가치가 있는 건지 없는 건지 모를 물건이 즐비했다. 값은 전혀 모르겠군. 구로사와는 그렇게 생각하면서도 어릴 때 읽은 소설에 그런 노파가 주인공으로 나오는 이야기가 있었다는 것을 기억해 냈다. 노파가 '화요일 클럽'이라는 모임에서 미해결 사건을 해결하는 작품이었다.✣

그러고 보니 오늘도 화요일이었다.

어깨에 멘 륙색을 내려놓고 안에서 비디오카메라를 꺼냈다. 단추와 렌즈를 만지작거리며 실내를 둘러보고 설치 장소를 골랐다.

나중에 구키야마에게 보여 줄 증거로, 작업한 모습을 녹화해야만 했다.

선반에 카메라를 쑤셔 넣었다. 각도를 조절하고 녹화 단추를 눌렀다.

초상화를 떼어 내 발밑에 내려놓았다. 대신 그가 가져온 그림 액자를 들어 고리에 걸었다. 기울지 않도록 높낮이를 조절했다.

이걸로 끝. 한 걸음 물러나 그 그림을 바라보았다. 어둠 속에서는 전체가 보이지 않았다. 유명 화가의 그림이니 그럭저럭 뛰어난 작품이겠지만, 구로사와는 관심이 없었다.

촬영을 마치고 비디오카메라를 륙색에 넣자 임무는 전부 끝났다.

✣ 애거사 크리스티의 『열세 가지 수수께끼』(1932)로, 마플 양이 처음 등장하는 작품집이다. 『화요일 클럽의 살인』으로도 알려져 있다.

나머지는 들어온 길 그대로 물러나면 만사 오케이다.

발소리를 내지 않도록 조심하며 살금살금 일정한 리듬으로 걸음을 옮기는 도중에, 제일 안쪽 방에서 구로사와의 빈집털이로서의 후각을 자극하는 냄새가 났다. 돈 되는 물건이 있다면 이곳일 것이다.

안에 들어가자 그 방에는 책장이 즐비했다. 안쪽에 금고가 있었다.

가까이 다가가 몸을 숙이고 장갑을 낀 손가락으로 다이얼을 돌렸다. 겸사겸사 돈을 얻을 수 있다면 그것도 좋겠다고 판단한 것이다. 일부러 도쿄까지 왔는데 빈손으로 돌아가면 허무하다.

구로사와는 금고와 대화하듯 다이얼을 맞추는 데 신경을 곤두세웠다. 도중에 실내에 방범용 카메라가 있는 건 아니겠지, 하고 방 안을 둘러보았지만 보이지 않았다.

수요일

"실은 그 집, 방범 카메라가 있었어요." 구키야마는 기쁨을 자제하며 말했다. "덕분에 구로사와 씨가 금고를 따는 모습이 아주 잘 찍혔습니다."

구로사와는 말없이 항복하듯 두 손을 들었다.

센다이 역 서쪽 출구, 새로 지은 저층 빌딩이 즐비한 골목의 카페 테이블이었다.

“센다이에 외도 상대라도 있어?” 구로사와는 커피에 입을 대고 말했다.

“예?”

“이렇게 자주 센다이까지 찾아오는 걸 보니 여자라도 있나 싶어서.”

“무슨 말씀입니까, 구로사와 씨를 만날 수 있다면 매주, 아니 사흘이 멀다 않고 오겠습니다.”

옆 테이블에서는 젊은 남녀가 방금 구입한 CD에 대해 떠들고 있었다. “CD 발매일은 왜 수요일일까?” 그런 말이 귀에 들어와 구로사와는 관심이 갔지만 목소리가 작아서 잘 들리지 않았다.

테이블 위 노트북을 보았다. 구키야마가 가져온 물건인데 펼쳐진 화면에는 흑백 영상이 재생되고 있었다. 어둠 속에서 사람 그림자가 움직이고 있었다. 볼 것도 없이 구로사와였다.

“실은 그 집, 저와 친한 노부부의 집이었습니다.”

“날 속여서 침입하게 만든 건가.”

“설마 구로사와 씨가 금고를 따고 돈을 꺼내 갈 줄은 몰랐지만요.”

처음부터 그럴 생각이었으면서. 그렇게 따지고 싶었다.

“어쨌든 그 집 노부부하고 저는 여러모로 가까운 사이거든요.”

"가까운 사이라."

"어느 방송 촬영 때 알게 되어서."

"국숫집인가?" 전에 나카무라에게 들은 이야기가 머릿속에 있었다.

"예? 아닌데요. 왜 국숫집이라고 생각하셨습니까?"

"그래서, 가까워서 어떻다는 거야?"

"자주 찾아갑니다. 그야말로 가족처럼."

"그 정보를 처음에 가르쳐 줬으면 좋았을 텐데."

"며칠 전 그 댁을 찾아갔을 때, 방범 카메라를 설치했어요. 물론 소형 카메라입니다. 야간용 적외선 카메라로, 동작에 반응해 일정 시간 녹화하는 제품이에요."

"동영상은 메모리카드에 보존되는 건가?"

"예, 컴퓨터로 옮길 수 있습니다."

"그런 카메라를 간단히 구할 수 있어?"

"인터넷으로 살 수 있는 시대예요. 그래서 제가 구입해 그 노부부의 금고 앞에 경비 삼아 설치해 드렸지요."

"친절해서 좋네."

"절친이니까요."

구로사와는 날카로운 눈빛으로 상대방을 가만히 쳐다보았다.

구키야마는 얼굴을 찌푸렸다. "말장난인데, 재미없었나요?"

"나쁘진 않아."

"어쨌거나 그 집에 찾아가 방범 카메라 메모리카드를 회수했더니 이 동영상이 저장되어 있었던 겁니다."

"하지만 텔레비전에서 방송하기엔 화질이 떨어지지 않나?"

구로사와는 어깨를 으쓱했다. 영상에는 금고 앞에서 몸을 웅크리고 다이얼을 돌리는 그의 모습이 찍혀 있었다. 문이 열린 금고에서 꺼낸 지폐 다발을 두 손에 움켜쥐고 그 자리에서 떠나는 장면이었다. 시간으로 치면 1분도 되지 않지만 구키야마는 그 영상을 몇 차례나 재생시켰다.

"뭐, 텔레비전에는 못 써도 가치는 있지요."

"어떤?"

"구로사와 씨하고 한층 더 친해질 수 있잖습니까?"

"요즘 말로 절친이 될 수 있다는 건가."

"표현이야 어쨌든, 이 부부도 아직 돈을 도둑맞은 줄 모르고 있어요. 금고는 거의 안 열어 보니까."

"당신이 가르쳐 주면 되겠네."

"바로 그겁니다. 저는 이 집 주인에게 금고를 확인하라는 말도 않고, 곧장 이 영상을 경찰에 신고하지도, 방송국 보도부에 가져가지도 않고, 우선 구로사와 씨에게 알리러 왔습니다. 그 점을 잘 생각해 보세요."

"감격스럽군."

이 영상을 고액 차용증서처럼 소중히 챙겨 구로사와 위에 군림하려는 구키야마의 속셈은 눈에 뻔히 보였다. 우위에 서서 제어하고, 활용하려는 속셈이다. 무엇을 활용하느냐고? 아마도 구로사와의 빈집털이 기술이리라. "하지만 그 집에 침입한 건 애초에 당신이."

"저는 '설마 금고에서 돈까지 훔칠 줄은 상상도 못 했다'고 말할 겁니다."

구로사와는 머리를 긁적였다. "방송 일을 하는 사람 중에는 똑똑한 녀석도 다 있군."

구키야마는 황홀한 표정으로 고개를 끄덕였다. "구로사와 씨도 빈집털이치고는 똑똑합니다."

"난 그 빈집털이 구로사와하고는 다른 사람이라니까."

"왜 시치미 떼는 겁니까?"

"앞으로는 일할 때 카메라를 조심해야겠어."

"그게 좋을 겁니다. 사람은 학습을 통해 실수를 되풀이하지 않는 게 중요하니까요."

목요일

구로사와가 접수처에서 낚싯대를 빌려 떡밥이 든 상자와 통발을 들고 벤치로 향하니 갓 잡은 잉어 주둥이에서 바늘을 빼고 있는 남자가 있었다. 나카무라였다.

"내가 소개해 준 술집에는 발길도 돌리지 않는 주제에, 내가 알려 준 낚시터에는 관심을 가지다니 자네도 정말 특이해." 나카무라가 어이없다는 듯이 말했다. "점점 더 스너프킨* 같잖아."

"술집 아가씨는 꼬리를 흔들지만," 구로사와가 거기까지 말하자 나카무라도 그의 말장난을 눈치챘는지 "여기는 지느러미 흔드는 아가씨밖에 없지" 하고 씩 웃었다.

나카무라가 차지한 벤치 오른쪽에 걸터앉았다. 통발을 물속에 넣고 떡밥을 바늘에 달았다.

처음에 나카무라는 비염이 심해서 이비인후과에 갔지만 휴진이었다며 한탄했다. "다른 이비인후과도 찾아봤는데, 역시 휴진이었어. 목요일에 휴진하는 곳이 많은가?"

"개인 병원 중에는 많을지도 모르겠네."

"무슨 이유라도 있나?"

"이유?"

"목요일에는 목욕탕 가서 때를 벗겨야 하니 쉰다거나?"

"의사가 말장난을 좋아하는지는 모르겠지만."

그러고 한동안 낚시에 전념했다.

"그 텔레비전 남자는 어때?" 서로 미끼만 빼앗기고 빈 바늘을 만지작거리고 있을 때, 나카무라가 물었다.

"텔레비전 남자?"

"어이 어이." 나카무라가 쓴웃음을 지었다. "괜찮은 거야? 중

* 핀란드의 아동문학가 토베 얀손의 「무민 시리즈」에 나오는 무민의 가장 친한 친구. 고독한 방랑자로, 고깔모자에 파이프를 물고 하모니카를 연주하며 낚시를 즐긴다.

요한 건 잊지 마. 자네답지 않게."

"나답지 않아?"

"구키야마 말이야. 구키야마는 어떻게 됐어?"

구로사와는 잠시 생각한 끝에 "그 남자는 역시 보통내기가 아니야"라고 대답했다. "내가 집을 터는 장면을 녹화했어."

"녹화? 자네, 방송국 녀석들이 있는 것도 몰랐어?"

"방범 카메라 영상이야."

"아아, 그렇군. 그쪽 말인가." 나카무라는 뭐가 재미있는지 입을 쩍 벌리고 웃었다.

"그러고 보니 지난번 그 국숫집에 다녀왔어." 구로사와가 말했다.

"국숫집?"

"전에 알려 줬잖아. 구키야마가 만든 방송에 나온."

"아아, 그 옛날 탤런트가 차린."

한 달 전, "구키야마라는 방송 쪽 사람이 자네에 대해 캐묻고 다녀"라고 먼저 정보를 준 사람이 바로 나카무라였다.

그때 국숫집에 관한 일화도 들었다.

국숫집 주인은 원래 탤런트로 활동하던 남자였는데 뜰 기미가 없자 선뜻 연예계 활동을 접고 유서 깊은 국숫집에서 수련해 자기 가게를 냈다고 한다.

구키야마는 그 주인과 국숫집을 취재해 한 시간짜리 다큐멘터리 프로그램으로 정리했다. 구키야마가 직접 짰다기보다 떠맡은 기획이었는지, 꽤나 불성실하고 대충대충 찍었다. 게다가 성실한 주인 때문에 그대로 촬영하면 그저 지루한 다큐멘터리로 끝날 게 뻔히 보였는지, 구키야마는 중간에 약간의 장난을 넣었다.

"별것 아니야, 몰래카메라지. 국수를 준비하는 주인을 몰래 찍은 거야." 나카무라는 한 손으로 방송용 카메라를 드는 시늉을 하며 설명했다. "주인 옆에 몰래, 덫을 준비해 놓고."

"덫?"

"맨살밖에 없는 성인 잡지를, 마치 손님이 놓고 간 것처럼 떡하니 놔뒀어. 뭐, 고등학생이 생각할 법한 장난이지."

"그걸로 재미있는 프로그램을 만들 수 있다면 거저먹기네."

"실제로 거저먹었어."

구키야마로서는 반가운 전개였다. 몰래카메라에는 안절부절못하며 성인 잡지를 열심히 들여다보는 주인의 모습이 찍혀 있었다. 별것 아닌 장면이다. 위법행위도 아니고 윤리적으로 비판받을 만한 일도 아니고, 굳이 따지자면 인간미마저 느껴지는 장면이라고 할 수도 있었다. 하지만 구키야마는 그 영상을 우스꽝스럽게 편집해 방송했다.

"가게 단골손님 중에는 진지하고 성실한 주인을 지지하는 사람이 많았겠지. 게다가 그 성인 잡지를 본 뒤에 국수를 뽑기 시작했으니, 시청자가 볼 때는 불결한 인상이 남은 거야."

"실제로는 상관없잖아."

"그렇지. 성인 잡지를 읽고 만든 국수를 먹는다고 식중독에 걸리지는 않아. 다만 손님을 상대하는 장사에서 중요한 건 이미지야."

"그렇겠지."

"텔레비전에서는 성인 국수 한 그릇, 하고 추임새도 넣지 않았을까? 평판이 떨어져 국숫집은 엉망이 되었어. 주인은 화가 나서 구키야마를 고소하려 했지만, 뭐, 방송국이 거들떠볼 리 없지. 애초에 구키야마한테는 죄가 없어."

"악의는 있었지만 죄는 없지. 배려심도 없고."

"그 국숫집 주인이 예전에 탤런트였다는 것도 구키야마한테는 빌미가 되었겠지."

"무슨 뜻이야?" 구로사와가 물었다.

"탤런트였으니 그 정도 재미있는 연출은 이해해야 한다고 생각했을 거야."

"그 탤런트 일이 맞지 않아 성실한 국수 가게 주인이 된 것 아니었어?"

그런 이야기를 들은 터라 구키야마와 처음 만났을 때, 만날 장소를 정하면서 구키야마가 그 국숫집을 지정한 것에는 구로사와도 놀랐다. 구키야마도 그 국숫집과 견원지간, 재판까지 가지는 않았지만 얼굴도 맞대기 싫은 사이일 거라고 상상했기 때문이다.

"무슨 생각일까?" 나카무라가 고개를 갸웃거렸다. "구키야마란 작자, 그렇게 둔감해?"

아마도, 하고 구로사와는 자신의 추측을 말했다. 아마도 구키야마는 국숫집 주인이 자기를 증오하는 걸 알면서 이따금 가게를 찾는 것이리라. 속죄가 아니다. 상대가 불쾌한 과거를 잊고 새로 출발하고 싶은 걸 알면서 고개를 내밀어, 그때마다 상대를 울적하게 만드는 것이다. 국수를 먹을 때만큼은 어쨌든 손님인 데다, 성실한 주인은 손님에게는 공손하게 대한다. 여태껏 조롱하고 있는 셈이다.

"단순한 심술 아니야?"

"다른 사람들 우위에 서는 게 좋은 거겠지. 가끔 방송 관계자들을 잔뜩 데리고 와서 국숫집에서 회식도 하나 봐. 즉 나쁜 손님은 아니지."

"그 점이 더 치사한 거야. 그런 건 밥맛이야." 나카무라는 싫다, 싫어, 하고 온몸에 습진이 난 사람처럼 몸을 긁어 대는 시늉을 했다.

"내가 구키야마하고 가게에 갔을 때, 국숫집 아들이 있었어. 구키야마가 자리를 비우자 내게 저 텔레비전 아저씨, 좋은 사람인지 나쁜 사람인지 모르겠다고 하더군."

"뭐라고 대답했어?"

"잊어버렸어."

"아니, 실제로 그 집 아들도 험한 꼴을 당했을 거야. 아이들이란 잔인하니까, 아무렇지도 않게 부모 얘기를 갖고 놀리지. 실제로 내가 들은 바로는 전학 가는 게 좋지 않겠느냐는 이야기까지 나왔다던데."

"그런 것까지 용케 알고 있네."

"다 조사했지." 나카무라는 자랑스러운 기색이었다. "구키야마라는 자식, 열 받는 데다 수상하잖아. 맞다, 구키야마가 이번에는 그 국숫집 주인과 아들을 콤비로 내세워 텔레비전에 방송할 작정이라던데."

"무슨 콤비?"

"그리 품위 있는 건 아니겠지. 게다가 국숫집은 장사가 안되니 출연료를 준다면 거절 못 할 가능성도 있어."

"그렇군."

"정말이지, 구키야마인지 뭔지, 어떻게든 혼쭐 좀 내 주고 싶은데."

"아아, 그거라면." 구로사와는 거기서 유명한 그림에 대한 이야기를 털어놓았다.

나카무라는 기뻐했다. "저도 모르는 사이에 구키야마의 자택에 미술품이? 남의 수집품이? 유쾌한데. 역시 자기 일이 되면 뉴스감으로 못 쓰나 보군."

구로사와는 낚싯대를 쥔 채로 어깨를 슬쩍 움츠렸다. "텔레비전이 어지간히 싫은가 보네."

"구로사와, 자네는 좋아?"

"좋다 싫다 생각해 본 적도 없어. 별로 안 봐서 그런지, 화를 낼 일도 없고."

"텔레비전은 영향력만큼은 큰 주제에 그 효과를 깊이 생각하지 않는 것 같아서 열 받아."

"예를 들면?"

"예를 들면 레서판다가 두 발로 일어서면 텔레비전에서 난리 법석을 떨잖아."

"레서판다는 원래 그런 자세를 취할 때가 있지 않나?"

"맞아. 레서판다는 모두 일어설 가능성이 있어. 다만 텔레비전에 나오면 유독 그 레서판다만 시선을 끌고, 당연하다는 듯이 인기 폭발이야."

"인기 폭발이라."

"한편으로 해마다 에이즈에 걸리는 일본인이 상당히 많다는 건 별로 화제에 오르지 않아. 어쩌면 '에이즈도 잠잠해졌네, 옛날 질병이지, 우후후' 하고 생각하는 놈들도 있지 않을까?"

"우후후, 는 넘어가고. 다만 에이즈도 텔레비전에서 이따금 보도는 되잖아."

나카무라는 거듭, 불상사를 일으킨 기업 사장이 카메라 앞에서 호통을 치거나 이해할 수 없는 언동을 하는 것은 텔레비전 입장에서는 좋은 먹잇감이라고 역설했다. "성실한 국숫집 주인이 성인 잡지를 뒤적이는 걸 몰래 찍은 것도 비슷한 맥락이야."

구로사와로서는 이해할 수 있는 부분도 있었지만, 받아들이기 어려운 부분도 있었다. "내가 볼 때는 텔레비전이라는 게 윈래 그런 거야. 콩트도 하고, 음악도 내보내지. 그것도 불특정 다수의 시청자를 위해서. 최대공약수를 제공하려고 궁리하는 거지. 그건 그것대로 힘든 일이야."

"편드는 거야?"

"아니, 그렇진 않아." 구로사와는 대답하면서 자기 생각을 분석했다. "난 사람 마음이나 선악은 잘 모르겠어. 다만 적어도 공정해야겠다고 생각할 뿐이야. 상대를 비판할 때도 상대 사정은 고려하고 싶어."

"그런 건가?"

"언제나 이렇게 자문하면 돼. '내가 만일 상대의 입장이었다면 옳은 일을 할 수 있었을까?' 하고. 그래서 '나라면 가능했다'고 생각한다면 철저하게 비판해도 돼. 다만 '같은 입장이었다면 나도 똑같았을지 모른다'고 느낀다면 비판도 꾹 참아야 해."

"알 듯 말 듯 하네."

"안전한 곳에서 불평만 한다면, 그건 그저 겸허함을 잃은 평론가야."

"자네는 그렇게 생각한다는 거군."

"어디까지나 내 잣대지만."

"구로사와, 페어플레이도 좋지만 구키야마는 상당히 교활한 놈이야. 머리도 좋지. 단단히 경계하지 않으면 위험해. 게다가 이번에는 영상도 찍혔다면서? 방송국이라는 건 영상을 이용해 음험한 짓을 하는 데 익숙하다고."

"그것도 편견이야."

"뭐, 그렇다고 해도 말이야."

"다음부터는 조심하지." 구로사와는 그렇게 말했다.

"이미 찍혔는데 다음이고 뭐고 어디 있어? 때는 이미 늦었어. 소 잃고 외양간 고치는 격이지."

"사후약방문이란 말도 있지."

"한동안 얌전히 지내. 적어도 빈집털이 쪽은."

"조만간 한 건 더 할 생각인데."

"그만둬. 구키야마가 노리는 바야. 또 카메라를 숨겨 둘걸. 대체 무슨 일이야? 아까 말한 구키야마의 그림 건이야?"

"뭐, 그런 셈이야."

"잘 들어, 자넨 머리가 좋아. 하지만 그게 발목을 잡을 가능성도 있어. 오만은 프로도 실수하게 만드는 법이야."

구로사와는 가만히 나카무라를 바라보았다. "그 표현, 요즘 유행이야?"

금요일

맨션 입구에는 방범 시스템이 있어 집 호수를 눌러 안에서 잠금장치를 해제해 주지 않으면 들어갈 수 없는 구조였다. 하지만 관리 회사가 급무로 출입하기 위한 암호도 준비되어 있다. 그것만 알면 침입은 간단하다.

구로사와는 택배 기사 유니폼을 입고 있었다. 밤 9시가 넘으면 택배 기사도 별로 많이 돌아다니지 않지만, 그렇게 이상하게 보일 리는 없다. 당당히 다니면 등에 맨 륙색도 택배 기사의 새로운 운반 장비라고 멋대로 착각할 것이다.

엘리베이터를 탔다. 중력을 거스르는 필사적인 노력을 느낄 새도 없이 소리 없이 8층에 멈췄다.

그 집은 가장 안쪽에 있었다. 외출 중인 것은 미리 알고 있었으므로 시간 제약은 없었지만 같은 층 주민에게 들키는 일은 가급적 피하고 싶다.

아무래도 금요일 밤이니 번화가에 나갔다가 늦게 돌아오는 사람들도 꽤 있을 것이다.

구로사와는 도구를 써서 문손잡이를 조작했다. 안마사가 인체의 뭉친 혈을 하나씩 풀어 주는 감각에 가깝다. 그렇게 생각할 때가 있다.

문이 열렸다.

안마사보다는 결과가 명확하다.

집주인이 여행을 떠났다는 것은 알고 있었다. 구두를 벗고 안으로 들어갔다. 검은 테 안경에 박아 넣은 LED 라이트를 켰다.

방을 몇 개 확인하노라니 어디에 자산이 있고, 그 자산을 지폐로 바꿔 줄 통장과 인감이 어디에 보관되어 있는지 짐작할 수 있었다.

거실 안쪽, 침실이리라.

벽 쪽에 옷장이 있었다. 문을 여니 작은 금고가 나타났다.

구로사와는 내심 자그마한 행복이 환하게 빛나는 것을 느꼈다.

사람의 원시적인 욕구 중에 '행복을 바라는 마음'이 있다고 늘 생각했다. '복권에 당첨되는 쾌감'을 원하는 본능이다. 아득히 오래전, 수렵하다가 사냥감을 잡았을 때 느낀 달성감이 뿌리박혀 있는 건지도 모른다.

도박에 빠지는 것도 마찬가지라, 글자 그대로 사행심으로 이어진다. 기자가 특종을 남들보다 빨리 입수했을 때의 쾌감, 다른 사람에게 덫을 치고 혼자 앞서 나갔을 때의 기쁨도 분명 비슷할 것이다. 자신에게 행운이 찾아오면 얼씨구 하고 머릿속에 쾌락 물질이 발생한다.

금고를 땄을 때 느끼는 작은 성취감은 평소 감정 기복이 없는 구로사와에게도 기분 좋은 것이었다.

금고 안에서 현금을 꺼내고 문을 닫았다. 두 손 가득 지폐 다발을 쥐고 일어나서 조금 떨어진 곳으로 이동한 다음 일단 바닥에 내려놓았다.

그리고 몸을 돌려 사이드보드로 다가갔다. 평범한 알람 시계처럼 생긴 장식품이 있었다. 콩알만 한 램프가 빛나고 있어, 구로사와는 그것이 적외선 방범 카메라임을 알 수 있었다.

역시 카메라가 있었나.

예상하긴 했지만 기가 막혔다.

방범 카메라의 각도를 확인한 뒤, 지폐 다발을 품에 안고 다시 금고 앞으로 갔다.

한 번 더 카메라에 찍히기 위해서다.

문을 열고 발밑에 내려놓았던 지폐를 금고 안에 되돌려 놓은 다음 문을 닫았다.

지폐를 원래 있던 자리에 되돌려 놓은 것이다.

몸을 숙이고 다이얼을 돌렸다. 아까 한 번 열었으니 바로 딸 수도 있었지만 애먹는 시늉을 했다.

그리고 방범 카메라를 장갑 낀 손으로 들어 올렸다.

카메라의 전원을 끄고 삽입되어 있는 메모리카드를 뽑았다. 녹화 데이터가 저장되어 있을 터였다.

륙색을 열고 컴퓨터를 꺼냈다. 전원을 켜고 어댑터를 연결한 뒤 카드를 꽂았다.

구로사와는 말없이 키보드를 두드렸다. 방범 카메라가 녹화한 동영상 파일을 편집용 프로그램으로 열었다.

재생해 보니 방금 전 구로사와의 뒷모습이 찍혀 있었다. 어두운 흑백 영상이지만 금고 다이얼을 돌리는 모습은 알아볼 수 있었다.

동영상을 재빨리 편집했다. 영상에서 불필요한 부분은 제거했다.

저장을 마치고 메모리카드의 기존 파일에 덮어썼다.

남은 일은 방범 카메라 본체에 메모리카드를 되돌려 놓는 것뿐이다. 다시 전원을 켜고 적외선램프가 깜빡이는 것을 확인한 구로사와는 그 집을 뒤로했다.

토요일

"보세요, 구로사와 씨, 이렇게 저장하면 조작한 영상이 완성되는 거예요." 오니시 와카바가 말했다.

센다이 역 동쪽 출구, 낚시터 근처에 있는 호텔 라운지였다. 방금 전 "오늘이 무슨 요일이지?" 하고 묻자 오니시는 "토요일이에요"라고 대답한 뒤에 "트뤼포의 〈신나는 일요일〉이란 영화는 『토요일에서 벗어나』라는 소설이 원작이란 거 알아요?"✢라고 말했다.

딱히 관심이 없는 구로사와는 가볍게 맞장구만 쳤지만 오니시는 거듭 "저 그 소설을 좋아하거든요"라고 말을 이었다. "주인공을 돕는 비서가 멋져요. 마지막 대사는 곱씹을수록 깊이가 있달까. 영화는 분위기가 영 딴판이라 다리가 쭉쭉 빠진 여배우하고 마지막 전화 부스 장면밖에 기억 안 나지만."

✢ 프랑수아 트뤼포 감독의 마지막 영화 〈신나는 일요일〉(1983)은 미국 하드보일드 범죄소설 작가인 찰스 윌리엄스의 『긴 토요일 밤』(1962)을 각색한 것으로, 일본에서는 『토요일에서 벗어나』로 번역되었다.

"됐고, 영상 조작법이나 알려 줘."

구로사와는 노트북을 열고 오니시가 편집 프로그램을 조작하는 모습을 지켜보았다. 컴퓨터에 해박한 지인을 찾다 보니 머릿속에 떠오른 게 오니시였다.

"여기 재생 속도를 늦추면 슬로 재생 동영상이 되고요." 오니시는 그렇게 말하며 화면 위의 바를 움직여 수치를 변경했다. "그리고 좀 줄여서 속도를 마이너스로 바꾸면."

"어떻게 돼?"

"뒤로 돌아가요."

"오호라." 구로사와는 거기서 손가락으로 관자놀이를 짚고 고민에 빠졌다. "영상이 거꾸로 재생되는 거군."

"맞아요. 역회전으로 저장할 수 있어요."

구로사와는 그런 다음 오니시의 본보기를 복습하듯 컴퓨터를 조작했다. 능숙하게 해치웠다.

"재주가 좋은데요? 구로사와 씨, 뭐든 잘하시네요. 암기 능력과 감이 남들보다 훨씬 좋은가 봐요." 오니시가 감탄했다. "그래서 대체 무슨 꿍꿍이예요?"

"꿍꿍이가 있는 건 아닌데."

"영상을 조작할 셈이잖아요, 컴퓨터로."

"자기방어야." "자기방어?"

"얼마 전부터 우리 같은 일을 하는 사람 뒤를 캐고 다니는 남자가 있는데, 알고 있어? 텔레비전 프로그램 제작 회사 사람인데."

"음, 들은 적 있는 것도 같고 없는 것도 같고."

"그 텔레비전 남자가 지난번 내게 접촉해 왔어."

"텔레비전에 나와 달라고요? 구로사와 씨, 방송에 나가면 큰 일 나요. 인기인이 돼서 팬들이 우르르 몰려올 거예요."

"낚시터 잉어는 몰려올 생각을 않는데."

"인간 여자는 줄줄이 낚여요." 오니시는 젊고 산뜻한 아가씨면서 아저씨 같은 소리를 했다.

"그 텔레비전 남자, 뭐 구키야마란 이름인데, 그 구키야마는 날 출연시키고 싶었던 건 아니었어. 아니, 처음에는 '방송에서 빈집털이 기술을 보여 주실 수 없겠습니까?'라기에 거절했지."

"빈집털이라는 건 인정했어요?"

"설마. 다만 구키야마는 내가 거절해도 개의치 않는 눈치였어. 그리고 잡담을 하기 시작했는데, 센다이 시내 맨션에 사는 노부부 이야기가 나왔지. 자주 여행을 가는데 금고에 현금을 넣어 둔다느니 어쩌니. 그건 아무리 봐도 '좋은 먹잇감입니다' 하고 날 부추긴 거겠지."

"그런 덫에 걸릴 리 없잖아요. 하물며 구로사와 씨가 홀딱 꾐에 넘어갈 리도 없고. 우리 이마무라 같으면 홀딱 넘어갔겠지만." 오니시는 그녀가 함께 사는, 구로사와와 동업자인 남자의 이름을 꺼냈다.

"하지만 그 얘기에 홀딱 넘어가 보기로 했어."

"네?"

"아니, 계속 도망 다니면서 상대하지 않는 방법도 있지만 일부러 상대의 덫에 걸려 보자 싶었어. 아마 그 태도로 보건대 그 남자는 그 집에 카메라 같은 걸 설치해 놨겠지. 내 모습을 촬영할 작정일 거야."

"빈틈없는 빈집털이 특집 같은 거라도 찍는 거예요?"

"특집 제목은 모르겠지만. 뭐, 실제로는 그 영상으로 날 협박하려는 건지도 몰라. 어쩌면 경찰에 신고하거나. 구키야마가 교활한 작자라면 전자를 택하겠지. 선량한 정의감에 불타는 일반 시민이라면 후자일 테고. 어느 쪽이든 내게는 귀찮은 일이야."

"그걸 다 알면서 어쩔 작정이에요?"

"그래서 지금 배운 동영상 편집 기술이 등장하는 거야." 구로사와는 만약 방범 카메라를 발견하면 그 영상을 조작할 거라고 설명했다. "내가 금고에서 돈을 훔치는 영상이 남아 있겠지. 구키야마는 그걸 대단한 공이라도 세운 것처럼 들이댈 거야. 하지만 그게 실은 역회전으로 편집한 영상이라면 어떨까?"

"역회전?"

"난 돈을 금고 속에 넣었을 뿐인데, 그걸 역재생한 영상이라 훔치는 것처럼 보이는 거야. 만약 그렇다면."

"돈을 꺼내는 게 아니라 금고에 넣는 장면이었습니다, 이건가요? 그야 확실히 재미있긴 한데." 오니시가 눈썹을 찌푸렸다. "그걸로 상대에게 대항할 수 있겠어요?"

"도둑질 영상이라고 생각했던 게 돈을 금고에 넣는 영상이었으니, 진실을 알면 동요하지 않겠어?"

"그야 한 방 먹었다고 생각할지 모르지만, 돈을 훔치지 않았어도 구로사와 씨가 그 집에 침입했다는 증거는 되잖아요. 완전히 결백하다고 할 수는 없어요. 결국 상대가 우위일지도."

"거기에 상대도 곤란해질 영상을 준비하는 거지."

"상대가 곤란해질 영상?"

"내가 구키야마를 위해 도둑질을 하는 영상. 즉 공범으로 만드는 거야."

"그게 대체 어떤 영상인데요?"

"지금 생각하는 건, 내가 어떤 고가품을 훔쳐서 그걸 구키야마의 집에 가지고 들어가는 장면이야. 얼마 전에 너희 상사가 어느 미술 수집가의 집을 알려 줬거든."

"우리 상사? 나카무라 씨요? 농담도 참. 난 그 얼간이 그룹의 일원이 아니라고요."

"졸업했어?"

"입학도 안 했어요."

"요컨대 나는 다음 주라도 당장 도쿄 미술 수집가의 집에서 미술품을 훔쳐서, 뭐, 그림이나 그런 거겠지만, 그걸 구키야마의 집에 몰래 장식해 둘 생각이야. 그 남자가 일 때문에 집에 돌아오지 않는 날을 골라 놓아두는 거지. 그 남자는 자택에 거의 돌아오지 않는 모양이니 기회는 얼마든지 있을 거야. 어느 날 집에 돌아갔더니 자택에 도난품 그림이 있더라, 어때? 유쾌하지 않아?"

"그 모습을 구로사와 씨가 직접 녹화할 거예요?"

"만일 구키야마가 내게 거드름을 피우며, 뭐, 거드름만 피우면 그나마 낫지만 협박으로 뭔가 요구하면 나도 전부 털어놓을 거야. 금고 영상은 역회전 영상이고, 미술품을 훔친 것도 내가 구키야마한테 의뢰받아서 한 일이라고."

"그런 의뢰는 한 적 없다, 엉터리다, 하고 화낼지도 모르죠."

"역시 화내려나?" 구로사와는 장난꾸러기처럼 천진하게 대답한 뒤에 말을 이었다. "다만 제삼자가 어느 쪽을 믿느냐가 관건이지."

"어느 쪽이라뇨?"

"훔친 그림을 구키야마의 집에 옮긴다 해서 내게 어떤 이점이 있는가 하면, 아무것도 없거든."

"물건을 옮기는 것뿐이죠."

"이사 전문업자도 아니고. 그렇다면 '빈집털이가 구키야마의 부탁으로 그림을 옮겼다'라는 게 더 현실미가 넘쳐. 법적으로는 어떤지 모르겠지만 그런 이야기를 퍼뜨리면 구키야마의 신용은 떨어지겠지."

"정말 그런 번거로운 짓을 할 거예요?"

"그렇게까지 하면 적어도 날 귀찮은 남자라고 인식해서 더는 접근하지 않겠지."

"방송 프로그램 제작사에서 촬영을 생업으로 삼는 남자를 영상으로 공격하는 건가요?"

"어디 그런 속담이 있을 법도 한데."

"오만은 프로도 실수하게 만든다." 오니시가 즉각 대답했다. 마음에 드는지 "이 표현, 더 퍼뜨리고 싶어요"라고 환하게 웃었다.

"입시 학원 벽에 붙어 있을 것 같아."

오니시가 노트북을 가방에 넣으며 말했다. "그러고 보니 역회전 말인데, 지난번에 이마무라가 그 비슷한 영화를 보더라고요."

"비슷한 영화?"

"이야기의 장면이 시간 축을 거슬러 올라가는 거예요. 예를 들어 처음이 현재의 장면이라면, 다음은 1년 전 장면, 그다음이 5년 전, 이런 식으로 점점 과거로."

"관객은 그걸 이해할 수 있어?"

"뭐, 그런 영화라는 건 처음부터 알고 있으니까요. 모르고 보면 조금 혼란스럽겠죠. 뭐, 하지만 보다 보면 알겠죠."

"무슨 영화야?"

"몇 개 되더라고요. 가장 유명한 건 크리스토퍼 놀런의 〈메멘토〉지만. 가스파 노에의 〈돌이킬 수 없는〉도, 프랑수아 오종의 〈5×2〉도 그렇고, 〈박하사탕〉이라는 한국 영화도."

"빠삭하네."

"이마무라가 한꺼번에 보더라고요. 남자들은 분류하길 좋아하죠. 모으고, 분류하고, 지도 만들기를."

"그런 명언도 언젠가 생기겠지." 구로사와는 그렇게 말하고 "영화 하니 말인데, 채플린 작품 중에" 하고 말을 이었다.

"구로사와 씨, 채플린도 봐요?"

"그야 보고말고."

"아아, 그러고 보니 닮았네." 오니시가 밝게 말했다.

"나하고 채플린이?"

"둘 다 말이 없고, 검은 옷이 잘 어울리고."

"난 남을 웃기는 재주가 없는데."

"그렇긴 하죠."

"그래서, 그 〈월급날〉이란 영화에서 채플린이 벽돌을 쌓거든."

"벽돌을 쌓아요?"

"밑에 있는 동료가 휙휙 던지는 벽돌을 곡예처럼 받아 내서 높은 곳에서 벽돌을 척척 쌓아 가는 거야. 정말 대단한 재주야."

"채플린한테 그런 재주도 있었나요?"

"그것도 역회전이었어."

"네?"

"위에서 벽돌을 밑으로 떨어뜨리는 영상을 거꾸로 돌린 거야. 그러면 차차로 밑에서 던진 벽돌을 완벽하게 받는 영상이 되는 거지."

"좋은 아이디어네요. 구로사와 씨가 이번에 하려는 것과 같은 수법이군요."

"채플린은 컴퓨터는 안 썼겠지만."

일요일

국숫집은 비어 있었지만 메밀국수를 다 먹은 구로사와의 배는 더 이상 비어 있지 않았다.

테이블 위에는 광주리와 찻잔, 소스 병이 얹힌 쟁반이 있고, 그 옆에 구키야마의 명함이 있었다.

조금 전에 스마트폰으로 전화가 와서 "구로사와 씨, 잠깐 회사에 전화 좀 해야 해서, 실례합니다" 하고 가게에서 나간 뒤로 구키야마는 좀처럼 돌아올 기미가 없었다.

처음 만나는 자리지만 구키야마가 다루기 까다로운 남자라는 건 알 수 있었다. 방금 전까지 "방송에서 빈집털이 기술을 보여주실 수 없겠습니까?"라고 했는데 그것이 본심 같지는 않았다. 목적은 따로 있는 게 분명했다.

국숫집 주인의 모습은 보이지 않았다. 안에서 국수 반죽을 치대는 소리만 규칙적으로 들려왔다.

일요일 낮치고는 손님이 적었다.

바로 그때, 초등학교 고학년으로 보이는 소년이 다가왔다. 뭔가를 소중히 가져다주기에 뭔가 했더니 "국수물이에요"라고 했다. 일요일이라 가게 일을 돕고 있는 듯했다.

고맙다고 하는 구로사와에게 소년은 고개를 꾸벅 숙이더니 이렇게 속삭였다. "형, 저 텔레비전 아저씨하고 친구예요?"

형이라고 불릴 나이는 아니었지만 부정하기도 귀찮아 구로사와는 "아니, 오늘 처음 봤어"라고 간결하게 답했다.

"저 아저씨 때문에 우리 아버지도 막 괴롭힘 당하고 저도 학교에서 놀림 받고, 최악이에요."

"텔레비전 때문이니?"

"텔레비전이 얼마나 무서운데요." 소년은 조숙한 말을 했다.

"이 가게에 자주 오니? 저, 텔레비전 남자."

"자주 와요. 아버지는 싫어하지만 쫓아낼 수도 없고. 국수도 먹고 가고. 저 텔레비전 아저씨, 좋은 사람인지 나쁜 사람인지 모르겠어요."

구로사와는 국수물을 컵에 따르며 "좋은 사람한테도 나쁜 면이 있고, 나쁜 사람한테도 좋은 면이 있는 법이니까"라고 대답했다. "굳이 말하자면 저 남자는."

"뭔데요?"

"인상이 나빠."

구로사와는 본심을 말했을 뿐인데 소년은 기뻐하며 "맞아요, 인상이 나빠" 하고 높은 목소리로 따라 했다. "아, 맞다."

소년은 다시 가게 안쪽으로 물러났다가 금방 돌아왔다.

"이거, 학교에서 돌아오는 길에 받았는데요" 하고 들고 온 종이를 보여 주었다. "음, 금요일에."

"금요일이라." 구로사와는 오늘이 무슨 요일인지 고민했다.

"아, 지난주 금요일요. 다음 주가 아니라."

"그건 알아. 다음 주는 미래니까."

"맞아요. 그럼 이런 퀴즈 알아요? '월요일에 케이크를 먹었습니다. 하지만 화요일에도 아직 케이크가 있습니다. 이유는?'"

"케이크를 또 만들었으니까?"

땡! 소년이 기쁜 얼굴로 오답을 의미하는 효과음을 입으로 냈다. "화요일은 화요일이라도 지난주 화요일이었기 때문이에요."

"오호라." 구로사와는 그렇게 대꾸하며 요일만 늘어놓으니 앞으로 가는지 거꾸로 가는지 모르겠다고 생각했다. 그리고 문득 벽에 걸린 달력을 보았다. 월요일 오른쪽이 화요일이다. 하지만 일주일 전, 달력으로 말하면 한 줄 위에도 화요일이 있다. 그렇군, 월요일, 화요일, 수요일, 6일씩 거슬러 올라갈 수도 있다고 생각하며 달력을 바라보았다. "그래서 뭘 받았니?" 하고 소년이 든 종이를 가리켰다.

스케치북에서 뜯어낸 한 장의 종이였다.

연필로 그린 듯한 소년의 얼굴이 큼직하게, 예쁘게 그려져 있었다.

"지난주에 역 근처에 어떤 할아버지가 앉아 있었어요. 백발 외국인이었는데. 호빵을 나눠 줬더니 이걸 그려 줬어요. 초상화라고 하는 거죠?"

초상화는 틀림없지만 조금 독특한 구도라 구로사와는 그 필치에 매료되었다. 연필의 농담에 상상력을 자극하는 박력이 있어, 단순히 실물을 베끼는 게 아니라 유머 센스도 담겨 있었다.

길거리 초상화가도 우습게 볼 일이 아니군. 구로사와는 그렇게 생각하며 소년에게 말했다. "소중히 여기렴."

국숫집 문이 열리며 구키야마가 돌아왔다.

측근 이야기

相談役の話

《유幽》vol.14

⛩

그를 별로 좋게 생각하지 않았기 때문에 이야기를 반쯤 한 귀로 흘려들으며 얼마 전에 바꾼 스마트폰을 만지작거렸다.

"너 말이야, 화면을 확대할 때는 이렇게 하는 거야." 그가 몸을 내밀어 내가 보고 있던 화면을 들여다보더니 거기에 표시된 지도를 건드렸다.

센다이 시내, 시가지에 있는 카페의 2인용 테이블에서 마주 앉아 있었다.

사슴벌레 사육을 위해 아오바 구 서쪽 끝자락, 산기슭에 있는 집에서 살기 시작한 뒤로는 센다이 역까지 나올 일이 줄었지만, 그래도 볼일이 있어 도시로 나올 경우 겸사겸사 일할 때 자주 이용하는 가게였다. 그 아담한 분위기가 좋았는데 그는 들어오자마자 가게 안을 둘러보며 흐응, 하고 의미심장하게 말하더니 "이런 곳에서 일이 돼?"라고 덧붙였다.

업신여기는 듯한 말투가 점원에게 들렸을까 봐 노심초사했다.

이럴 바에야 내가 묵고 있는 호텔 라운지에서 보는 게 나았겠군. 그는 중얼거렸다. 센다이 역 앞에 생긴 외국계 고급 호텔로, 나는 들어가 본 적도 없다.

"화면을 확대할 때는 이렇게." 집게손가락과 엄지손가락을 표시 화면에 대더니 그 표면을 손가락으로 쭉 잡아당기듯 움직였다. 손가락에 묻은 풀의 점성을 확인하는 듯한 그 동작은 조금 우스꽝스러웠지만 분명 지도가 확대 표시되었다. "축소하고 싶을 때는 이렇게." 방금 전과 비슷하지만 이번에는 손가락을 반대로 화면을 줄이는 방향으로 움직였다. "넌 대학생 때부터 이런 전자 기기에 약했지."

나와 그는 친구 사이라고 하기는 어려웠다. 학창 시절에 같은 반이었을 뿐, 소속 동아리도 다르고 서로 자취한 동네도 달랐다. 강의동에서 얼굴을 마주할 때마다 상대는 살갑게 말을 걸어왔지만 나는 그의 경박한 언동과 자신만만한 태도가 거북해 늘 시큰둥하게 대답하며 넘겼다. 그의 아버지는 나도 잘 아는 일류 기업의 경영자로, 그는 그 후계자가 될 운명이었다. 그런 선입견 때문에 실제로는 그렇지 않은데도 그의 사소한 동작이나 발언이 자꾸만 오만하고 사람을 업신여기는 태도로 보였다. 아니, 그렇지도 않나, 실제로 그는 오만하고 사람들을 업신여겼다. 그리고 그런데도 그는 여성에게 인기가 많았다. 나는 그를 시샘했던 건지도 모른다.

학창 시절에서 그와 나의 유일한 추억이라면 강의동 근처 공터에 잔뜩 생긴 흰개미가 교수의 자동차 앞 유리를 온통 뒤덮은 광경을 함께 보고, 똑같이 생긴 곤충이 무리를 지은 그 소름 끼치는 광경에 서로 오한을 느끼며 달아난 일 정도였다.

대학 졸업 후에는 매년 연하장이나 겨우 주고받는 사이였다. 내 입장에서는 어째서 그가 연하장을 보내는지 알 수 없었다. 슬슬 이 연락도 끊기면 좋겠다고 마음속 어딘가에서 바랐지만 그는 늘 근황을 적은 연하장을 보냈고 어쩔 수 없이 나도 뒤늦게 연하장을 보내는 일이 이어졌다.

그가 몇 년 전에 부친의 회사에 들어간 것도, 그 후 바로 임원이 된 것도, 연하장에 인쇄된 근황 보고로 잘 알고 있었다. 다른 대학 동창생들은 그의 연하장을 받지 못했다고 하니, 어째서 그가 내게만 연락하는지 이해할 수 없었다. 어쩌면 그는 내가 회사에 다니지 않고 문필가라는 비교적 특수한 일을 하기 때문에 계속 관심을 보이는 건지도 모른다. 더 심하게 말하면 언젠가 그 관계가 도움이 되기를 기대하는 게 아닐까 의심하기도 했다.

이틀 전, 그가 전화를 했다. 얼마 전에 산 스마트폰에 등록하지 않은 전화번호가 뜨기에 익숙하지 않아 허둥거리며 전화를 받자 "난데" 하는 살가운 목소리가 들렸다. 이름도 말하지 않고 난데, 로 설명이 된다고 생각하는 성격을 이해할 수 없었다. 하지만 졸업 후 처음인데도 '아아, 그 녀석인가' 하고 금방 알아차린 것 또한 사실이었다.

"다음에 한번 만나자." 그가 말했다.

일이 바쁜 시기라고 거절했더니 그는 "만나 주면 안 돼?"라고 말투를 바꾸었다.

만나 주지 않겠다고 대답하고 싶었다. 그러지 못하는 게 내 약점이다. 약점이자, 장점이기도 하다. 누가 그렇게 말해 주길 바랄 정도다.

⛩

"얀베 아무개라는 사람 알아?"

커피가 나왔는데도 그는 점원을 거들떠보지도 않고 되레 짜증스럽다는 듯 고개를 돌리고 말했다.

"얀베 아무개?" 나는 기억에 가물가물한 소리를 내뱉는 그에게, 즉 '나는 화제를 던질 뿐, 생각하는 건 다른 사람 몫'이라는 듯한 그의 태도에 울컥했다. 하지만 바로 머릿속에 사람 이름이 떠올랐다. "얀베 세이베를 말하는 거야?"

"아아, 그거, 그거. 그게 누구야?"

"센다이에 있으면서 얀베 씨도 몰라?"

그렇게 말하는 나도 얀베 세이베를 알게 된 건 최근이다. 센다이에 사는 사람 중에서도 얀베 세이베의 이름을 모르는 사람은 분명 많을 테지만, 그에게는 그 정도 얄미운 소리를 해도 문제없다. 오히려 다들 더 하라고 말해 주지 않을까?

“난 지금 도쿄에 살아.”

“그것도 의문이야. 넌 도쿄에서 일하는데 어째서 지금 센다이에.” 나는 그렇게 말하며 그가 일하는 회사 이름을 툭 던졌다.

“아아, 깜빡했는데 지금은 아니야. 넉 달 전에 다른 회사로 옮겼어.”

부친의 회사에서 미움을 사서 구박이라도 받았나 싶어 가슴이 뛰었다. 하지만 그의 설명에 따르면 부친의 회사가 새로운 개념의 자회사를 세워, 그곳 대표가 되었다는 것이었다. 즉 이 역시 그의 순조로운 인생의 한 막에 지나지 않는다는 것을 알고 낙담했다.

“그럼 날 만나려고 일부러 센다이에?”

“설마.” 그가 쓴웃음을 지었다. “이쪽 공장을 시찰하러 온 거야.”

“그렇겠지.”

“그리고 이쪽에 여자가 있거든.” 그가 웃었다. 학창 시절과 다름없는 외모로, 부러울 정도였다. “내일 그 여자하고 이쪽 실내 공연장에서 하는 뮤지컬을 보러 갈 거야.”

“그렇군.” 그에게 처자식이 있는 건 알았지만 이미 그런 문제를 지적할 기분이 아니었다. 북미에서 산 DVD가 내 플레이어에서 재생되지 않는 것처럼, 그의 상식은 내 상식과는 규격이 다르다. 심술을 담아, 아니, 심술 그 자체였지만 "넌 학생 때부터 시선을 끌었으니까"라고 말했다.

"그렇긴 하지."

내가 던진 심술의 화살은 그에게 맞기는커녕 몸속에 푹 흡수되어 성장을 위한 양분으로 바뀌었다.

"항상 다른 사람의 시선을 느끼는 건 나름대로 힘든 일이야."

이 넘치는 자신감은 대체 어디에서 오는 걸까, 감탄스럽다. 그의 자서전이 나온다면 꼭 읽어 보고 싶었다.

"어쨌든 너도 글쟁이라면 역사 정도는 알 것 같아서."

"아니, 난 역사는 하나도 몰라."

"글쟁이인데?"

"그래."

"어차피 넌 그거지? 컴퓨터로 원고를 쓸 테니, 직접 쓸 줄도 모르는 한자를 작품에 당당히 쓰고 있겠지."

인정하지 않을 수 없었다. 내 책을 펼쳐 보면, 나도 쓸 줄 모르는 한자가 그득하다.

빈정거리기나 할 거면 돌아가라고 말하고 싶었지만 그것조차 귀찮았다.

"얀베 세이베는 다테 마사무네*의 가신 같은 사람이야. 왜, 너도 다테 마사무네 정도는 알지?"

"다테 마사무네는 알아."

"얀베 씨는 시코쿠 우와지마에 갔어." 이야기하면서 나는 지식을 정리했다. 애초에 가물가물한 기억이다. "원래 도쿠가와 가문이 다테 마사무네에게 우와지마를 영지로 줬거든."

"센다이하고 시코쿠는 엄청 떨어져 있잖아."

"심술에 가깝지." 나도 고개를 끄덕였다. "마사무네는 히데무네를 거기에 보내. 히데무네는 히데요시 밑에 두었던 아들인데."

"마사무네의 아들인데 히데요시 밑에 두었다고 히데무네라니, 이름 한번 쉽게 지었네."

"옛날엔 다 그랬겠지. 그래서 그 히데무네의 조언자라고 할까, 측근으로 파견한 게 얀베 씨야. 히데무네에게는 얀베 세이베를 아버지라고 생각하라고 전했을 정도니 상당히 신뢰했겠지."

헤에. 그가 그때까지와는 달리 감회에 젖은 목소리를 냈다. 또 불쾌한 발언이라도 하지 않을까 싶어 긴장했지만 딱히 다른 말은 하지 않았다.

"얀베 씨는 우수했어. '가신을 사랑하고, 백성을 괴롭히지 말고, 히데무네가 역시 다테의 장남이란 말을 들을 수 있도록 잘

✣ 일본 센고쿠 시대 다테 가문의 당주로서 센다이 번의 시조. '번'은 당시 1만 석 이상의 영토를 보유했던 봉건영주 다이묘가 지배했던 영지를 뜻하며 번의 영주를 번주라 부른다.

돌봐 다오'라는 마사무네의 명령을 그대로 지켰어. 성실한 사람이었겠지."

"정말이야?" 그가 눈을 껌뻑였다.

"거짓말할 이유가 어디 있어? 못 믿겠다면 그만 얘기할게."

"아니, 그런 뜻이 아니야. 비슷하다고 생각한 것뿐이야."

무엇이 무엇과 비슷한지 물었지만 그는 대답하지 않았다.

"어쨌든 얀베 씨는 관리 조직을 뜯어고치려 했어. 그것도 필요 자금을 서민에게서 세금으로 징수하는 게 아니라, 가신들의 녹봉과 백성들의 세율을 낮추고, 경비를 삭감했지."

"대단하네. 요즘 국회의원들도 그렇게는 못 할걸."

"요즘 국회의원들은 절대 못 해."

"그래서 어떻게 됐어?"

"너도 대충 짐작이 갈 것 아니야? 서민들의 사랑을 받고, 관리에게 엄격한 인물이 어떻게 될지."

"하긴." 그의 눈매가 심각해졌다. "미움을 샀겠지."

나는 고개를 끄덕였다.

얀베 세이베는 가신들에게 미움을 사 괴롭힘을 당했다. 급기야 목숨까지 위협받았다.

"살해당했어?"

그의 눈빛이 조금 변한 것을 나는 눈치챘다.

그렇다, 암살당한 것이다.

⛩

"얀베 세이베는 42세로 목숨을 잃었습니다. 참으로 한스러웠을 겁니다."

내가 그 설명을 들은 것은 마침 두 달 전에 찾아간 센다이 시내 패션 빌딩 옥상이었다.

아케이드 거리의 한복판에서 학창 시절 때부터 약속 장소, 표지로 삼은 그 빌딩은 브랜드 가게가 많아 늘 젊은 사람들로 바글거린다. 하지만 그 옥상에 신사가 있을 줄은 상상도 못 했다. 반년 전, 우연히 탄 택시 운전사가 "얀베 세이베 이야기를 아십니까? 얀베 씨 생가가 원래 이 빌딩 자리에 있었거든요" 하고 가르쳐 주어 비로소 알게 되었다.

세련된 옷을 입은 젊은 남녀가 쉴 새 없이 출입하는 그 건물 위에 400년도 더 옛날에 죽은 얀베 씨를 기리는 신사가 있다니, 그 조합이 무척 흥미로웠다.

평소에는 빌딩 옥상에 올라갈 수 없지만 1년에 한 번, '산자三社 축제'를 할 때는 개방된다는 말에 나는 그날 센다이 시내 출판사의 편집자와 함께 찾아갔다.

엘리베이터 안의 'R' 단추를 누르고 옥상에 도착했다. 지금까지 의식한 적도, 사용한 적도 없었지만 다른 날은 그 단추를 눌러도 분명 반응이 없었을 것이다. 애초에 이용하는 손님도 없었을 터였다. 그렇게 생각하니 단추를 누르는 손끝까지 긴장되었다.

옥상에 도착하자 커다란 에어컨이 있고 울타리가 둘러쳐진, 별다를 바 없는 백화점 옥상 공간이 있었다. 하지만 거기에 작은 신사가 동그마니 있는 것은 역시 이상한 광경이었다. 유니폼을 입은 경비원이 서 있었는데 그는 우리가 실수로 옥상에 온 줄 알았다가 그렇지 않다는 것을 알자 "한스러웠을 겁니다"라고 말을 걸어왔다.

"습격당했을 때, 모기장 안에서 아이와 함께 자고 있다가 살해당했다더군요." 편집자가 그렇게 말하자 경비원은 묘한 표정으로 "습격을 사전에 알았다는 말도 있습니다. 부인과 딸은 저택에서 피신시켰다고 하고요"라고 대꾸했다.

그때 얀베 세이베의 마음은 대체 어땠을까. 나는 참배하면서 상상했다. 애초에 조언자라고 해서 나이 지긋한 장로를 상상했는데, 마흔둘이라면 그리 늙은 것도 아니다.

자신을 암살할 적의 존재를 알면서 맞설 각오였을까, 아니면 모든 것을 운명으로 받아들일 작정이었을까?

"훌륭하게 소임을 다했는데 왠지 억울하군요." 나는 말했다.

"뭐, 그래도 그 살인범들은 다 죽었으니까요, 천망회회天網恢恢✣라고 하나, 정의는 이긴다고 하나." 경비원은 팔짱을 끼고 조용히 말했다. 책 읽는 것처럼 딱딱하지는 않았지만 자연의 섭리를 말

✣ 하늘의 그물은 크고 성긴 듯하지만 선한 자에게 복을 주고 악한 자에게 벌을 내리는 일은 조금도 빠뜨리지 않는다는 뜻으로, 『노자』에 나오는 구절이다.

하는 듯 담담했다.

"어, 그랬나요?" 나와 편집자는 되물었다.

"그랬습니다." 경비원은 그런 것도 모르냐고 말하고 싶은 눈치였다.

"얀베 세이베 사후, 먼저 주모자가 열에 시달리다가 죄를 전부 자백하고 죽었습니다. 3주기 때는 낙뢰와 돌풍으로 절이 무너져 세이베의 반대 세력만 죽었다고 합니다. 그뿐 아니라 세이베를 가장 적대했던 장수도 번주님의 정실 법요 때 역시 절의 대들보가 떨어져 깔려 죽었습니다."

"저주 수준인데요." 편집자가 중얼거렸다.

나는 정당한 복수극이라고 생각하며 방금 경비원이 말한 '정의는 이긴다'라는 말을 떠올렸다.

뭐라 대답해야 할지 몰라 입을 다물자 옥상에 부는 바람 소리만 조금 들릴 뿐이었다.

눈앞에 바로 그 당사자인 얀베 세이베를 모신 신사가 있다 보니, 옛날이야기를 듣는다기보다 현실의 복수담을 듣는 것처럼 실감이 나서 등줄기가 서늘했다.

"그리고 얼마 지나지 않아 얀베 세이베의 넋을 달래기 위해 히데무네가 우와지마에 신사를 만들었습니다. 그게 와레이 신사예요. 그 후에 자손들이 센다이에도 신사를 만들었는데, 그게 바로 여깁니다." 경비원은 자기 설명에 자기가 납득하듯 작게 끄덕였다.

⛩

얀베 세이베에 대한 기초 지식, 초급 편 상하. 나의 설명을 들은 그는 흐응, 하고 잠시 생각에 잠기는 기색이었다.

"괜찮아?" 내가 물었다.

"뭐가?"

"내가 모처럼 귀중한 시간을 할애해 설명했는데 아무래도 이해를 못 하는 눈치잖아."

"그게 아니야. 그렇구나, 싶었을 뿐이야."

"뭐가?"

"그냥, 똑같구나 싶어서."

"똑같아?" 무엇과 무엇이 똑같다는 말인지. 생각해 보니 아까도 비슷하다는 말을 했다.

"요즘 내 주변에서 꽤 여러 일들이 일어나고 있거든. 어라, 너 몰라?"

질문도 너무 추상적이고 거만한 말투도 지긋지긋했다. "여러 일이라니, 무슨 일이 있었는데?"

음, 그래, 하고 그는 고개를 기울였다. 그 동작은 남자인 내가 봐도 매력적이었다. 대학생 때에 비해 한층 이성을 끌어들이는 힘이 증가한 것이다. 게다가 재력과 직함이라는 면에서도 포인트가 늘었으니 확실히 강력했다.

"내가 지금 새 회사를 떠맡았다고 했잖아."

"떠맡았다고 표현하지는 않았지만."

"표현의 자유야." 그는 곧바로 받아쳤다. 단순히 머릿속에 떠오른 말을 반사적으로 내뱉은 것뿐이리라. "그래서, 그때 아버지가 자기 측근을 나한테 붙였어. 전 회사 상무였는데, 경험도 풍부하고 인망도 두터워."

흠흠. 나도 감이 오기 시작했다. 커피 잔에 입을 대고 고개를 끄덕였다. "확실히 그러면 네가 히데무네, 상무가 얀베 세이베 같은 관계겠네."

"그렇지."

"하지만 그런 건 별로 똑같다고 말할 정도는 아니잖아. 후계자가 사장에 취임할 때, 원래 사장의 측근이 붙는 건 흔한 일 아니야?"

"그렇긴 해."

그는 여전히 부루퉁한 표정이었다.

"설마, 그 측근도 살해당했다는 건 아니겠지?" 깊은 뜻은 없었다. 다만 주어진 정보에서 의외의 연결 고리를 생각해 내는 게 내 직업이다 보니 그 자리에서도 머릿속에 떠오른 생각을 그냥 말해 본 것뿐이었다.

그런데 그가 한순간 움츠러들었다. 뺨을 실룩거리며, 웃어넘기려 했지만 실패하고, 곤혹스러운 마음을 드러내려 해도 자존심이 그것을 허락하지 않는다는 표정이었다. 커피를 마시려다가 남아 있지 않은 것을 깨닫고 시럽 용기를 만지작거렸다.

"어, 정말이야?" 나는 눈을 휘둥그레 뜨고 물었다.

"뭐야, 그냥 찍은 거야?" 그는 작게 한숨을 쉬었다. "두 달 전이었어. 밤늦게 집으로 돌아가는 길에 차에 치여 즉사했어. 비가 내려서 길에서 넘어진 순간에 차가 덮친 거야."

얼굴이 굳었다. 누가 죽는 이야기는 듣고 싶지 않다. 아무 인연 없는, 얼굴도 모르는 타인이라 해도 확실히 존재했던 '누군가'의 자아가 지금은 완전히 사라지고, 그 '누군가'는 어디에도 없다. 그런 사실이 너무나 무서웠다.

차에 치인 순간에, 그 사람을 둘러싼 가족의 생활은 전복되었을 터였다.

"하지만 사고잖아. 얀베 씨의 죽음과 똑같다고 할 수는 없어."

"실은 사고가 아니야." 그는 살짝 흥분한 목소리로 "그런 소문이 있어"라고 덧붙였다. 동요가 눈에 보이는데도 당당한 관록은 그대로였다.

"사고가 아니라고?"

"이소베는 우수한 남자였지만, 힘을 가진 임원들보다 사원들 편에서 모든 걸 생각하는 남자였어."

"이름이 이소베 씨인가 보네."

"아까 그 얘기하고 똑같아. 그런 사람은 미움을 사. 그렇잖아. 너무 성실하다고."

"성실하면 좋잖아."

"어른들 세상은 그걸로는 부족해."

"어이 어이, 그래서 반대 세력이 이소베 씨를 살해하려고 했다는 말은 꺼내지도 마."

"왜? 어째서 말하면 안 돼?"

"현실적이지 않으니까."

"지어낸 이야기만 쓰는 네가 현실을 알기나 해?"

어째서 내가 비판을 당해야 하지? "정말 사고가 아니었어? 그 반대 세력의 악의가 얀베 씨를, 아니, 이소베 씨인가, 이소베 씨를 살해한 거야?"

"사고로 꾸몄을 가능성이 있어."

빗속에서 등을 떠미는, 악의를 품은 그림자가 머릿속에 떠올랐다.

"그냥 네 신경이 날카로워진 것 아닐까? 측근인 이소베 씨가 세상을 떠서 조금 신경이 곤두선 거야. 아니면 겁을 먹었거나." 나는 우쭐한 건 아니었지만 놀리듯 말했다. 그러자 그는 콧구멍을 벌름거리며 날카로운 눈매로 나를 쏘아보았다. "어이, 난 딱히 이소베가 없어도 곤란하지 않아. 불안할 일도 없어."

그렇게 고집 부릴 필요 없는데. 그렇게 생각하면서 나는 "한 번 더 묻겠는데, 왜 나한테 얀베 세이베 이야기를 물으러 왔어?"라고 말했다.

그는 질문에 익숙하지 않은지, 또 불쾌한 기색을 얼굴에 드러냈다. "지난번 이소베의 딸이 회사에 왔어. 이소베의 짐을 가지러. 여고생인데, 그게 또 제법 미인이었거든. 뭐, 그건 상관없니.

어쨌든 그 딸이 내게 그러는 거야. '아버지는 얀베 세이베를 좋아해서 자기도 그렇게 되려고 하는 면이 있었어요. 저, 얀베 세이베가 누군지 아시나요?'라고 말이야. 귀여웠지만, 귀염성이 없었어. 어두웠어. 여고생이라면 더 밝게 청춘을 즐겨도 될 텐데."

"아버지가 돌아가신 지 얼마 안 됐으니 어두울 만도 하지." 나는 헛일인 줄 알면서도 타이르듯 말했다. "하지만 얀베 세이베를 좋아하는 상무라니 특이하네. 전국적으로 유명한 인물인가?"

부끄럽지만 센다이에 산 지 20년이 넘은 나도 최근에야 알았다.

"그건 지금 네 얘기를 듣고 이해가 갔어. 이소베는 우와지마 출신이었거든. 우리 아버지가 시코쿠 쪽에 연이 있어서 그 인연으로 친해졌던가 봐."

"우와지마라." 그 이소베 씨는 와레이 신사에 친숙한 인생을 보냈던 걸까? 확실히 그렇다면 얀베 세이베를 존경할 가능성이 있다. "그래서, 넌 그 딸한테 뭐라고 대답했어?"

"네 아버지는 확실히 그런 면이 있었어, 하고 상냥하게 말해 줬지."

"얀베 세이베가 누군지도 몰랐으면서?"

그는 어깨를 움츠렸다. "여고생한테 '죄송합니다. 그게 누군지 모르니 가르쳐 주겠습니까?'라고 말할 수 있겠어? 잘 들어, 남들 앞에서 무지를 드러낼 바에야 그 자리에서는 일단 아는 척하고 나중에 조사하면 그만이야. 인터넷으로 검색하거나, 알 만한 녀석에게 대충 배우거나."

"그렇군, 내가 그 '알 만한 녀석'이란 건가." 나는 스스로를 가리켰다.

"인터넷으로 검색하려고 했지만 이름이 가물가물했거든. 얀베 아무개라는 단어론 검색할 길이 없었어. 그래서 네가 등장한 거지."

칭찬하는 건지 우습게 보는 건지 모르겠다. "하지만 그래, 그 딸이 한 말은 옳았어. 아까도 말했지만 이소베는 얀베 세이베하고 겹치는 부분이 있어. 후계자가 새로운 영지를 통치할 때 조언해 줄 측근으로 파견되었고, 성실하고 유능하고, 사원을 너무 생각한 나머지 반감을 샀어. 응, 비슷해."

다만 거꾸로 말하면 비슷한 점이 그 정도뿐이니 이야깃거리도 못 될 것 같았다.

"실은 뒤가 더 있어."

"뒤?"

"이소베가 차에 치여 사망한 건 퇴근길이었어. 그리고 그 사고를 당하기 직전까지 다른 사원이 함께 있었어. 40대 과장이야. 같은 역에서 내려서, 돌아가는 길이 갈라질 때까지."

"그 과장이 어쨌는데?"

"죽었어."

"뭐?"

"이소베가 사고를 당하고 2주 후였어. 과장은 전부터 예정되어 있던 간단한 내시경 수술을 받았는데."

"의료사고인가?"

"아니야. 최근 신문 못 봤어? 병원 내 열병 세균 감염 사고가 있었는데."

아아. 그러고 보니 기사가 생각났다. 도내 대형 병원에서 해외에서 열병에 걸려 온 환자로부터 감염 사고가 이어져 같은 병동 입원 환자가 사망했다. 사람들의 불안을 한껏 조장하는 요란한 기사가 지면을 메웠고, 나는 우울해졌다.

접촉이 없는 두 사람 사이에 어떻게 감염이 일어났는지, 어째서 다른 환자에게는 들은 항생물질이 그 환자에게는 듣지 않았는지, 몇 가지나 되는 의문이 실려 있었다. 하지만 달리 중증 환자가 나오지 않아 '그러고 보니 뭔가 큰일이 있었지' 하는 정도로 끝난 느낌이었다. "그건가 그게 너희 회사 사원, 그 과장이었단 말이야?"

"그래. 나는 그 과장이 이소베를 사고로 꾸며 살해한 실행범이라고 짐작하고 있어."

"뭐?" 나는 그의 말을 제대로 이해하지 못하고 웅얼거렸다.

"게다가 아직, 아직 뒤가 더 있어."

그의 말에 나는 경계했다. 그의 이야기에 함정이 있다고 생각한 건 아니지만 더 오싹한 이야기가 나올 것 같아 긴장한 것이다. "뒤가 더 있다니, 무슨?"

"이소베의 사십구재를 치를 때였어. 우리 회사에서는 마침 사내에서 천장 공사를 하고 있었는데, 원래 같으면 떨어질 리 없는 목재가 떨어져 밑에 있던 상무가 죽었어. 평소에는 직장에 얼굴도 내비치지 않고 월급만 받아 가는 허수아비 같은 남자인데, 시공업자와 의논할 일이 있어 회사에 왔던 거야."

나는 그를 가만히 쳐다보았다. 그것은 신문 기사에서 읽은 기억이 없었다. 이야기로만 들으면 그럭저럭 뉴스 가치가 있어 보이는데, 우연히 내가 놓친 것뿐이리라.

"그는 이소베를 몹시 싫어해서 내게 '그 상무를 자르든지, 나를 잘라라' 하고 따지고 든 적도 있어."

"이소베 씨의 반대파였던 건가? 그쯤 되면 무서운데."

이소베 씨가 정말 사고를 위장해 살해당했다면, 이것은 실로 얀베 세이베를 둘러싼 일련의 사건을 답습하는 사건처럼 보인다. 복수 혹은 저주, 아니, 정의가 차근차근 실현되고 있다.

"아아, 그러고 보니," 그는 기억의 상자 속에서 재미있는 물건을 발견했다는 듯한 표정을 지었다. "우리 회사 중역과 관련 회사 사원이 골프를 치다가 낙뢰를 맞아 죽은 일도 있었어."

"거짓말이지?"

"거짓말할 필요가 어디 있어?"

"아니, 그런 뜻이 아니라 그것도 똑같잖아." 얀베 세이베 사후, 돌풍과 낙뢰로 죽은 사람도 있었다. "이거 상당히 무서운걸."

"어이 어이, 왜 무서워해?"

그의 말에 나는 조금 놀랐다.

"그야, 그 이소베 씨가 죽고 나서 사건의 범인으로 추정되는 사람들이 줄줄이 불가사의한 사고로 죽었으니 왠지 무섭잖아." 그렇게 말하다가 깨달았다. "아아. 그런가, 불가사의한 사고로 죽는다고 해도 그건 전부 악인이니까 너는 딱히 무섭지 않다, 그런 뜻인가?"

"아니, 그런 뜻이 아니야." 그가 비웃듯 말했다. "저주나 원한, 그런 게 실제로 있을 리 없잖아. 뭐가 무서워? 그렇지?"

"어? 그럼 그 이소베 씨에 관한 사고를 어떻게 생각하는 거야? 이소베 씨 사고나 관계자들의 연이은 죽음을 어떻게 설명해?" 애초에 너는 그게 궁금해서 내 이야기를 들으러 온 것 아니었나? 점점 진지하게 받아 주는 것도 어리석다는 생각이 들어 들고 있던 가방에서 노트북을 꺼내 테이블 위에 올려놓았다. 대화를 마무리 짓고 일을 시작하고 싶다는 표현이었다.

"그런 건 우연이야. 물론 네 이야기를 듣고 그 얀베라는 인물과 이소베가 비슷하다는 생각은 했어. 이소베는 우리 아버지에게 신뢰받고 있었고. 그래서 둘이 똑같은 점에는 놀랐고 감탄도 했지만, 솔직히 그렇다고 어쩌란 건가 싶어. 반대로 그렇게 묘한 표정을 짓고 있는 네가 더 무섭다. 그거야? 작가란 건 그렇게 섬세한가? 아니, 섬세하다고 하면 너무 멋진가, 다들 그렇게 유치해? 저주 같은 걸 믿는 성격이야?"

"그런 건 아니지만." 나는 멍한 정신으로 말했다. "그냥 얼마 전에 내가 키우는 사슴벌레를 관찰하다가 비슷한 생각을 한 적이 있거든."

"사슴벌레?"

"그래. 사슴벌레는 여러 마리를 한 상자에 넣어 키우면 서로 공격해. 이따금 빈사 상태에 빠지는 사슴벌레도 있어."

"그게 어떻단 거야?"

"이따금, 나는 약해진 사슴벌레를 구해 주거나 나쁜 짓을 한 사슴벌레를 혼내 주는데, 사슴벌레가 볼 때 그건 균형을 맞춰 주는 하느님의 자비로 보이지 않을까?"

"무슨 소리야?" 그도 짜증스러운 기색이었다.

"요컨대 어디서 신이 굽어보고 있다면, 구원의 손길이 내려오거나 벌을 받는 일도 있겠지?"

"저주도 있다는 말인가."

"그래. 만일 그때 하느님이 보고 계신다면 말이지만."

그는 비웃는 것도 아깝다는 표정을 지었다. "됐어. 덕분에 조금 후련해졌어. 그 이소베의 딸이 말한 얀베가 어떤 남자인지도 알았고, 이유도 대충 파악했어. 설마 그 딸도 그 후의 저주까지 비슷하다는 생각은 못 했겠지만."

그럴까?

머릿속에 물음표가 떠올랐다.

뇌리에 낯선 여고생의 모습이 피어올랐다. 교복을 입고, 차가운 표정으로 말한다. '아버지는 얀베 세이베를 좋아했어요.'

그녀의 하얀 피부에서 고치라도 만들 것처럼 서늘한 실이 뻗어 나와 허공을 스멀스멀 기어 마주 선 남자의 목덜미에 얽힌다. '아버지는 마지막까지 신념을 지키고, 나쁜 짓을 한 사람에게는 그에 합당한 결말을 준비해 두었어요.' 그렇게 속삭인다.

아버지는 집념이 강한 게 아니에요, 진지하고 성실한 사람이라 잘못을 바로잡고 싶은 것뿐이에요. 나쁜 짓을 한 사람을, 타이르지 않고는 못 배기는 거지요. 세상의 균형을 생각하면 이해할 수 없는 거예요.

딸의 입에서 조용히 흘러나오는 말이 내 머리에는 내리꽂히는 얼음처럼 또렷하게 들렸다.

그렇지만 그 딸과 마주 선 남자의 표정은 보이지 않는다. 후계자라는 지위의, 고생을 모르는 남자일 것이다. 그녀의 마음은 하나도 헤아리지 못한다.

"저기, 죄송한데요." 그 목소리에 나는 정신을 차렸다.

시선을 돌리니 우리 테이블 옆에 젊은 여성이 서 있었다. 수수한 유니폼을 입고 있었다. 회사원이겠지. 조금 쑥스러운 듯하면서도 주눅 든 표정이었다.

감이 왔다. 아마 그녀는 내 독자일 것이다. 나는 문필가로 눈에 띄는 활동은 하지 않지만 지역신문이나 잡지에 실릴 때가 있다. 과거에도 길에서 "작품 잘 보고 있습니다"라는 말을 들은 적이 있었다. 손에 꼽을 정도지만 제로는 아니다.

"왜 그러십니까?" 나는 나름대로 위엄 있게 말했다.

그러자 그녀는 내 앞에 앉은 그를 보고 "혹시 배우 아니세요?"라고 물었다. 내가 아니라 그에게 말을 걸고 있으니 나는 얼이 빠질 수밖에 없었는데, 설명에 의하면 그녀가 좋아하는 극단이 있어 그곳의 미남 배우와 그가 닮았다는 것이었다.

"그런 말을 자주 듣지만 다른 사람입니다." 그는 차분하게 낮은 목소리로 말했다. 싫지는 않은지 나와 있을 때는 보인 적 없는 미소를 띠고 있다.

그녀는 착각한 일을 사과했다. 그렇지만 질리지도 않는다고 할까, 넘어져도 맨손으로 일어나지는 않는다고 할까, "이것도 인연이니 사진 좀 찍어도 될까요?"라고 물었다.

의도를 알 수가 없어 나는 당황했다.

"아니, 정말 쏙 빼닮아서, 다른 사람이라도 좋을 것 같아서요."

"다른 사람이라도 좋다니, 그건 대체 무슨 뜻입니까?" 나는 이해할 수가 없었다.

"그 배우는 외모가 잘생겼거든요. 저는 그 외모에 푹 반했어요. 그럼 얼굴이 닮은 사람이 여기에 있다면, 그 사람을 좋아해도 별문제 없잖아요?"

"문제가 있고 없고, 그런 차원이 아닌 것 같은데."

계속 구시렁거리는 내 옆에서 그는 너그럽게 "좋아요, 좋아. 사진 정도야" 하고 답했다.

기뻐요, 하고 얼굴을 빛내는 그녀는 한번 뚫은 광맥을 끝까지 파고들 생각인지 주소와 이름까지 알려 달라고 했다.

사고 회로가 어딘가 나와 다르다는 생각밖에 들지 않았다.

그도 그 말에는 "그건 알려 줄 수 없어요"라고 대답하자 그녀는 낙담한 기색도 없이 "뭐, 그래도 좋아요"라고 말했다.

결국 나는 그녀의 부탁으로 휴대전화를 들고 그와 유니폼을 입은 그녀가 테이블 앞에 서 있는 모습을 찍었다.

"문필가인 네 팬인 줄 알았더니 내가 목적이었군." 그는 나와 헤어질 때 실실 웃으며 그런 말을 남겼다.

"넌 항상 시선을 끄는구나." 나는 하는 수 없이 말했다. 빈정거릴 생각이었지만 사실이기도 했다.

"그것도 힘든 일이야."

나는 그때 문득 어떤 생각이 들어 그에게 물었다. "나도 네 사진 좀 찍어도 돼?"

그는 몹시 싫은 기색이었지만, 나는 아랑곳하지 않고 스마트폰 카메라를 열었다.

⛩

남들과 다툴 정도면 내 의견을 굽히는 게 훨씬 낫다. 나는 어릴 때부터 그런 성격이었다. 그래서 주위에서는 온화하네, 평화롭네, 착각하는 경우가 많았다. 실은 전혀 아니다. 남들만큼은 음험했다. 냉전이 한창일 때 소년 시절을 보낸 나는 핵병기의 공포나 일본국 헌법의 의의에 필요 이상으로 세뇌당했지만 개중에서도 자위대의 '전수방위' 개념에는 크게 공감했다. 먼저 공격하지는 않지만 공격당했을 때는 확실하게 수비한다는 자세가 마음에 들었다. 그리고 그것을 조금 확대 해석해 언제부터인가 더욱 단순한 '먼저 공격하지는 않지만 당하면 되갚아 주겠다'는 방침을 가지게 되었다.

그래서 젊은 나이에 사장 직함을 가진 그와 헤어진 뒤에, 바로 어떤 남자에게 전화를 걸었다.

구로사와라고 하는 그 사람은 전에 내가 출판사와 다투었을 때 조사를 맡아 준 이래로 이래저래 알고 지내는 남자였는데, 일 처리도 깔끔하고 신속해서 믿을 만했다.

"그 남자의 불륜 데이트 현장을 사진으로 찍으면 되나?"

전화를 걸어 대충 설명하자 그는 "묵고 있는 곳하고 이름, 얼굴 사진만 있으면 어떻게든 찾아낼 수 있겠지"라며 의뢰를 받아 주었다.

나는 그 정보를 제공했다. "내일 공연장에서 뮤지컬을 본다던데."

"거기 사진도 찍으면 돼?"

"사람이 많을 텐데 구분할 수 있겠어요?"

"괜찮아. 만일 그게 진짜 불륜 데이트라면."

"데이트라면?"

"최종적으로는 둘만 남을 테니까."

확실히 그렇겠네요. 나는 웃으며 전화를 끊었다. 끊은 뒤에 '정말 이걸로 된 걸까?' 하고 잠시 고민했다. 내게 불쾌한 태도를 보였다는 것만으로 외도 고발이라는 요란한 복수를 해도 될까 하는 고민이 아니었다. 내 고민은 이 정도 일로 그 남자가 타격을 받을까, 복수가 될까 하는 점이었다. 남의 시선을 받으며 늘 화려한 무대 위를 걷는, 매일 아첨만 들으면서 살아온 그의 사고 회로는 내 추측의 범주를 벗어난다고 해도 과언이 아니다.

애초에 자기 회사 직원이 여럿 줄줄이 죽었고 그것도 자연사가 아니니, 조금은 슬퍼하거나 유족의 마음을 헤아리거나 불안해하는 감정을 보여도 될 법한데 그 남자에게 그런 기미는 조금도 없었다. 얀베 세이베의 이야기를 들어도 비슷하다고 느낄 뿐, 그 이상 마음을 쓰는 눈치는 없었다. 그에게는 명저라 불리는 고전문학을 다 읽은 감상이 '글자가 있더군요'라고 하는, 무미건조한 감수성밖에 없는 걸까?

그런 의미에서는 그에게 외도 증거 사진쯤이야 모기에 물린 자국밖에 안 될지도 모른다. 그의 아내에게 밀고해도 별 차이 없을 가능성도 높았다.

그렇다 해도 뭐라도 하지 않고는 속이 풀리지 않았다. 음험한 나는 이 계획을 중지할 생각은 없었다. 사슴벌레에게 내린 천벌에 비하면 미적지근할 정도다.

그러는 사이 편집자가 전화를 했다. 월말 마감인 단편소설 진행 상태가 어떤지 묻는다. 어떠냐고 물어도, 써야 할 내용도 못

정했고 한 줄도 못 썼다고 대답할 수는 없었다. 그때 문득 방금 전 그 일이 머릿속을 스쳐 안일하게 "얀베 세이베와 우와지마 사건에 대해 쓰고 있습니다"라고 말했다.

편집자는 전화를 끊었다. 재미있을 것 같다는 한 마디라도 하면 어때서, 그런 말조차 없었다.

⛩

어쩔 수 없이 나는 일 때문에 얀베 세이베에 대한 자료와 우와지마, 와레이 신사의 정보를 조사하기 시작했다. 인터넷을 뒤지고, 도서관에 가고, 현청 자료실을 찾다가 정신을 차리니 이틀이 지났다.

두 가지 계기가 있어 그를 생각해 냈다.

자택 작업실에서 책상에 앉아 있을 때였다.

먼저 처음에 문자가 왔다. 아니, 그 문자 내용을 확인하기 전에 가까이 있던 자료에 적힌 '최근 발견된 문서에 의하면'이라는 설명을 읽으며 그를 상기하고 있었으니 순서로 따지면 그 자료가 먼저인가?

자료에 적힌 '발견된 문서'라는 것은 센다이 4대 번주인 쓰나무라가 우와지마 2대 번주 무네토시에게 보낸 서신이었다. '히데무네 공, 얀베 세이베라는 자를 처단하였소'라고 적혀 있어 그것으로 추측건대 히데무네의 지시로 얀베 세이베가 살해당했을 가능성이 높다고 한다. 마사무네에게 아들 히데무네를 부탁받아 그 신뢰에 답하기 위해 머나먼 우와지마까지 갔는데도, 당사자인 히데무네에게 그런 꼴을 당했으니 이보다 더 억울한 이야기가 어디 있을까? 얀베 세이베의 억울한 심정을 생각하니 가슴이 찢어질 듯 안타까웠다. 게다가 나는 단순해서 사정도 잘 모르고 히데무네에게 분노하여, 부글거리는 복수의 마그마가 몸속에 흘러 들어오는 것을 느꼈다. 자료에 따르면 '센다이 다테 번에서 독립'하려는 의도가 있었다고 추측된단다. 그렇다고 그런 배반이 용납될 수 있을까? 아니 없다. 나는 씩씩거렸다.

그리고 필연적으로 그의 존재가 머릿속을 스쳤던 것이다.

원래 그와 히데무네, 죽은 이소베 씨와 얀베 세이베의 입장을 비슷하게 보았는데, 그 구조로 볼 때 히데무네가 사건 주모자라고 하면 그도 사실은 이소베 씨 사건에 관여했던 게 아닐까? 비뚤어진 생각이 들었다. 하지만 아무리 그가 싫다고 해도 '범죄를 지휘한 주모자'로 의심하는 건 문제가 있다. 몹쓸 짓이다, 몹쓸 짓.

그러고 나서 나는 책상 옆, 스마트폰으로 손을 뻗어 겨우 수신 문자를 읽었다.

보낸 사람은 외도 현장 증거를 잡아 달라고 의뢰한 탐정, 구로사와였다. '보고'라는 쌀쌀맞은 제목이 눈에 들어왔다. 며칠 전 불륜 데이트는 일단 사진으로 찍었다고 한다. 휴대전화로 보내기에는 사이즈가 너무 커서 조만간 프린트한 사진과 저장한

데이터를 보내겠다, 그 비용도 계산에 넣어 달라는 내용이었다.

그래도 딱 한 장, 문자와 함께 보내온 사진도 있었다. 스마트폰을 조작해 사진을 열자 자그마한 사람들이 잔뜩 찍혀 있는 가로 사진이었다. 공연장 관객석이리라. 반대쪽 구역에서 촬영했는지, 사람이 너무 작아 쌀알은커녕 그냥 점으로만 보였다. 이래서는 그가 어디에 있는지 확인할 길이 없었는데, '공연장에도 제대로 다녀왔다'는 증거인 듯했다.

답례와 빠른 일 처리를 칭찬하는 문자를 보내면서 굳이 말할 것도 없지만 뮤지컬 입장료도 필요 경비로 계상해서 청구하라고 전했다.

업무 자료를 반납하려고 센다이 시가지의 도서관에 갔다가 카페에 들렀다. 그리고 외도 현장 증거를 어떻게 사용해 그에게 본때를 보여 줄까 고민했다.

"저, 지난번 그 사람 맞죠?" 그런 목소리가 들린 것은 노트북을 열려고 했을 때였다. 눈앞에 여성이 있어 누군가 했더니, 며칠 전 유니폼을 입고 있던 그 회사원이었다.

"맞습니다. 지난번 그 사람입니다."

"지난번 그 사람은 어디 있어요?"

말장난 같은 대화였지만 의미는 통했다. "지난번 그 사람은 도쿄에 살아요. 지난번에는 우연히 센다이에 있었고. 또 만나고 싶습니까?"

"지난번에 찍은 사진을 나중에 봤더니."

"계속 지난번이라는 말만 하네요." 내 지적에 그녀는 코웃음을 치며 휴대전화를 열고 내 쪽에 들이밀었다. "그 사람, 위험한 것 아니에요?"

"위험하다고요?"

나는 처음에 그가 그녀에게 데이트에 꾀어내는 귀찮은 문자라도 보냈나 싶었다.

액정 화면을 들여다보았다. 며칠 전 찍은 사진이었다. 바로 이 가게 안에서 테이블을 앞에 두고 그와 그녀가 나란히 서 있다.

분명 내가 찍은 사진이었지만 어라, 싶었다. 이상한 점은 일목요연했다. 그의 옆에 누군지 모를 남자가 찍혀 있는 것이었다. 정면에서 볼 때 오른쪽, 두 사람과 나란히, 그의 왼쪽 옆에 남자가 있다.

"그렇죠, 위험하죠? 그때는 그런 사람 없었잖아요."

그녀가 무슨 말을 하고 싶은지 바로 이해했다.

나도 고개를 끄덕였다.

사진은 작았지만 그의 옆에, 양복을 입은 남자가 서 있었다. 그것도 거의 닿을 만큼 가까운 거리였다. 백발 머리의 그 낯선 남자는 몸을 틀어서 허리를 숙이고 목을 뻗어 그의 얼굴을 뚫어지게 쳐다보고 있었다. 냄새를 맡는 개와 같은 자세였다.

"이거, 이상하죠?" 여자가 말했다.

나는 또 고개를 끄덕였다. 남자의 윤곽은 뚜렷했다. 흐릿하다거나 그림자가 옅다거나, 그런 점은 전혀 없어 오히려 그 자리에 있던 손님 중 하나로밖에 보이지 않았다. 확실한 육체를 느꼈다. 다리는 찍혀 있지 않았지만 손은 테이블 위, 내 노트북에 닿아 있다.

"이런 사람이 있었나요?" 나는 답을 알면서도 그렇게 묻지 않을 수 없었다.

"있었으면 알고도 남았죠. 얼굴이 엄청 가깝잖아요."

그렇다. 이런 남자가 있었다면 나는 사진을 찍을 때 알았을 것이다.

저도 모르게 옷 위로 몸을 문질렀다. 서 있던 그녀도 똑같은 동작을 했다. 소름이 돋은 피부를 원래대로 되돌려 놓으려 했다.

"심령사진이라니, 유행 지난 얘기 같은데." 나는 쓴웃음을 지었다. 막상 직접 보니 상당히 소름 끼쳤다.

"이거 왜 이런 거예요? 수호령이에요? 양복을 입은 수호령도 있어요?"

"글쎄요." 그 말밖에 할 수 없었다.

나는 다시 집에서 읽은 자료를 떠올렸다.

사실 그는 이소베 씨의 죽음에 관여했던 게 아닐까?

그런 생각이 다시 내 머릿속을 뒤덮기 시작했다.

히데무네가 얀베 세이베를 살해한 주모자였던 것처럼, 이소베 씨의 죽음에 그가 관여했던 게 아닐까? 실행범은 아니더라도, 명령한 쪽 아니었을까?

증거는 없다.

하지만 그 증거가 없기 때문에, 이 사진 속 남자는 여기에 찍힌 게 아닐까? 나는 그렇게 생각했다.

사진 속 남자는 처벌받지 않는 악인을 고발하려고 꿰뚫을 듯한 시선으로 그를 바라보는 게 아닐까?

"우리 할머니가 이런 건 살풀이를 하는 게 낫다고 했어요." 그녀는 휴대전화를 탁 덮었다.

"네?"

"이런 건 살풀이를 하는 게 낫다고 했다고 했어요."

유니폼을 입은 여성의 말은 어딘가 주문처럼 내 귀를 스치고 지나갔다.

살풀이고 뭐고. 이성이 돌아왔다. 그 남자가 볼 때는 이 정도 심령사진은 별 충격도 아닐지 모른다.

그는 남의 생활은 물론, 사원의 죽음에도 별 관심이 없다.

저주나 무서운 현상이 일어나도 '그래서 어쩌라고?' 이상의 감상은 없을 가능성이 높았다.

앞뒤를 단순하게 생각해 보면 방금 전 사진 속의 낯선 남자는 아마도 이소베 씨일 것이다. 자기 인생을 종잇조각 찢어발기듯 쉽사리 끝장내 버린 장본인을 고발하려고 그런 형태로 그를 바라보고 있었던 게 아닐까?

동시에 안타까운 마음이 들었다.

이소베 씨의 고발은 그 남자에게는 통하지 않는다. 그런 생각이 들었기 때문이다. 그 남자는 남의 시선에 익숙해서, 이소베 씨의 집념 어린 눈빛도 달걀로 바위 치기, 밑 빠진 독에 물 붓기, 말짱 도루묵, 그런 결과로 끝나지 않을까?

아무리 이상한 사진이라도, 이소베 씨가 이런 괴현상에 가까운 등장으로 그를 고발하려 해도, 탄탄한 그의 인생에는 금조차 가지 않으리라는 예감이 들었다.

만일을 위해 그 오싹한 사진을 받아 둘 걸 그랬다고 뒤늦게 후회했다. 지금이라도 쫓아가면 찾을 수 있을까? 방금 전 그 여성을 쫓아가려고 자리에서 일어나려는데 그때 전화가 왔다. 구로사와였다.

통화 단추를 누르고 스마트폰을 귀에 댔다. 가게 안이라 목소리를 낮추었지만 나는 그의 목소리를 확인하고 일단 조사에 대한 답례를 했다.

그러자 그는 "아까 보낸 문자는 무슨 뜻이야?"라고 물었다.

"네?"

"난 공연장에는 안 들어갔으니 입장료는 내지 않았어. 그러니 따로 필요 경비에 넣지 않았어. 사진은 나중에 보내도록 하지."

"네? 들어가지 않았다고요? 그럼 아까 보낸 문자에 첨부한 사진은 어떻게 찍었습니까? 공연장 객석이 찍힌 사진은?"

"난 보낸 적 없어."

전화를 끊은 뒤, 나는 재빨리 스마트폰을 테이블에 내려놓고 문자에 첨부된 사진을 열었다. 공연장 관객석이다. 그 사진은 틀림없이 내 휴대전화에 들어와 있었다.

굳이 의도한 건 아니었지만 문득 손가락을 액정 화면에 대고 엄지와 집게손가락으로 표면을 늘리듯 힘을 주자 사진이 쭉 확대되었다.

급한 마음과는 반대로 천천히 손가락을 움직였다. 화면은 조금씩 커졌다.

차례로, 사진이 화면 위에서 확대되었다.

이윽고 도중에 손가락을 멈추었다.

생리적인 혐오감이 몸을 훑고 지나갔다.

온몸의 털이 곤두섰다.

사진 중앙, 넓은 관객석 한복판에 앉아 있는 그가 보였다. 사진은 그 정도로 확대할 수 있었던 것이다. 그는 똑바로 이쪽을, 즉 무대를 바라보고 있다.

문제는 그 주변이었다.

한 치의 흐트러짐도 없는 곤충의 무리, 내가 느낀 것은 바로 그것이었다. 그때 그 흰개미와 똑같았다.

그를 둘러싼, 다른 관객들의 얼굴이 전부 똑같았다. 백발, 창백한 얼굴, 미간에 주름이 진 남자가 백 명, 이백 명이나 그곳에 있었다. 쌀알처럼 보인 작은 사람들의 얼굴은 확대해 보니 전부 똑같은 얼굴이었다. 그것도 똑같은 얼굴을 가진 그 무수히 많은 사람들이 모두 화면 중앙의 그를 바라보고 있었다. 오른쪽에 앉은 사람은 왼쪽으로 고개를 돌리고, 아래쪽 좌석에 앉은 사람은 몸을 틀어 뒤에 있는 그를 올려다보고 있다.

모두가 시선을, 그에게 던지고 있었다.

나는 손가락을 다시 움직여 화면을 더듬다가 관객석이 아닌 장소도 살펴보았다.

모두가 같은 얼굴이었다. 이천 명이 넘는 사람들, 똑같이 표정 없는 얼굴의 사람들이 말없이 고발하듯 날카로운 시선을 던지고 있다. 그 시선을 한 몸에 받는, 사진 중앙의 그는 태평하게 웃고 있었다.

⛩

"심령사진 이야기라니." 편집자는 기운 빠진다는 듯이 말했다. "그런 얘기는 썩어 넘칠 정도로 많아요. 이미 썩는 수준을 넘어서 발효해서 유산균 음료가 될 정도로 많다고요."

"맛있겠네."

"게다가 그 얘기는 합성사진 같은 것 아닙니까? 요즘 시대에 합성 정도는 가능하잖아요. 이천 명을 똑같은 얼굴로 만드는 건 귀찮긴 하지만 불가능하진 않을 것 같은데요."

"하지만 실제로는 그렇게 큰 해상도의 사진이 내 휴대전화에 들어올 리가 없어. 용량 초과로 에러가 났을 테니까. 게다가 조사를 의뢰한 상대가 보낸 문자에 멋대로 따라왔는데 이상하지 않아?"

"요즘 심령현상은 IT에 적응했나 보네요." 편집자는 거의 책 읽듯 말했다. 처음부터 내 이야기를 믿지 않은 것이다.

우리는 카페에서 마주 앉아 있었다. 다음 작업에 대해 의논하고 있었는데, 잡담의 일환으로 몇 년 전에 있었던 그 이야기를 해 보았다. 하지만 그는 전혀 놀라는 기미가 없어 나는 조금 오기가 생겼다.

"아니야, 무서운 건 그다음이라고."

"하아." 편집자는 이미 들으려고도 하지 않았다.

"아까도 말했지만, 처음에 발견한 건 이 카페에서 찍은 사진이었어. 그가 여자와 둘이서만 나란히 서 있었는데, 사진에는 부자연스러운 인물이 찍혀 있었지."

"그게 정말 죽은 이소베 씨라는 사람 맞습니까? 그걸 당신이 믿는다고요?"

"그때 그 소름 끼치는 남자는 내 이 노트북 위에 손을 뻗고 있었어. 사진을 보니 그런 모습이 찍혀 있었다고."

"그런 말씀을 하셨죠. 이거죠?" 편집자가 테이블 위의 노트북을 보았다. "그게 어쨌단 말입니까?"

"그 후로, 내가 쓰는 소설이 재미가 없어."

"하아."

"아무리 써도 시시한 작품밖에 안 나와. 이건 이미 뭔가 끔찍한, 인지를 초월한 힘에 의한 게 분명해. 괴롭다, 괴로워. 끔찍해!"

편집자는 뭐라 말하려고 입을 열었다가, 다시 꾹 다물었다. 이윽고 입술 사이로 숨이 새어 나왔다. 권태가 묻어나는 기나긴 한숨이었다.

그해 이후로 '미스터 시선의 대상'인 그로부터는 연하장이 오지 않았고, 근황 연락도 뚝 끊겼다.

미팅 이야기

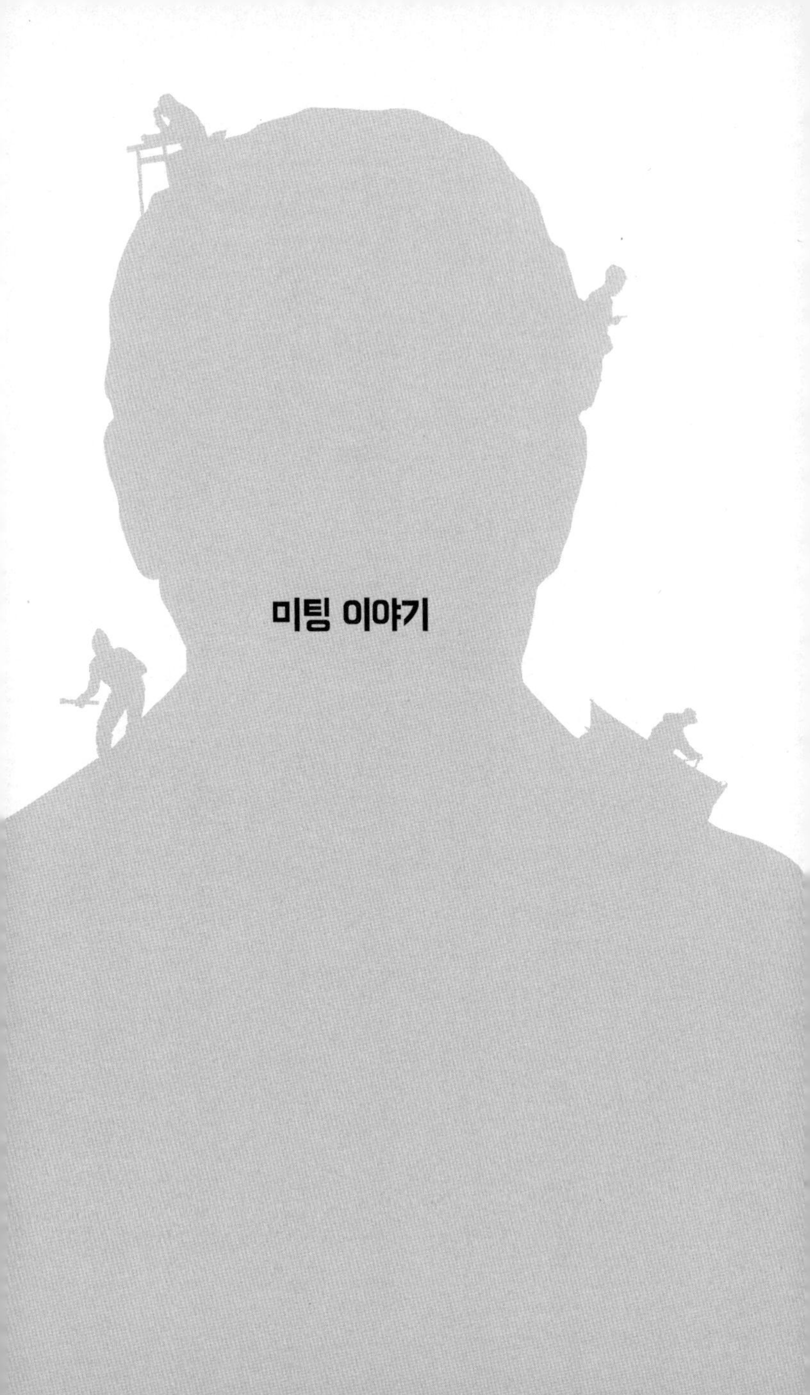

合コンの話

《Story Seller》 vol.2 2009년 봄호

『Story Seller 2』(2010년 2월 발행)

—— **줄거리**

남자는 미팅에 참가한다. 약 두 시간의 극히 평범한 미팅이었다. 즐거운 대화와 놀라운 만남이 있지만, 인생은 변함없다. 물론 세상도 변하지 않는다.

—— 살을 붙인 줄거리

스물일곱 살 생일, 오바나는 친구 이노우에가 마련한 미팅에 참가했다. 긴자의 다이닝 바에 남자 셋, 여자 셋이 모인 자리에서 대화를 나누고, 식사를 하고, 술을 즐겼다. 지인과 재회도 했다. 무서운 사건이 동시에 일어나지만, 그것은 미팅과는 아무 상관 없다. 돌아가는 길에 오바나는 살짝 숨을 삼킬 만한 광경을 목격한다. 하지만 그것 때문에 그의 생활이 변할 일은 없다. 당연히 세상에 큰 변화도 찾아오지 않는다.

—— 살을 붙인 줄거리 (이름은 생략하고, 성별과 알파벳으로 표기)

1월 13일, 스물일곱 살 생일을 맞이한 남자 A는 연인과 함께 시간을 보내지 못한다는 사실에 실망했다. 그러자 학창 시절부터 알고 지낸 친구 남자 B가 마음을 써서 미팅을 마련해 그를 불러냈다. 물론 자기가 미팅을 즐기고 싶었던 게 남자 B의 본심이었지만 남자 A도 부름에 응했다. 긴자의 다이닝 바 '행복'에서 열린 미팅에는 남자 셋(남자 A, 남자 C, 남자 D)과 여자 셋(여자 E, 여자 F, 여자 G), 전부 여섯 명이 모였다. 남자 D는 남자 B 대신 참가했는데, 외모도 수수하고 자리에 적응하지도 못해 여성들의 평판은 (특히 여자 F, 여자 G에게) 좋지 않았다.

잡화점을 경영하는 여자 E는 불순한 동기로 미팅에 참가했다. 다른 사람들은 끝까지 그 사실을 모른다. 남자 A와 여자 F는 아는 사이, 여자 G는 휴대전화를 계속 들여다본다. 중요한 연락을 기다리는 것이다.

요리가 나오고 음료 잔이 비자 그릇을 치워 간다. 대화가 오가고 시간이 흐른다. 약 두 시간. 중간에 몇 차례 선불리 간과할 수 없는 일이 벌어진다. 구체적으로는 긴자 뒷골목에서 배우가 살해되고, 가게에 경찰이 찾아오고, 여자 G가 울고, 남자 C가 그녀에게 사과하는 일들이다. 그 일들은 큰 사건으로 발전하지는 않는다. 살인 사건도 이 미팅 자체와는 상관없다. 미팅이 끝나고 참가자들이 역으로 향하는데 그 길에 약간 뜻밖의 일이 벌어진다. 남자 A는 깜짝 놀라 숨을 삼킨다.

이튿날, 남자 A는 평소와 다름없는 주말을 보낸다. 그 이틀 후, 주초에는 연인이 헤어지자는 말을 꺼낸다. 남자 A의 생활은 물론, 나머지 다섯 명을 둘러싼 사회와 세계정세도 이 미팅 이야기에 영향을 받지는 않는다.

—— **보조적인 정보**

— **사전에서 인용**

미팅 : 교제 상대를 찾기 위해 남녀 그룹이 합동으로 만나는 단체 모임

단체 모임 : 학생들이 각자 비용을 부담해 여는 친목회

— **인터넷에서 인용**

다이닝 바 '행복' 창작 요리로 여유로운 시간을!

[교통] 도쿄 메트로 긴자 역 B1 출구에서 도보 2분, JR 유라쿠초 역 긴자 출구에서 도보 5분

[점장의 인사] 지하 2층 높이의 시원한 천장, 호화로운 공간에서 손님들이 행복한 시간을 보내신다면 기쁘겠습니다. 가게 중앙에는 단체 손님도 편안하게 이용하실 수 있는 넓은 공간을 마련했고, 그 주위를 둘러싸듯 룸 스타일의 공간을 준비했습니다. 룸은 일찌감치 예약하시길 권합니다. 이탈리아 호텔 요리장으로 10년 일한 셰프가 만드는 해산물 중심 창작 요리를 맛보십시오. '행복'을 찾아 주시는 분들께 행복이 가득하기를.

[셰프의 인사] 어릴 때 보았던 〈로마의 휴일〉에 영향을 받아 이탈리아로 건너갔습니다. 앤 공주는 만나지 못했지만 요리를

만났습니다. 이곳에서 요리를 통해 여러분과 만날 수 있기를 기대합니다.

오쿠야 오쿠야 연출 〈왕자와 거지〉 공연에 대하여

도쿄 시어터에서는 내년 사월부터 오월까지 두 달 동안 오쿠야 오쿠야의 새 연극 〈왕자와 거지〉를 상연할 예정입니다. 궁전 밖으로 나가 본 적 없는 생활에 질린 에드워드 왕자가 우연히 만난 가난한 톰에게 서로 입장을 바꿔 보자고 제안합니다. 처음에는 둘 다 신선한 다른 세계를 즐기지만, 차츰 답답하고 허무한 생각에 사로잡혀 뜻밖의 전개를 맞이합니다. 마크 트웨인의 명작에서 환골탈태하여 서스펜스를 가미한 오쿠야판 〈왕자와 거지〉를 놓치지 마세요.

— **여성 주간지에서 인용**

사쿠마 사토루 양다리 발각!

두 달 전, 본지에서 열 살 연상의 여배우 사사오카 아이리와의 열애를 특집 보도했던 배우 사쿠마 사토루가 이번에는 다섯 살 연하의 멀티 탤런트 후라노 아이리의 맨션에서 아침에 나오는 장면이 사진 주간지에 실렸습니다. 이미 교제를 시인했으며, 연인에게 배신당한 사사오카 아이리는 신작 영화의 기자 발표회에 달려온 보도진에게 "그런 얘기는 못 들었습니다"라고 대답할 뿐이었습니다. 공동 출연자인 야마구치 릴리가 "이름이 똑같은 아이리라 그 사람도 착각한 걸까요?"라고 농담을 해서 사사오카 아이리의 눈총을 사는 해프닝도.

—— 미팅 참가자 수에 대하여

이노우에가 말하기에는 이러했다.

다양한 형식의 미팅을 경험한 결과, 미팅 참가자 수는 남자 셋, 여자 셋인 구성이 가장 좋다는 것을 알았다. 우선 참가자가 많으면 말할 필요도 없다. 그냥 술자리, 문화제 뒤풀이처럼 되고 말아 밀접한 관계를 맺기 어렵다. 그렇다면 숫자가 적으면 적을수록 좋은가 하면, 꼭 그렇지도 않다. 남녀 둘씩 나오면 이번에는 너무 규모가 작아 긴장감이 커진다. 단순한 침묵을 침묵 이상의 썰렁한 상태로 착각하기 쉽다. 네 명이라면 어떨까? 남녀 도합 여덟 명이다. 그러면 이번에는 다른 문제가 생긴다. 화제의 분열이다. 테이블 한가운데서 화제가 분리되어 두 그룹으로 나뉠 가능성이 높다. 자기가 노린 여성이 반대편 팀에 있을 경우, 거리를 좁히기 어렵다. 즉 세 사람씩 나오는 조합이 최고로 좋다. 그것이 결론이다. 하나의 화제로 불타오를 수 있고 적당한 긴장감과 여유가 있다.

—— 오바나가 이노우에와 만나다 (미팅 전주, 토요일)

이노우에가 갑자기 전화를 하기에 무슨 일인가 싶었다. "미팅 작전이라도 짤까? 너도 오랜만이잖아."

실내복으로 드러누워 텔레비전을 보던 나는 거절할 수도 있었다. 그러나 그러지 않고 다운재킷을 걸치고 청바지를 입고 근처 카페로 나갔다. 확실히 나는 미팅이 오랜만이어서 스스로도 뭔가 작전이 필요할지도 모른다고 생각하고 있었기 때문이다.

토요일이긴 했지만 그는 휴일 출근이었는지 "수당도 제대로 안 나오는데 이렇게 일하는 건 미팅이라는 즐거움이 기다리고 있기 때문이지"라고 진지한 얼굴로 주장하더니 "미팅은 어째서 이렇게나 사람의 원동력이 되는 걸까, 아아!" 하고 영탄조로 말했다. 대학생 때부터 머릿수만 맞으면 돈을 빌려서라도 미팅을 마련하려고 열심히 뛰어다녔던 이노우에를 알고 있기에 그 말에는 설득력이 있었지만, 인류 전반의 일반론으로 말하니 거부감이 들었다.

"남자 쪽 나머지 참가자 한 명은 누구였지?" 나는 커피를 후루룩 마시는 이노우에에게 물었다.

"나하고 너하고, 나머지는 우스다. 넌 만난 적 없을 거야. 우리보다 한 살 아랜데 내가 자주 가는 약국 점원이야."

"그 우스다란 사람이 네 최근 미팅 동지야?"

"맞아. 나하고 우스다는 자주 같이 어울려. 나머지 한 사람은 유동적이지만. 역시 미팅은 3대 3이지. 네가 미팅에 안 나오기 시작했을 때는 어쩌나 싶었는데, 우스다가 나타나서 살았어."

나는 몇 년 전까지 이노우에와 함께 미팅에 자주 나갔다. 하지만 어느 날을 경계로 나가지 않게 되었다. 미팅에서 만난 여성과 교제를 시작했기 때문이다. 그리고 그녀와 헤어진 뒤에도 미팅 자리는 가까이하지 않았다. 다음 연인, 즉 지금 현재 연인 관계인 여성과는 미팅이 아닌 만남, 즉 업무로 조금씩 친해지는 경로로 만났다.

내가 미팅을 멀리하는 사이 이노우에는 우스다라는 미팅 동지를 찾아 계속 활동했던 모양이다. 이노우에는 코를 벌름거리면서 우스다는 체격이 좋고 산뜻한 미남인데, 뜬금없이 이상한 소리를 하는 게 옥에 티지만 소박한 양치기 분위기도 감돌아 호감이 간다, 그가 멤버에 끼기만 해도 팀의 격이 훨씬 올라간다며 열변을 토했다. 나를 상대로 열변을 토한다고 무슨 이득이 있는지는 모르겠다. "예의 바르고, 무엇보다 성격이 밝아. 미팅 자리에서는 아무리 좋은 녀석이라도 성격이 어두우면 발목을 잡으니까."

"우스다는 뭣 때문에 참가하는 거야?"

"그 녀석 의외로 진지하게 만날 상대를 찾고 있대. 하룻밤 놀이 상대를 찾는 게 아니라. 오바나, 옛날의 너하고 똑같아."

"그렇다면 그 우스다도 언젠가는 졸업하겠군. 네 얘기를 듣자하니 우스다는 인기 있는 남자일 테고 그렇게 되는 것도 시간문제겠네."

"그래. 우스다는 졸업할 거야. 하지만 지금 너처럼 여자한테 차여서 다시 돌아오겠지."

"내가 차였다고 단정 짓는 건 잘못된 태도입니다." 불쾌함을 강조하려고 일부러 존댓말을 써 보았다.

"잘 들어." 이노우에는 높은 하늘에서 나를 굽어보며 가르침을 설파하듯 여유를 부렸다. "잘 들어, 네 생일에 다른 남자와 라이브에 갈 약속을 한 시점에서 너는 요시코한테 차인 거야."

"라이브가 아니야. 피아노 콘서트야." 그리고 요시코가 아니라 요리코다. 나는 만난 적도 없는, 그 혼혈 천재로 칭송받는 피아니스트가 얄미워서 죽을 것 같았다. "공연 당일 그 콘서트 회장에 불이라도 안 나려나." 꽤 진심으로 말했다. 아니면 그 피아니스트가 갑자기 공연을 취소해 주지는 않으려나? 변덕은 천재의 상징일 텐데. 그런 이기적인 생각을 했다.

"학교에 가기 싫어 교실에 불이 나길 바라는 초등학생하고 똑같은 발상이네. 어이, 그런 시시한 생각은 버려. 안심해. 그날은 내가 미팅에서 너를 신나게 띄워 줄 테니까. 분명 피아노 콘서트보다 훨씬 재미있을 거야."

—— **이노우에는 단골 바에서 주인과 잡담하다가 미팅 건수를 잡았다 (미팅 몇 주 전)**

그 바는 번화가에서 조금 떨어진 구역, 남들 눈에 띄지 않는 빌딩 지하에 있었다. 그래서 아는 사람만 오는 조용한 가게다. 카운터 외에 테이블석 두 개가 전부인 아담한 곳으로, 혼자 있고 싶은 사람이 혼자라는 사실을 긍정적으로 곱씹을 수 있다. 카운터에 있는 주인은 과묵하지만 무뚝뚝하지도 않아, 조용히 있어 줬으면 할 때는 셰이커만 흔들고, 이야기를 들어 줬으면 할 때는 정중히 맞장구를 쳐 주는, 접객 서비스에 통달한 50대 가까운 남자였다. 그래서 손님들은 모두 그 주인에게 호감을 품고 있었다.

이노우에 마키오는 처음에 미팅이 끝나고 여자를 데려갈 가게를 찾다가 이 바를 발견했는데, 금방 그 분위기와 주인의 인품이 마음에 들어 이 가게에 시끌벅적 몰려가서는 안 된다고 생각하고 대개 혼자 들르게 되었다.

그날, 주인이 "이노우에 씨, 우리 손님 중에 남자분들과 친목 모임을 원하는 여성이 있습니다만" 하고 말을 걸어왔다. 그가 먼저 말을 거는 경우는 거의 없다. 그래서 이노우에 마키오는 깜짝 놀랐다. 이어서 미팅을 친목 모임이라고 부르는 주인의 감각에 신선함을 느꼈다.

이노우에 마키오는 그 가게에서는 자신의 경박한 성격을 숨기고 있었다. 미팅에 자주 나간다는 것을 화제로 삼은 적도 없다. 그러므로 어째서 주인이 그런 걸 알고 있는지 동요한 것도 사실이었다.

하지만 차분히 이야기를 들어 보니 주인은 딱히 그런 사실을 알고 있었던 게 아니라 "최근 자주 오시는 여성입니다. 마침 이노우에 씨하고 또래인데, 잡화점을 경영하시는 분이에요"라고 자기 딸 친구라도 소개하듯 온화하게 설명했다. "요즘 보기 어려운, 품위 있고 온화한 미인입니다. 그래서 말인데, 만일 이노우에 씨만 괜찮으면 친목 모임을 기획해 주시지 않겠습니까?"

이노우에 마키오는 '기꺼이'라고 반응하고 싶은 것을 꾹 참고 "알겠습니다. 즐거울 것 같네요"라고 차분하게 대답했다.

고맙다며 미소 짓는 주인에게서는 부담스럽지 않은 신사의 멋이 흘러넘쳤다. 이노우에 마키오는 잠시 시선을 빼앗기고 말았다.

"그럼 그 잡화점 주인이라는 여성분께 친구를 두 명쯤 데려올 수 있는지 물어봐 주시겠어요? 저도 친구를 두 명 부를 테니까요. 친목 모임은 여섯 명 정도면 딱 좋을 것 같아서요."

그렇게 부탁하자 주인이 실눈을 뜨고 분명 그분도 기뻐하실 겁니다, 하고 맞선을 성사시킨 사람처럼 환한 미소를 보이기에, 이노우에 마키오도 좋은 일을 했다는 생각이 들었다.

——— **미팅 당일, 오바나가 놀란 일 두 가지**

· "그날은 내가 미팅에서 너를 신나게 띄워 줄 테니까"라고 말한 당사자인 이노우에가 갑자기 못 오게 되었다.
· 미팅에 나온 여성 중 한 명이 옛 애인이었다.

—— 이노우에가 오바나에게 전화를 하다 (미팅 두 시간 전)

"오바나, 미안해. 나 못 가겠어."

"오늘이잖아. 몸이 안 좋아?"

"그런 셈이야. 뒷일은 부탁해."

"잠깐 기다려. 나더러 어쩌라고?"

"대신 다른 사람을 보낼게. 조금 어둡지만 나쁜 사람은 아니야."

"미팅에서는 아무리 좋은 사람이라도 성격이 어두우면 발목을 잡는다면서?"

"세 명 다 밝으면 태평한 집단으로 보일 것 아니야. 추 역할을 할 남자가 있는 게 낫지. 그 사람은 좋은 추가 될 거야."

"어떤 사람인데? 나도 아는 사람이야? 네 동료? 그리고 우스다는 그 사람을 알아?"

"우스다도 모르는 남자야. 우리 회사 거래처 사원이야."

"그러면 남자들은 모두 서로 처음 만나는 셈이네."

"거래처 문지기 같은 분이니 부디 실수 없도록 잘 부탁해."

"네 거래처 사람을 왜 우리가 잘 모셔야 하는데?"

—— 오바나가 다른 남성 참가자와 만났습니다 (미팅 30분 전)

오바나 히로시는 이노우에 마키오에게 들은 휴대전화 번호로 두 사람에게 연락을 했습니다. 미팅 참가자인 우스다 쇼지와 이노우에 마키오 대신 나온 남자에게 말입니다. 여자들과 만나기로 한 약속 시간이 눈앞에 다가왔지만 미리 남자들끼리 얼굴을 보고 자기소개를 해야 한다고 생각했기 때문입니다. 갑자기 여자들 앞에서 남자들끼리 "처음 뵙겠습니다" 하고 인사를 나누면 자리가 썰렁해질 것 같았습니다. 물론 30분 전에 처음 만난 남자 셋이 실전에서 호흡이 척척 맞는 대화를 보일 수 있으리라 기대하지는 않았지만, 미리 만나 보지 않는 것보다는 낫겠다고 판단한 것입니다. 명품 매장 앞에서 만나기로 했습니다. 우스다 쇼지도, 나머지 한 사람도 제 시각에 나타나 근처 카페로 황급히 들어갔습니다.

처음 뵙겠습니다, 하고 어색하게 인사를 나누고 세 사람을 이어 줄 예정이었던 이노우에의 갑작스러운 불참을 한탄하며 오늘 잘 부탁드립니다, 하고 역시나 어색한 대화를 나누었습니다. 이노우에 마키오 대신 나타난 남자는 사토 와타루라고 했습니다. 나이는 오바나 히로시와 같은 스물일곱 살이지만 외모는 조금 더 연상으로 보였습니다. 관록이 있다거나 어른스러운 분위기가 감돈다기보다는 단순히 늙어 보였습니다. 가게 안에서 얼굴을 맞댔을 때, 오바나 히로시가 사토 씨에게 품은 인상은 다음과 같이 비판적인 것이었습니다.

저 붉은 타탄체크 셔츠가 어울리는 줄 아는 건가? 패션에 무관심한 건지도 모르지만 이래서야 너무 촌스럽잖아. 게다가 수염 깎은 자리는 푸르죽죽하고, 커다란 안경도 안 어울려. 어중간하게 자란 머리카락은 또 어떻고. 이거 큰일 났네. 이 남자를 보고 여자들이 뭐라 생각할까? 아, 그렇지, 이야기를 나눠 보면 재미있는 남자일지도 몰라.

하지만 카페에서 마주 앉은 사토 씨는 무척 얌전해서, 즐거운 대화를 나누는 유형이 아니었습니다. 원래 대화에 능숙한 성격이 아닌지 인사 하나 나누는데도 긴장한 티가 팍팍 나는 바람에 마주 앉아 있는 이쪽이 지쳐서 오바나 히로시는 쓴웃음을 지었습니다. 그래도 "오늘은 이노우에 씨에게 정말 무리한 부탁을 했습니다" 하고 미안한 기색으로 말하면서 "미팅은 처음이라 기대가 큽니다"라고 솔직히 고백하는 모습을 보고 나쁜 사람은 아니라고 느낀 것도 사실이었습니다.

한편 우스다 쇼지를 본 오바나 히로시는 이노우에 마키오에게 들은 대로 매력적인 남자라는 인상을 받았습니다. 그림에나 나올 법한 미청년으로, 액자에 넣으면 미청년 그림으로 팔리지 않을까 싶었지만 그런 시시한 소리는 하지 않았습니다. 우스다 쇼지는 키가 크고 약간 긴 머리카락은 부드러워 보였고, 뚜렷한 쌍꺼풀에는 매력이 넘쳤으며 매너까지 갖추고 있었습니다. 오바나 히로시는 너라면, 하는 말이 목구멍까지 튀어나왔습니다

너라면 미팅 같은 걸 이용하지 않아도 금방 연인을 찾을 수 있지 않아? 그 말을 하지 않은 이유는 두 가지였습니다. 하나는 그런 말을 했다가 우스다 쇼지가 '듣고 보니 그러네요. 이제 미팅은 그만두겠습니다'라고 결심할까 걱정되었기 때문입니다. 그에게는 그렇게 반응하고도 남을 것처럼 고분고분한 태도가 흘러넘쳤는데, 그렇게 되면 이노우에 마키오가 미팅 동지를 잃어 낙담하지 않을까, 그리고 그렇게 되면 미안하다고 생각했기 때문이었습니다. 또 한 가지 이유는 '첫인상만으로 그가 좋은 남자라고 결론짓는다면, 그것도 사람 외모에 대한 편견 아닐까?'라고 경계하는 마음이 오바나 히로시 안에 있었기 때문입니다. 선입견은 좋지 않습니다.

마지막으로 오바나 히로시는 두 사람에게 '물수건 신호'를 확인했습니다. 이노우에 마키오와 몇 번 미팅에 나갔던 우스다 쇼지는 "알고 있습니다"라고 고개를 끄덕였지만 미팅에 처음 참가하는 사토 씨는 당연히 어리둥절한 눈치였습니다. 오바나 히로시는 간단히 물수건 신호에 대해 설명했습니다. 설명이 끝나자 "시간 됐다. 가시죠" 하고 자리에서 일어섰습니다.

—— 가게 화장실 앞에서 옛날에 연인이었던 두 사람이 대화하다 (미팅 시작 후 30분 경과)

"왜 여기에 있는 거야?" 나하고 에가와 미스즈는 입씨름을 했다. 가게 안에는 널찍한 원형 공간이 있고 그곳을 둘러싼 형태로 룸이 있다. 룸에서 나와 가운데 둥근 공간의 둘레를 따라서 통로를 반 바퀴쯤 지나가면 가느다란 또 하나의 통로가 뻗어 있는데, 그 통로 막다른 곳이 화장실이었다.

에가와 미스즈가 먼저 화장실에 갔다. 나는 다른 사람들이 의심하지 않도록 타이밍을 노려 뒤를 따라갔다. 그녀와 몰래 이야기를 나누기 위해서였다. 손님 테이블이나 룸이 있는 곳에서는 조금 떨어져 있어 다른 사람들에게 그녀와 이야기하는 모습을 바로 들킬 가능성은 적었지만, 언제 누가 화장실에 올지 몰라 우리는 통로 너머를 힐끔힐끔 쳐다보았다.

2년 만에 보는 에가와 미스즈는 전보다 조금 어른스러워 보였다. 예뻐졌네, 하고 2년 전의 그 질척했던 이별 싸움을 털어버리려고 솔직하게 말하려는데 그녀가 한발 먼저 "오빠나는 하나도 성장하지 않았네"라고 비웃듯 말하기에 "피차일반이지. 너도 그대로네" 하고 사납게 대꾸했다.

"난 마지막 한 사람에게 기대를 걸고 있었어." 나는 말했다. "여자들 중 한 명이 늦게 온다길래 이거 또 어떤 멋진 여성이 나타날까 싶었는데. 그런데 늦게 와서 시선을 끌려는 속셈이 훤히 보이잖아."

먼저 도착한 두 여성이 딱히 기대에서 어긋난 것은 아니었다. 오히려 그 반대로, 먼저 온 가토 씨와 기지마 씨는 아름다웠다. 그래도 청초하고 차분한 가토 씨와 발랄한 기지마 씨가 서로 사뭇 다른 분위기였기 때문에 나중에 올 사람도 분명 또 다른 타입의 미인일 줄 알고 가슴이 설렜던 것이다. 분명 늦게 나타난 에가와 미스즈도 미인으로 분류할 수 있었지만, 자기가 과거에 사귀었던 여성이니 그런 걸 따질 때가 아니다.

"난 정말 잔업 하다 온 거야. 하지만 '늦게 등장할 때는 눈에 띄려 하지 말고, 차분하고 조용하게 대화에 귀를 기울이면서 자연스럽게 사람들 틈에 끼면 호감을 얻는다'는 법칙이 있잖아? 옛날에 들은 적 있거든. 미팅에 목숨 건 남자한테."

"난 너하고 사귈 때는 미팅에 안 나갔어."

분명 '미팅의 비결'을 잡담 삼아 이야기했는지도 모르지만, 그걸 이제 와서 잘못인 것처럼 말하다니 억울했다.

"너라고 부르지 마. 어디서 친한 척이야. 나하고 당신은 오늘 처음 만난 사이야."

"왜 그런 말을."

"당신도 그럴 셈이잖아. 아니면 내가 왔을 때 바로 '아, 헤어진 상대다' 하고 말했을 거 아니야? 아주 처음 보는 사람처럼 굴던데."

"갑작스러운 일이라 머리가 안 돌아갔어." 그건 정말이었다.

그리고 정신을 차렸을 때는 이미 옛 애인이었다는 사실을 알릴 기회를 잃었다.

"그나저나 당신이 오늘 미팅 상대라니 놀랐어. 결국 미팅 삼매경 생활로 돌아간 거야?" 타락한 인생에 빠진 친구를 경멸하는 듯한 그녀의 눈초리에 나는 반사적으로 반박했다. 손을 부자연스럽게 저었다. "미팅은 오랜만에 하는 거야. 난 지금 애인이 있어."

"애인이 있으면서!" 에가와 미스즈는 끔찍한 생물을 봤다는 표정으로 두 손으로 입을 가리고 절규를 참는 시늉을 했다. "미팅에 나오다니."

잘 들어, 제대로 들어, 나는 해명하려 했다. 나는 애인만 바라보며 살았지만, 그런 그녀가 하필 내 생일에 다른 남자와 피아노 콘서트에 갈 약속을 잡았고, 안쓰럽게 여긴 친구 이노우에가 마침 준비하고 있던 미팅에 불러 준 거라고 재빨리 설명했다. 그에 대한 에가와 미스즈의 대답은 지극히 정당했다. "애인이 겨우 하루 이성 친구하고 놀러 갔다고 미팅에 나오다니, 일반인의 상식을 벗어났어. 아내가 임신했으니 바람을 피워도 된다고 주장하는 것보다 악질이야."

하고 싶은 말은 이해하지만 오늘은 내 생일이다. 그렇게 호소하자 그녀는 "뭐야, 생일 축하한다는 말을 듣고 싶었던 거야?" 하고 엉뚱한 소리를 하더니 말을 이었다. "콘서트가 어때서. 고상하잖아."

"피아노 콘서트라고. 어디 아이돌 콘서트가 아니야."

"피아노면 왜 안 돼?"

"천재 피아니스트의 클래식 연주라고."

"그래서 어쨌다는 거야. 천재 피아니스트면 어떻다는 건데?"

"혼혈에 미남이야. 그리고 아마 부잣집 도련님이겠지."

"아, 그래? 꽃미남 피아니스트?"

"혼혈은 맞는데, 나머지는 상상이야."

"혼혈도 여러 사람이 있을 텐데."

"혼혈은 다 아름다워." 나는 괜히 목소리를 높였다. "어쨌든 천재 꽃미남 피아니스트의 클래식 콘서트에 간 남녀가 좋은 분위기에 빠질 건 뻔하잖아. 어려운 말로 하면, 왜, 그, 자명한 사실이야."

"클래식이니, 피아니스트니, 혼혈이니, 편견이 하도 많아 일일이 지적하기도 싫지만 한 마디만 한다면 자명하다는 건 그리 어려운 말이 아니야." 에가와 미스즈는 한숨을 쉬었다. 하지만 문득 뭔가 깨달았다는 듯이 "그런데 이노우에 씨가 없잖아. 그 몹쓸 미팅 중독자가" 하고 룸 쪽을 가리켰다. 에가와 미스즈는 나하고 사귀었을 때부터 이노우에라면 질색했다. 이노우에라는 남자가 '미팅 자리를 마련해 참가자 여성을 꾀어내어 몇 번 알몸으로 뒹구는 것을 즐기는 인간'이란 사실은 그녀에게 숨겼는데, 그녀는 자신만의 직감으로 성실하다고는 하기 어려운 이노우에의 본질을 꿰뚫어 보았는지도 모른다.

"이노우에는 갑자기 결석했어. 대타를 보내고."

"흐음, 그래서, 어느 쪽이 이노우에 대타야?" 에가와 미스즈가 물었다. "우스다 씨? 아니면 저 사토라는 남자?"

호칭에서 그녀가 두 남자에게 품은 호감도의 차이가 드러났다. "사토라는 남자 쪽." 나는 대답했다.

"뭔가 이상해, 저 사람. 몇 살이야? 성격이 어두워."

"어두운 게 아니야. 무거운 거지."

"살쪘다는 말이야?"

"그게 아니야. 정신적인 지주야." 나는 되는대로 강변했다. "이노우에 말로는 우리하고 같은 나이, 스물일곱 살이라던데."

"거짓말이지? 아무리 봐도 아저씨잖아. 눈썹은 더부룩하고 수염 자국도 시퍼렇고. 저 셔츠를 저렇게 입는 센스도 이해할 수 없어."

"겉보기로 판단하지 마."

"미팅은 대개 첫인상으로 결정되는 거야. 옛날에 당신도 그랬잖아. 첫인상이 좋았던 상대가 얘기해 보니 나쁜 인상으로 바뀌는 경우는 있어도, 그 반대는 별로 없다고. 첫인상을 단시간에 만회하는 건 거의 불가능하대."

예상외로 솔직하게 처음 만난 남자의 험담을 하는 그녀를 보고 불쾌하다고 생각하기 전에 놀랐다. 이렇게 비뚤어진 성격은 아니었을 텐데, 나하고 헤어진 뒤로 그녀에게 무슨 변화가 있었던 걸까?

"뭐, 우스다 씨가 멋지니까 난 만족스럽지만."

"아, 그래."

"당신도 가토 씨를 노리고 있지? 분수에 맞진 않지만 노력해 봐."

"가토 씨는 어떤 사람이야?"

에가와 미스즈는 그럴 줄 알았다는 듯 심술궂게 웃었다. "가토 씨, 고상하고 다정하고 미인이지? 잡화점을 하고는 있지만 아마 집이 부자인가 봐. 그래서 여유가 있어. 다가오는 남자도 썩어 넘칠 정도로 많고."

"그런 사람이 왜 미팅에 나와? 남자들이 정말 썩어 버려서?"

"하층민들의 대중적인 연애 사정을 살펴보러 현장학습이라도 나온 것 아니겠어? 그러니 노려 봤자 헛수고야."

어째서 가토 씨에게 관심이 있는 줄 알았는지 물을 수는 없었다. 내 태도로 알아차린 것도, 그녀의 감이 날카롭게 작용한 것도 아니다. 물수건 때문이리라.

물수건에 대해, 옛날에 그녀에게 말했던 기억이 있다.

—— 물수건에 대하여

미팅에서 중요한 사항은 몇 가지 있지만, 그중 하나는 자기가 어떤 여성을 노리는지, 어떤 여성과 친해지고 싶다고 생각하는지, 그 방침을 다른 남성 참가자에게 전달하는 것이다. 그것을 게을리하면 모처럼 한 여성을 노리고 있는데 동료와 경쟁하는 꼴이 된다. 일상생활 속에서 우연한 계기로 사랑에 빠지는 것이라면 경쟁도 어쩔 수 없는 일이지만, 냉정하게 선택할 수 있는 자리라면 그런 상황은 피하고 싶은 게 인지상정이다. 때문에 미팅이 시작되면 우리는 마음에 드는, 혹은 마음에 들기 시작한 여성을 동료에게 보고한다. 중복되지 않도록 신호를 보낸다. 동료가 누구를 노리는지 알면 대화를 거들기도 쉽다.

처음에는 화장실에 가서 "난 걔가 좋아" "그럼 나는 저쪽 애" 하고 작전 회의를 했지만 그 방법은 부자연스럽고 여자들에게 들키기도 쉬웠으며 누가 봐도 어색했다. 게다가 화장실에 그리 자주 갈 수도 없다 보니, 좀 더 간편하게 의사표시를 할 수 있는 방법이 필요했다. 술집이나 다이닝 바처럼 미팅 장소에서 사용하는 물건, 예를 들어 젓가락이나 포크를 구사하다가 최종적으로 안착한 것이 물수건이었다. 즉 손을 닦은 뒤에 물수건을 내려놓는 방향으로 '노리는' 여성을 가리키는 작전이다. 식사 중에는 물수건을 써도 위화감이 없고, 그것을 둘둘 말아 테이블 위에 내려놓는 동작도 눈에 띄지 않는다. 게다가 이러면 중간에 목표가 바뀌는 경우에도 수시로 그 뜻을 나타낼 수 있어 몹시 편리했다. 물수건으로 마음에 담아 둔 여성을 가리킨다. 이것이 물수건 신호다.

—— **물수건 신호에 관한, 자주 하는 질문**

Q 마음에 드는 여성이 아무도 없을 때는 어떻게 하면 됩니까?

A 둘둘 말지 않고 잘 접어서 그 자리에 내려놓으십시오.

Q 마음에 드는 여성이 여럿일 경우, 둘둘 만 물수건은 어떻게 내려놓아야 합니까?

A 가급적 한 명만 골라 그쪽으로 내려놓아야 하지만, 도저히 정할 수 없을 때는 물수건을 마구 구겨서 내려놓으십시오.

Q 다른 남성 참가자가 물수건으로 손을 닦았는데, 아무리 봐도 '물수건 신호'를 깜빡했는지 아무렇게나 내려놓았습니다. 어떻게 하면 좋을까요?

A 그 남성에게 "지저분하니 잘 개어 놔"라고 자연스럽게 주의를 줍시다.

Q 미팅이 진행되면서 다른 남성 참가자가 노리는 여성이 신경 쓰이기 시작했습니다. 이제 와서 물수건 방향을 바꾸려니 미안합니다. 그 남성 참가자에게도 면목이 없습니다만.

A 그건 물수건 신호와는 직접 관계가 없는 질문인데, 만일 고민한 끝에 다른 남성 참가자와 같은 여성을 선택하고 싶은

거라면 망설이지 말고 물수건 방향을 그쪽으로 바꿉시다. 그것을 위한 물수건 신호입니다. 어쩌면 상대가 '그러면 나는 다른 여성을' 하고 수정할 수도 있습니다.

Q 상대 여성에게 물수건 신호를 들켰을 때는 어쩌면 좋습니까?

A 아마도 누가 구체적인 설명을 하지 않는 한 들키지 않을 겁니다. 만일 미팅 중에 들켰을 때는 물수건에 선택받지 못한 여성이 한 명도 없도록, 주의할 필요가 있습니다.

—— 미팅 중에 기지마가 전화를 받으러 가게 출입구 부근으로 나간다

심장이 아플 정도로 긴장하면서 휴대전화를 받았다. 긴장 탓에 누구 전화인지 확인도 하지 않고 받은 게 잘못이지만, 아버지 목소리가 들려 죽을 만큼 화가 났다. 죽지는 않지만. 분명 오디션 결과 연락일 줄 알았다. 뭐야, 하고 화를 내자 "지금 어디냐?" 하고 아버지도 불쾌한 목소리로 물었다. 불쾌한 건 내 쪽이다. "지금 긴자야. 회식이라고 했잖아." 그렇게 말하며 나는 등 뒤를 살폈다. 전화가 와서 일부러 가게 밖으로 나왔는데, 아버지 전화라면 얼른 끊고 테이블로 돌아가고 싶었다. 이 틈에 자리가 바뀌어 그 사토라는 남자 앞에 앉게 되면 어쩌지? 그 사람, 나쁜 사람은 아니겠지만 거동도 수상하고 멋대가리도 없다. 미안하지만 모처럼 나온 미팅이니 즐거운 게 낫지.

"무사하니?" 아버지가 진지하게 물었다. 그 말에는 나도 웃음이 나왔다. "아버지, 회식에서 무사하고 자시고 할 게 뭐 있어요?"

"그게 아니야. 지금 뉴스에 나왔는데."

"남자가 기지마 노리코를 꼬시고 있대?"

아버지는 웃지 않았다. 좀 웃어 주면 어때서. "살인 사건이야. 너도 아니? 아무개라는 배우."

살인 사건이라는 말 자체에 현실미가 없어 나는 입을 쩍 벌렸다. "아무개라니 누구?"

"사쿠마 아무개."

"사쿠마 사토루?" 얌전한 외모에 비해 넉살 좋은 연기가 어울려 팬이 많은 배우였는데, 내 취향은 아니었다. 왜 그렇게 인기가 있을까. "어, 사쿠마 사토루가 살해당했어?" 조금 큰 목소리가 튀어나왔다. 옆 엘리베이터에서 내린 남녀가 내 요란한 목소리와 위험한 발언에 움찔 놀라고 있다.

"그렇대. 긴자 1번가 뒷골목이라는데. 목뼈가 부러졌다는구나."

"목뼈라니, 빌딩에서 떨어진 거야? 그럼 자살 아니야?" 그러고 보니 사쿠마 사토루는 연예인 두 사람과 양다리를 걸쳐 텔레비전을 요란하게 장식했다. 그 때문에 정신적으로 문제를 일으켜 높은 곳에서 뛰어내린 것 아닐까? 왜, 발작적으로. 내 마음을 꿰뚫어 보았는지 아버지는 "뛰어내린 게 아니라는구나. 자세한 건 모르지만. 몇 시간 안 됐다는 얘기도 있어"라고 말했다.

"몇 시간 안 됐다니 뭐가?"

"살해당한 시각 말이다. 수상한 사람을 목격한 사람이 있다더구나. 어쨌든 빨리 돌아오너라." 아버지가 엄한 목소리로 말했다. 빨리 돌아오너라. 왜 그렇게 명령조로 말하는 걸까? 좌우를 살폈다. 이 부근에서 살인 사건이 터졌다는 말을 들어도 전혀 실감이 나지 않았다. 이 레스토랑에서 모두 먹고 마시고 떠들고 있는데. "아버지, 하지만 여긴 별로 무섭지 않아요."

"사람이 죽었다니까." 아버지는 대체 무슨 생각으로 그런 말을 하는 걸까? 언제나, 어디서나, 누군가가 죽거나 우는 세상이다. 우리 가족이나 친척, 친구라면 또 몰라도 그 이외의 누군가를 염려하다 보면 도저히 살 수 없다. "괜찮아, 조심해서 돌아갈게." 전화를 끊고 가게 안으로 돌아갔다.

가토 씨가 예약한 이 가게는 세련되었고 분위기도 참 좋다. 천장은 깜짝 놀랄 만큼 높고, 검게 빛나는 벽은 관록이 흐르고, 간접조명도 적당히 어둡고, 요리도 맛있다. 역시 가토 씨는 대단하다.

가게 안을 둘러보며 걷다가 그만 누군가와 부딪쳤다. 상대의 덩치가 크고 내가 너무 작아서 그런 것도 있지만, 튕겨 나가는 줄 알았다. 엉덩방아를 찧었다. 넘어졌다는 것을 깨닫자 화가 났다. 아프잖아, 하고 따지고 싶었지만 부딪친 상대에게 묘한 박력이 있어 화를 내지 못했다. 젊은 사람이었다. 또래일까? 의외로 멋지다. 하지만 표정이 없어 왠지 무섭다고 생각하고 있는데 상대가 일단 손을 뻗어서 일으켜 주었다. 몸이 예상 이상으로 훌쩍 떠올랐다. 친절한 건지 난폭한 건지 모를 남자다. 그 남자는 사과 한 마디 없이 가게 안으로 사라졌다. 검은 스웨터에 몸이 탄탄했다. 뒷모습을 가만히 지켜보니 굵은 두 팔이 보였다. 격투가 같은 건가? 화내지 않기를 잘했네. 저런 남자가 의외로 사람 목 같은 걸 부러뜨리는 게 아닐까? 그런 생각을 하다니 너무 경솔한가?

자리로 돌아가서 잠시 움찔했다가 마음을 놓았다. 먼저 자리가 바뀌었다는 사실에 깜짝 놀랐고, 내가 앉을 자리가 사토라는 사람 앞이나 옆이 아니라, 가장 먼 자리라는 것을 알고 안도했다. 맞은편은 오바나 씨였다. 아까까지 앞에 있던 우스다 씨가 너무 산뜻하고 멋져서 비교되는 부분도 있지만 오바나 씨도 나름대로 괜찮았다. 어딘가 나른해 보이는 것도 나쁘지 않고.

"노리코, 전화 괜찮았어?" 내 옆에 있는 에가와 씨가 물었다. 에가와 씨와는 가토 씨의 잡화점 단골이란 인연으로 친해졌다. 두 살 연상이라 언니 같다. 연극을 잘 알지는 못하지만 가끔 무대를 보러 와서 대단하다고 감탄해 주는 좋은 사람이다. 하지만 그렇게 사람 좋고 미인이기까지 한 에가와 씨가 왜 불륜으로 일희일비, 아니 그게 아니고 사고팔고四苦八苦✣? 칠전팔기? 어쨌든 그렇게 고민해야 하는지 이해할 수 없다. 가토 씨가 이번 미팅에 에가와 씨를 부른 것도 그 불륜 문제에서 벗어나라고 등을 밀어 주고 싶었던 것이리라. 나는 에가와 씨가 와서 기뻤다.

"아, 똑같네." 우스다 씨가 갑자기 그런 말을 하기에 무슨 일인가 싶어 고개를 들었다. 그는 테이블 위에 놓인 내 하얀 휴대전화를 가리키며 자기 가방을 뒤적이더니 같은 기종의 휴대전화를 꺼냈다. "한 쌍이야."

"색까지 똑같네." 오바나 씨가 놀라고 있다.

겨우 이런 일에도 기쁘다.

✣ 온갖 심한 고통과 괴로움을 통틀어 이르는 말.

—— **이 시점 세 남자의 물수건 방향**

· 오바나의 물수건 : 왼쪽 맨 끝, 가토 씨 방향을 가리킨다.

· 우스다의 물수건 : 구겨진 채로 앞에 놓여 있다.

· 사토의 물수건 : 구겨진 채로 앞에 놓여 있다.

우스다 전화, 혹시 애인한테서? (애인 전화가 아니면 좋겠는데.)

기지마 아니에요. 아버지가. (애인이 없다는 걸 똑똑히 말하는 게 좋을까?)

에가와 그랬어? 뭐라고 하셔? (오디션 결과는 모르는 거구나.)

기지마 갑자기 제가 걱정되셨나 봐요. (유난스러운 부모를 둔 귀찮은 아가씨로 생각할지도 몰라.)

가토 그 전화는 아니었구나. (오디션을 화제로 삼아도 되는지 모르겠네. 애매하게 말하는 게 나을까?)

기지마 아, 그래요. 아니었어요. (누가 더 자세히 물어봐 주지 않으려나.)

우스다 그 전화라니, 무슨 전화예요? (역시 애인 전화?)

기지마 (물어봐 주다니, 기뻐!) 무대 오디션 결과예요.

오바나 무대라니. 기지마 씨, 미용사라면서요? (거짓말이었나?)

사토 미용사도 오디션을 봅니까? (미용사한테 오디션이 있나?)

기지마 (있을 리 없잖아. 이 사람 대화에 안 끼어들었으면 좋겠네.) 미용사 일을 하면서 연극도 조금 하고 있어요. 저는 그쪽을 본업으로 삼는 게 꿈이지만.

에가와 노리코네 연극, 정말 좋아요. (빈말이 아니라 정말 좋아.)

오바나 아, 에가와 씨, 연극 자주 봐요? (콩트 무대밖에 보러 간 적 없으면서, 연극을 알기나 하나?)

에가와 (저 심술 좀 봐.) 최근 노리코네 극단에 빠져서 조금씩 보고 있어요. 지금까지는 사귀던 남자가 다들 게임이나 만화만 좋아하는 사람이라, 예술적인 문화를 접하는 게 늦었던 것 같아요. (너 들으라고 하는 말이야.)

오바나 예술적인 문화라니 왠지 쑥스러운 말인데, 에가와 씨가 말하니 그럴싸하네요. (이건 심술이네.)

사토 게임이나 만화도 예술적인 문화 아닌가요? (이 두 사람은 어딘가 가시 돋친 분위기인데, 왜 저럴까? 게다가 게임, 만화하고 클래식 음악과 오페라의 차이는 대체 뭐지?)

가토 뭐, 그렇죠. 선입견은 좋지 않겠죠. (사토 씨는 어떤 사람일까?)

우스다 그래서 오늘이 결과 발표일이에요? (대체 무슨 연극일까?)

기지마 맞아요. 오디션 자체는 전에 받았는데, 오늘 휴대전화로 연락해 준다고 해서. 『왕자와 거지』라는 이야기 알죠? 바로 그건데. (내가 화제의 중심이라니, 기분 좋아.)

오바나 아아, 그거. (무슨 얘기였지?)

에가와 아, 오바나 씨, 그거 원작자가 누구였죠? (만화밖에 안 읽는 네가 알 리가 없지.)

오바나 어, 누구더라? (그거, 원작자가 있는 건가?)

사토 마크 트웨인이에요. (여기에서 그 얘기가 나오다니 재미있군.)

우스다 아, 그거 톰 소여를 쓴 사람이죠? (사토 씨, 박식하네.)

기지마 맞아요. 그걸 오쿠야 오쿠야 씨가 연출했는데. (오쿠야 오쿠야 씨 연극이니 다들 깜짝 놀라겠지.)

오바나 아, 대단하네. 오쿠야 오쿠야가 연출했어? (이름은 어렴풋이 들은 기억이 있어.)

우스다 연락 빨리 오면 좋겠다. (대체 몇 시쯤 결과가 나올까?)

가토 긴장되네. (좋은 결과가 나와야 할 텐데.)

오바나 그러고 보니 가토 씨는 이노우에하고 어떻게 아는 사이예요? 이번 미팅이 어떻게 마련된 자리인지 못 들었는데. (화제가 갑자기 바뀌어서 이상하진 않을까?)

가토 잘은 몰라요. 우연히 같은 바 단골이라. (난 왜 이러고 있는 거지?)

—— **잡화점 가토가 화내다 (미팅 몇 주 전)**

나는 몸속에서 솟아오르는 분노에 당황했다. 머리도 가슴도 아니고, 더 아래쪽, 뱃속에서 분노의 불꽃이 혀를 날름거리면서 일렁일렁 솟구치는 것 같았다. 어떤 남자가 사람의 육체는 위에서 밑으로 갈수록 원시적이라고 말한 것을 떠올렸다. 뇌에서 얼굴, 목에서 가슴, 그리고 내장, 생식기, 위치가 내려갈수록 이성이 사라지고 동물적인 회로로 움직인다고 했다. 그렇게 생각하면 내가 느끼는 이 분노는 논리적이고 이성적인 게 아니라 동물적인, 말하자면 순수한 본능에 기원한 게 아닐까? 대체 무엇에 화를 내고 있는가 하면, 남자다. 남자의 행동이다. 어떤 남자의 행동을 용서할 수 없었다. 왜냐하면 슬퍼하는 상대, 슬퍼하는 여자가 존재하기 때문이고, 더 나아가 그 여성이 내 눈앞에서 눈물을 글썽이고 있기 때문이다.

그녀는 20대 초반, 모델 일을 하고 있다. 유명한 잡지에서 세련된 명품 정장을 입고 신상품을 선전하거나 매력적인 헤어스타일로 카메라 앞에 서는 종류가 아니라, 수영복을 입고 가슴을 강조하거나 남성을 도발하는 자세로 잡지에 등장하는 일을 주로 하는 듯했다. 게다가 신입이나 마찬가지라 일을 고를 여유도 없고 휴일도 들쭉날쭉해 피로가 쌓일 때가 많다. 그래서 이런 잡화점에서 귀여운 핸드메이드 소품을 바라보면 마음이 편해지고 말로 표현 못 할 안도감을 얻을 수 있는 것이다. 그녀가 그렇게 설명한 적이 있다. 내 가게를 찾은 지 몇 달 지났을 때였다. "아마 제가 어렸을 때 이런 귀여운 소품하고 인연이 없어서, 동경하는 마음도 있을 거예요." 평탄하고 억양 없이 말하는 그녀에게서는 무뚝뚝하다기보다 감정을 잘 표현하지 못하는 서툰 일면이 보여서 나는 호감을 느꼈다.

그래서 그런 그녀가 "전에 미팅에서 괜찮아 보이는 남자를 만났어요" 하고 역시나 억양 없이 말했을 때도 그녀 이상으로 기뻐했다. 그녀는 평소에는 탐내지 않는, 조금 비싼 오르골을 사겠다고 했고 나는 값을 깎아 주었다. "순조롭게 진전되면 좋겠네." 모호하게나마 응원하는 내게 그녀는 "만난 그날 바로 호텔에 갔어요. 진전이고 뭐고, 벌써 도착해 버린 느낌이에요"라고 말했다. 멍한 말투였지만 쑥스러우면서도 들뜬 마음이 느껴져 나도 왠지 부끄러워졌다.

그리고 지금, 그 민망한 대화로부터 겨우 사흘밖에 지나지 않았는데, 그녀는 너무나 슬픈 얼굴로 어깨를 움츠리고 내 앞에 있다. 영업시간이었지만 가게 문에 '오늘 영업은 끝났습니다' 간판을 걸었다. 그녀의 이야기를 들어야 한다고 생각했기 때문이다.

그녀가 낙담한 이유는 몹시 단순했다. 그 남자와 연락이 닿지 않는다. 휴대전화에 연락해도 수신을 거부당하고 있다. 그 남자는 처음부터 사귈 생각도, 그럴 마음도 없이 그저 그날 하룻밤, 호텔에서 알몸으로 부둥켜안을 수만 있다면 그만이었던 것이다.

태연한 척하는 게 더 안쓰러웠다.

"그런 건 아직 모르는 일이잖아." 안일하게 낙관적인 소리를 하는 나를 그녀가 노려보았다. "다 들었어요. 미팅을 주선한 여자애한테 그 사람에 대해 물었더니, '그 남자는 그저 하룻밤 즐기려고 미팅을 한다던데. 설마 너 잤어? 사는 곳은 알지만, 알고 싶어?'라고 했어요."

그 여자도 참 무신경한 소리를 하는구나 싶었지만, 애초에 그녀와 그 여자는 친한 친구도 아니고 그저 일터에서 만난 사이일 뿐이라고 했다.

솔직히 말해 나는 그녀가 당한 일이 특별히 비극이라고 생각하지는 않았다. 오히려 세상에 충분히 있을 수 있는 일이고, 그리 신경 쓸 필요 없는 내용이라고 생각했다. 교사가 그 입장을 이용해 학생을 폭행하거나, 남자가 여자를 억지로 호텔로 끌고 들어가는 것에 비하면 착각이나 오해가 있었다고는 해도 성인들의 합의에 의한 행동이니 그나마 낫지 않나.

다만 그때, 가게 선반에 장식해 두었던 물레방앗간 모양의 오르골이 소리를 냈다. 태엽이 잘 맞물리지 않았는지 엉뚱한 타이밍에 움직이는 불량품이었는데, 그 깜찍하고 활기찬 멜로디가 내 가슴속에 있는 어떤 감정의 현을 슬며시 긁었다. 그래서일까, 내 눈앞에서 절대 울지 않겠다고 결심한 표정으로 입술을 일그러뜨리는 그녀가 눈에 들어오자 '용서하기 싫다'는 분노가 끓어오르는 것이었다.

"저, 외모 때문에 다들 엄청 노는 가벼운 여자라고 생각하지만 사실은 그렇지도 않아요. 처음에 사귄 남자가 성실해 보이는 사람이었는데, 맞아, 기사였어요. 장기 기사. 하지만 겉만 성실해 보였을 뿐이고 실제로는 성실하지 않았어요. 저도 마치 장기 말처럼 여겼는지, 정말 끔찍하고 굴욕적인 일을 당하고 버림받았어요."

그 시점에서 나는 분노를 느끼고 있었다. 그런 남자는 용서할 수 없다. 장기 시합 중에 말이, 그래 교샤香車* 같은 말이 튀어나가 남자의 목에 콱 박히길 바랄 정도였다.

"그 상처가 겨우 아물어서 다시 평범한 연애를 할 수 있을 줄 알았더니 이 꼴이에요. 전 그렇게 강하지 않으니까, 하느님도 미션 난이도를 낮춰 주면 좋을 텐데." 그녀가 여전히 감정을 억누른 목소리로 말했다.

여기에 이렇게 슬퍼하는 사람이 있는데도, 그 원인을 만든 사람은 태평하게 살고 있다니 화가 났다.

세상엔 하느님도, 부처님도 없다.

만약 있다면 어떻게든 해 줘! 나는 대들고 싶은 심정이었다.

그리고 과거의 일이니 그 기사에게는 손을 쓸 수 없지만, 미팅 남자에 대해서는 직접 혼내 줄 수 있을지도 모른다고 생각했

* 일본 장기의 말의 하나로, 전진만 하는 차車.

다.

일단 그 남자를 만나 잔소리라도 한마디 해 주려던 생각이 어느새 남자를 혼쭐내 주고 말겠다는 마음으로 바뀌었다.

잡화점을 시작하기 전까지 자금을 벌려고 호스티스로 일했던 경험이 있어 남자를 그런대로 농락할 줄 알았다. 만일 그 남자가 내게 관심을 가진다면 그것을 이용해 금전적으로든 정신적으로든 어떻게든 타격을 줄 수 있을지도 모른다. 아니면 옛날 친구 중에 버젓한 직함과, 사회에 영향력을 가진 남자도 있다. 물론 그 사람이 지금도 내게 호의를 품고 있을 때의 이야기지만, 그 지인을 통해 여차하면 그런 경로로 그 남자의 사회적 입장을 위태롭게 만들 수도 있다.

그 남자가 얼마나 나쁜 놈인지 판가름해야 한다는 생각도 들었다. 나도 남자가 얼마나 몹쓸 녀석인지에 따라 태도를 정해야 하기 때문이다.

"동정을 바라고 가토 씨를 찾아온 건 아니에요." 울음을 참는 초등학생 같은 표정으로 그녀는 말했다. "이런 건 대수롭지 않은 일이라는 것도 알아요."

"그래, 알아."

"왜, 이러고 있는 지금도 어딘가에는 갑자기 병에 걸린 사람도 있고, 위독한 사람도 있고, 그 밖에도 어느 나라에서는 기아와 추위에 떠는 아이도 있잖아요." 그녀는 마치 그쪽에 어떤 나라가 있는지 아는 것처럼 가게 밖을 가리켰다. "중동에는 온갖

폭탄이 떨어져서 아이가 죽어 가고 있고요."

갑자기 중동에서 죽는 아이의 이야기를 듣고 당황스러웠지만, 그녀가 하고 싶은 말은 이해했다. "하지만 그것하고 이건 달라." 나는 말하지 않을 수 없었다. "당신은 괴롭다고 느꼈잖아. 그 감정을 어디선가 괴로워하는 다른 사람의 고통과 비교해 울음을 참을 필요는 없어. 괴롭다고 생각한 건 사실이니까. 우리는 누가 어디서 괴로운 일을 겪어도, 눈앞의 생활에 일희일비할 수밖에 없어. 좋은 뜻으로나 나쁜 뜻으로나, 모두가 자기 인생을 소중히 여기고 열심히 사는 수밖에 없어. 나는 어디서 전쟁이 터지든 아랑곳없이 여기에서 푸딩을 먹고, 그것도 모자라 그 푸딩을 남기기까지 해."

중간부터 스스로도 무슨 말을 하고 싶은지 알 수 없었다. 그녀도 그렇게 느꼈는지 웃음을 터뜨렸다.

"가토 씨, 좋은 말을 하는 것 같은데, 실은 무슨 말인지 모르겠어요."

"그렇지?" 그렇다, 나도 잘 모르겠다. 어딘가에 우는 사람이 있는데 푸딩을 먹는 게 좋은 일인지, 나쁜 일인지. 누군가에게 답을 물어보고 싶다.

정신을 차리고 보니 그녀는 울거니 웃거니 하다가 "그 남자, 열 받아" 하고 멍하니 내뱉더니 펑펑 울었다.

얼마 후 나는 그 남자가 자주 가는 바를 찾아내, 그곳에 다니며 그를 관찰하기 시작했다. 하지만 겉모습만으로는 그가 여자를 갈아 치워 가며 가지고 노는 몹쓸 남자로는 보이지 않았다. 본성을 파악하려면 제대로 맞서야 한다고 생각하기에 이르렀다. 그 결과, 바의 주인을 통해 미팅을 타진하기로 했다.

설마 당일에 바로 그 이노우에 마키오가 불참할 줄은 꿈에도 몰랐다. 혹시 내 복수심을 꿰뚫어 본 게 아닐까 마음에 걸렸다.

에가와 사쿠마 사토루가 살해당했다니 무슨 소리야? (그게 뭐야?)

기지마 저도 잘 모르겠는데, 아버지 말씀이 목뼈가 부러져 있었대요. (왜 미팅에서 이런 얘기를 해야 하지?)

오바나 무섭다. 범인은 아직 못 잡은 거죠? (1번가하고는 거리가 있지만, 범인이 마침 이쪽으로 도망쳤을 가능성은 있지.)

우스다 무섭네요. 왜 하필 사쿠마 사토루가. (목뼈가 부러질 수도 있나?)

가토 그거랑 상관있을까? 요즘 화제가 되었잖아. 애인이 있는데도. (헤픈 남자가 왜 이렇게 많을까?)

에가와 양다리 말이죠? 게다가 두 사람 다 연예인이던데. 대체 무슨 생각으로 그랬을까요? 최악이야. (헤픈 남자가 왜 이렇게 많을까?)

오바나 죽은 사람을 나쁘게 말하지 마요. (나는 너하고 사귈 때 양다리를 걸치진 않았어.)

에가와 아, 그러네요. 하지만 양다리는 나쁜 짓이에요. 목뼈가 부러질 만한 잘못인가는 별개로 치더라도. 왜, 오바나 씨도 상상해 봐요. 애인이 있는데 그 애인이 다른 남자하고 피아노 콘서트 같은 델 가면 어때요? 용서할 수 있어요? (이건 심술이야.)

오바나 아아, 확실히 그건 괴로울지도. (장난해?)

기지마 어, 저거, 저기 있는 거 경찰 아니에요? 지금 가게에 들어온 두 남자. 사복을 입고 있지만 눈매가 날카로운데. (틀렸으면 부끄럽지만, 남자 둘이서 술을 마시러 온 분위기도 아닌데.)

가토 확실히 조금 이상한 분위기네. 점원에게 뭘 묻고 있나 본데. (뭘까?)

오바나 혹시 그 사쿠마 사토루를 죽인 범인을 찾으러 온 것 아닐까? (있을 수 없는 일은 아니지.)

우스다 사복형사를 실제로 보는 건 처음인데. (드라마 같다, 정말.)

에가와 형사가 굳이 이런 곳에 올까? (단정 짓는 건 위험해.)

사토 저기, 저 화장실 좀 다녀오겠습니다. (설마 그럴 일은 없겠지만, 혹시 모르니 숨어 있는 게 낫겠군.)

가토 화장실, 어딘지 알아요? (이 타이밍에 자리를 뜨다니 뭔가 이유가 있는 걸까?)

——— '행복' 점원의 독백

그 두 남자, 양복하고 코트 차림으로 들어와서 "점장 있나?" 하고 묻더라고요. 역시 형사였을까요? 그래서 제가 마쓰다 씨를, 아, 점장님을 불러왔어요. 사진 같은 걸 꺼내더니 이런 사람이 가게에 오지 않았냐고 묻는 눈치였어요. 나중에 마쓰다 씨에게 자세히 물어보려고 했는데, 정신없이 일하다 보니 깜빡 잊었네요. 그래서 지금도 그게 정말 경찰이었는지 저는 몰라요. 사진이 누군지도 모르고. 마쓰다 씨, 아, 점장님은 아마 사진을 보고 이런 사람은 안 왔다고 대답하지 않았을까요? 그날, 배우 사쿠마 사토루가 살해당한 사건이 있었는데 그것 때문이었을까요? 하지만 범인을 찾으려면 더 필사적으로 가게 안을 둘러봐야죠. 하긴 긴자에 술집이 얼마나 많은데, 전부 샅샅이 뒤질 수도 없겠지요. 어쩔 수 없는 일인가? 그때 가게에 목을 부러뜨린 범인이 있었을지도 모른다고 생각하면 좀 오싹해요. 무섭다는 뜻이 아니라, 왜, 오싹오싹 흥분되는 거 있잖아요.

—— **사토 와타루가 화장실에 간 뒤, 근거 없는 주관적인 상상을 활발하게 주고받다**

기지마 노리코가 조심스레 저 사토 와타루란 사람은 음침하고 소심해서 수상해 보이는데, 오바나 씨, 우스다 씨하고는 어떤 관계냐고 물었다. 진실을 말해야 하나 고민하던 오바나 히로시는 맥주를 꿀꺽 들이켜고 나서 실은 잘 모른다고 털어놓았다. 입에 거품 묻었어요, 하고 가토 씨가 우후후 웃으며 알려 주었다. 오바나 히로시는 허둥지둥 입술을 닦으면서도 어쩜 이렇게 세심할 수 있나 감탄했다. 남자 쪽 세 사람은 오늘 처음 본 사이라고 우스다 쇼지가 더듬더듬, 독특한 표현으로 설명했다.

"저희는 닭꼬치의 고기예요. 내장, 껍질, 물렁뼈, 다 다르지만 이노우에 씨라는 꼬치가 쿡 박혀 있는 거죠. 공통된 지인은 이노우에 씨뿐이에요. 그래서 꼬치를 확 빼 버리면 다들 따로따로."

사토 와타루는 정말 이노우에 마키오의 거래처 사람이 맞는지, 기지마 노리코가 대뜸 물었다.

"무슨 뜻이에요?" 오바나 히로시가 그녀를 뚫어져라 쳐다보았다.

"이노우에 씨하고 사토 씨는 업무 때문에 아는 사이가 아닐지도 몰라요. 그리고 어쩌면 이노우에 씨는 오고 싶은데 여기 못 오는 걸지도." 기지마 노리코는 슬그머니 묘한 추리를 펼쳤다.

"이노우에 씨는 지금쯤 어느 방에 갇혀 쭉 뻗어 있는지도 몰라요."

가토 하루카는 눈을 휘둥그레 뜨고 기지마 노리코를 빤히 바라보며 "왜 그렇게 된 건데?" 하고 놀라는 시늉을 했다.

"그야 분명, 유괴당했거나." 기지마 노리코의 눈이 반짝거렸다. "부잣집 아들 아닐까요?"

"이노우에 씨, 부잣집 아들이었나?" 우스다 쇼지가 눈을 껌뻑거렸다.

"어쨌든 이노우에 씨는 지금 자유를 빼앗기고 속박당한 거예요. 부들부들 떨면서 입에는 재갈을 물고."

"이노우에는 괜찮은 걸까?" 오바나 히로시가 일부러 겁먹은 목소리로 이곳에 없는 이노우에 마키오를 걱정하는 척했다.

"게다가 초췌한 모습으로 옷가지를 홀딱 빼앗기고."

"노리코 망상 속에서 이노우에 씨가 점점 큰일을 당하고 있네." 에가와 미스즈는 깔깔 웃었지만 기지마 노리코는 진지하기 그지없었다. "이노우에 씨가 감금당했다는 사실은 아직 비밀이에요. 조금이라도 들키면 안 돼요. 그러니까 미팅에는 못 오지만, 그렇다고 해서 다른 사람들이 술렁거리거나 의심하면 큰일 나는 거예요. 그래서 그 유괴범들이 일이 커지지 않게 시치미를 뚝 떼고 대역을 보낸 것 아닐까요? 그 대역인 사토 씨는 바로 그들과 한패인 거죠. 저 사토란 사람은 이노우에 씨를 감금한 그룹의 일원으로, 이번에는 조사 겸 여기에 파고든 거예요.

우리가 이노우에 씨의 부재를 어떻게 생각하는지 빈틈없이 조사하려고."

귀여워라. 오른손에 가만히 턱을 괴고 있던 우스다 쇼지는 기지마 노리코의 연극적인 동작과 말투를 바라보며 멍하니 생각했다. 그렇게 넋을 잃고 바라보는 자신에게 깜짝 놀라 슬그머니 자세를 가다듬었다. 큰 접시에 떡하니 놓인 커다란 오믈렛에서 초승달 모양으로 남아 있는 작은 부분을 스푼으로 살짝 떠서 앞접시에 툭 내려놓았다. 붉은 빛깔의 특제 소스를 구석구석 잘 발라서 입으로 가져갔다. 매콤달콤한 맛 뒤에 달걀의 부드러운 향기가 확 퍼졌다. 그 맛에 행복해져서 이번에는 다른 접시의 소고기 소테에 재빨리 손을 뻗었지만 마지막 한 조각이라 조심스레 손을 거두었다.

"하지만 그런 식으로 말하면 여러 가능성이 있어." 가토 하루카가 생긋 웃었다. 뺨에 볼우물이 폭 파였다. "이노우에 씨는 오늘 미팅에 오면 뭔가 위험한 일이 생길지도 모른다고 느낀 게 아닐까? 직감으로. 가면 위험하다는 걸 직감으로 알고 급히 빠지기로 했다거나."

"위험을 직감으로 알다니, 어떤 위험 말인가요?" 오바나 히로시가 불쑥 물었다. "이 가게에서 가스가 펑 폭발한다거나?"

"예를 들면 이노우에 씨가 울린 여자 때문에 잔뜩 화가 난 누군가가 복수하려고 한다거나."

"가토 씨, 이노우에가 여자한테 헤픈 걸 어떻게 알았어요?" 오바나 히로시가 요란하게 놀라는 시늉을 하자 가토 하루카는 조금 아찔한 표정을 숨기며 웅얼웅얼 말을 흐렸다. “어머, 정말 그래요? 그냥 단순히 그렇게 생각해 본 것뿐인데.”

“그럼 이런 건 어때요? 이걸 들으면 다들 간이 철렁할걸요.” 우스다 쇼지는 포기했던 소고기가 어느새 자기 포크에 푹 찍혀 있는 것을 보고 움찔했지만, 바로 덥석 물었다. 그리고 힘차게 말했다. “이노우에 씨가 범인인 겁니다.”

“범인이라니, 무슨 범인 말이에요?” 기지마 노리코는 어리둥절한 표정이었다.

“그야 사쿠마 사토루의 목을 뚝 부러뜨린 범인이죠.”

“오오! 그거 굉장한데!” 오바나 히로시는 하는 말에 비해선 태연한 목소리로 말했다.

“그래서 알리바이 조작을 위해 빈틈없이 이 미팅을 마련한 거죠.”

“어, 그럼 미팅에 오지 않으면 알리바이가 안 되잖아. 미팅에 빠지면 모처럼 세운 계획이 엉망이 되는데.” 에가와 미스즈가 의문을 입에 담자 우스다 쇼지도 “아, 그런가” 하고 순순히 인정했고, 나머지 사람들은 큰 소리로 아하하 웃었다. “그럼 조만간 우당탕 뛰어들지 않을까요? ‘역시 와야겠다 싶어서’ 하고 태평한 변명을 대면서. 만약 범인이라면 이 근처에 있어도 이상할 것 없잖아요.”

“중간에 어슬렁어슬렁 끼면 그게 더 수상한데요.” 기지마 노리코가 냉정하게 말하고 한숨을 후 내쉬었다. "그러면 차라리, 일단 사토 씨가 화장실에서 돌아오면 당당하게 물어봐요. '이노우에 씨하고 얼마나 친해요? 어떤 사이예요?' 하고요. 뭔가 숨기는 게 있으면 반응으로 알 수 있을 거예요. 우물쭈물하는지, 불쾌해하는지 보는 거죠."

"그럼 이렇게 할까? 사토 씨 반응이 수상하다고 생각하는 사람은 음료수를 얼른 한 입 마시고 사레 든 시늉을 하는 거야." 들뜬 목소리로 그렇게 말한 것은 에가와 미스즈였다.

"그럼 어떻게 되는데?" 오바나 히로시는 무심코 그들이 연인이었을 때 툭툭 말을 던지던 감각으로 편하게 이야기하고 말았다. 하지만 다른 사람들이 놀라는 기색은 없었다.

"사레 든 사람 숫자로 사토 씨의 의혹 점수를 대략적으로 매기는 거죠."

잠시 후 사토 와타루가 화장실에서 어슬렁어슬렁 돌아왔다. 조심스럽게 룸에 들어오는 모습과 어색하게 자리에 앉는 태도는 수상하기도 하고 우습기도 했다.

점원들이 재빨리 빈 접시를 치워 가고 작은 피자를 툭 내려놓았다. 기지마 노리코가 "아, 사토 씨, 이노우에 씨하고 정말 일 때문에 만난 사이예요? 무슨 일을 하세요?" 하고 씩씩하게 물었다.

사토 와타루는 어, 하고 말을 삼켰다가 우물쭈물하더니 "그냥 평범한 일입니다. 자료를 만들거나 호치키스를 꾹꾹 찍거나"라고 대답했다. 나머지 다섯 명은 냉큼 음료수로 손을 뻗어, 차례대로 콜록콜록 기침을 했다.

—— **이 미팅이 배우 살해 사건과 아무 상관 없다는 사실을 증명하는 문자**

실제 문자에서는 기호나 은어, 가명이 사용되었지만 원래 단어로 바꾸어 놓았다.

발신 : 요시다 야스시 **수신 :** 사사오카 아이리
제목 : 보고
일시 : XXXX/01/13 17:03:27
내용 : 요시다입니다. 방금 전 무사히 일을 마쳤다는 연락을 받았습니다. 잔금은 이틀 안에 지정한 계좌로 입금해 주십시오.

발신 : 사사오카 아이리 **수신 :** 요시다 야스시
제목 : Re : 보고
일시 : XXXX/01/13 17:08:15
내용 : 정말 그 인간을 확실히 죽였다는 증거를 보여 줄래요?

발신 : 요시다 야스시 **수신 :** 사사오카 아이리
제목 : Re : Re : 보고
일시 : XXXX/01/13 17:13:11
내용 : 요시다입니다. 걱정 마세요. 사쿠마 사토루는 지금, 긴

자에서 자고 있습니다. 목이 부러진 상태로. 조만간 어디 뉴스에 나오겠지요.

발신 : 사사오카 아이리　　**수신** : 요시다 야스시
제목 : Re : Re : Re : 보고
일시 : XXXX/01/13 17:15:25
내용 : 텔레비전으로 확인하고 지불할게요. 정말 고마워요. 이 문자는 물론 삭제하겠죠?

발신 : 야마구치 릴리　　**수신** : 사사오카 아이리
제목 : 방금
일시 : XXXX/01/13 18:30:12
내용 : 아이리 씨, 뉴스로 봤는데 사토루 씨가 죽은 거예요? 지금 아이리 씨 어디에 있어요? 걱정돼요.

발신 : 사사오카 아이리　　**수신** : 야마구치 릴리
제목 : Re : 방금
일시 : XXXX/01/13 18:42:22
내용 : 나도 지금 깜짝 놀라던 참이야. 난 오사카에 있는데, 뭐가 뭔지 모르겠어.

발신 : 요시다 야스시　　**수신** : 오야부 료

제목 : 수고

일시 : XXXX/01/13 17:21:42

내용 : 수고했어. 또 연락할 테니 오늘은 그만 돌아가.

발신 : 오야부 료 **수신** : 요시다 야스시

제목 : Re : 수고

일시 : XXXX/01/13 17:30:43

내용 : 근처 다이닝 바에 들렀다 갈 거야. 좋은 가게를 발견했어.

발신 : 요시다 야스시 **수신** : 오야부 료

제목 : Re : Re : 수고

일시 : XXXX/01/13 17:32:01

내용 : 사람 목을 부러뜨리고 바로 밥을 먹을 수 있는 네가 무서워.

발신 : 오야부 료 **수신** : 요시다 야스시

제목 : Re : Re : Re : 수고

일시 : XXXX/01/13 17:40:15

내용 : 오기 전에 피아노 콘서트 포스터를 봤어. 백 년에 한 명 나올까 말까 한 천재라더군. 분명히 훌륭하겠지.

발신 : 요시다 야스시　　**수신 :** 오야부 료

제목 : Re : Re : Re : Re : 수고

일시 : XXXX/01/13 17:42:03

내용 : 어차피 티켓은 못 구해. 기껏해야 CD로 듣는 게 고작 아니야?

발신 : 오야부 료　　**수신 :** 요시다 야스시

제목 : Re : Re : Re : Re : Re : 수고

일시 : XXXX/01/13 17:45:21

내용 : CD라도 좋아.

발신 : 요시다 야스시　　**수신 :** 오야부 료

제목 : Re : Re : Re : Re : Re : Re : 수고

일시 : XXXX/01/13 17:50:08

내용 : 언젠가 들을 수 있겠지. 죽기 전에는. 네가 죽는 순간에 어디선가 들려올 거야.

발신 : 오야부 료　　**수신 :** 요시다 야스시

제목 : Re : Re : Re : Re : Re : Re : Re : 수고

일시 : XXXX/01/13 17:50:55

내용 : (내용 없음)

—— 가게 화장실 앞에서 예전에 연인이었던 두 사람이 (방금 전과는 달리 이번에는 우연히 마주쳐서) 대화하다 (미팅 시작 후 한 시간 30분 경과)

화장실에 간 김에 휴대전화를 보니(어쩌면 나는 휴대전화를 보고 싶어서 무의식적으로 화장실에 왔는지도 모른다) 그 남자에게서 문자가 와 있었다. '지금 뭐 해?' 늘 같은 문자다. 교제 초기에는(사실 꽤 최근까지) 그 쌀쌀맞은 문자가(예를 들어 '지금 뭐 해?' '만날 수 있어' '그럼 만나자'라는 단순한 대화가) '두 사람만의 암호' 같아서 나는 우리가 공통된 수순으로 애정을 다져가는 기쁨을 느끼고 있었다. 특정한 장소에서 만나, 이따금 식사를 하고(돈은 그가 낸다), 이따금 차를 마시고(이건 더치페이일 때가 많았다), 그리고 대개 호텔에서 함께 잤다(돈은 그가 냈다).

열두 살 연상, 처자식이 있는 직장 상사와 설마 이런 사이가 될 줄은 꿈에도 몰랐다. 대학생 때 성실해 보이는 친구가 갑자기 회사원과 불륜에 빠져 "하지만 그 사람 부인이 어쩌다 나보다 먼저 그 사람을 만난 것뿐이잖아. 연애가 선착순이야? 애정하고는 상관없잖아"라는 말을 한 적이 있었다. 나는 스스로도 놀랄 정도로 혐오감을 품고서 "선착순이야, 연애는. 그게 규칙이야"라고 차갑게 내뱉고는 "애초에 나한테 불륜을 털어놓은 단계에서 거짓말 같아. 불륜은 죽을 때까지, 끝까지 두 사람만의 비밀로 간직하는 게 기본 아니야?" 하고 (불륜의 기본은 알지도 못하면서) 몰아세웠다. 그때 친구가 어떻게 반응했는지 기억나지 않지만, 설마 내가 그녀의 전철을 밟게 될 줄은 상상도 못 했다.

열두 살 많은 상사인 그는 말수가 적고, 사려 깊고(그 표정이 또 참 멋지다) 결단력이 뛰어났다. 다정하지는 않았지만 감정적이지도 않아 부하 직원에게도 신뢰를 받았다. 텔레비전에 나오는 배우 못지않은 외모에 나지막한 목소리는 섹시하기까지 해서, 그를 대할 때는 긴장한다는 사람들이 많았다(나도 옛날엔 자주 그랬지만 지금은 아니다). 업무의 일환으로 거래처 중역을 고급 클럽에서 접대할 때 많은 호스티스들이 그에게 반하는 바람에 그때마다 고생한 일화도 여럿 들었다.

그래서 몇 개의 우연과(내가 졸업한 학교가 그의 고향에 가깝다거나, 내가 좋아하는 빵 가게 주인이 그의 중학교 친구였다거나) 작은 사고가(고객 앞에서 내가 엎지른 커피가 그의 양복을 더럽혔다거나, 내가 엎지른 캔 커피 때문에 고객의 노트북이 망가졌다거나) 계기가 되어 가까워지다가, 마침내 육체관계까지 맺는 사이가 되었을 때, 나는 몹시 경악했다. 경악하면서도 그것을 행운이라고 여겼다. 보통은 손에 넣을 수 없는 사람을 손에 넣은 것이다. 그러자 다음으로 당연히 그 행운을 놓치기 싫다는 생각을 품게 되었다.

내 불륜을 가토 씨와 노리코는 알고 있다. 어느 날, 그 사람과의 관계에 고민하다가 발작적으로 고백해 버렸다(불륜의 기본, '죽을 때까지 두 사람만의 비밀로 간직할 것'을 나도 지키지 못한 것이다).

"그리 좋아 보이진 않아." 가토 씨는 온화하게 말했다. "윤리적으로 그렇다는 의미가 아니라, 조금 더 현실적인 이유야. 이대로는 미스즈 씨가 행복해질 것 같지 않아. 쉰 살에, 예순두 살이 되는 남자와 지금과 똑같은 관계로 지낸다는 걸 상상할 수 있어? 지금은 그 사람과의 관계가 세상에서 가장 중요하고 유일무이하게 느껴질지 모르지만, 그 사람 말고도 더 좋은 사람이 있을지 몰라."

나는 "그럴지도 모르지만, 지금은 그런 생각이 안 들어요" 하고 고개를 저었다. 그러자 가토 씨는 "그렇겠지. 그러니까 괴로운 거지" 하고 한탄해 주었다. 타이르는 것도, 야단치는 것도, 어떤 행동으로 유도하는 것도 아니고 내게 동화해 함께 고민해 주는 가토 씨의 태도가 편안했다. 노리코는 어쩌면 나를 경멸했을지도 모른다. 딱히 뭐라 말은 하지 않았지만 동정하듯 눈썹을 찌푸렸다(아마 학창 시절의 내가 불륜을 저지른 친구를 보았을 때의 표정도 틀림없이 저랬을 것이다).

그 사람이 보낸 문자를 읽으며 나는 한숨을 쉬었다. 머릿속을 스치는 것은 며칠 전, 직장 동료와 신년 바겐세일을 노리고 정장을 사러 나갔다가 마주친 광경이다. 명품 매장이 늘어선 화려한 거리에서 두 블록쯤 떨어진 곳에, 가로수가 늘어선 조용한 구역이 있다. 동료가 그곳을 지나면 단골 피자 가게가 있다고 해서(왜 피자 가게를 고집했는지 모르겠지만, 그것도 하늘의 안배였던 걸까?) 함께 걸어갔는데, 그때 시야에 그의 모습이 들어왔다.

그는 내가 몇 번 보았던 다운 코트를 입고, 내가 몇 번 보았던 온화한 미소를 띠고, 한 번도 본 적 없는 키 큰 여성과 나란히 서 있었다(그의 배우자 얼굴은 휴대전화 사진으로 본 적이 있으니 그 사람이 아니라는 것은 알았다). 내가 모르는, 나와 비슷한 입장의 여성인 것이다. 멈출 수도 없어 길을 서둘렀지만, 너무나 충격적인 광경에 머릿속이 새하얘져서 쇼핑은 뒷전이 되었다.

비교적 이성적으로 그에게 나는 유일무이한 관계가 아니라 '여러 관계 중 하나'에 지나지 않았다고 판단할 수 있었다. 하지만 그('지금 뭐 해?'로 대표되는) 단순하기 그지없는 문자는 여러 여성과의 대화로 혼란을 야기하지 않으려는 하나의 계책이 아니었을까(실수로 불륜 상대에게 또 다른 불륜 상대에게 보낼 문자를 보내도 탄로 나지 않도록!) 생각하니 조금 자신이 비참하게 느껴졌다.

'지금 뭐 해?' 문자를 가만히 바라보았다.

"불륜 상대가 보낸 문자?" 그 말에 깜짝 놀랐다. 뒤를 돌아보니 오바나 히로시가 서 있었다. 그도 화장실에 온 모양이다.

"어이, 농담이지? 정말이야?" 오바나 히로시는 눈을 휘둥그레 뜨고 거북한 표정을 지었다. “제일 거리가 먼 패턴을 말해 본 건데” 하고 머리를 긁적인다.

“시끄러.” 나는 아이처럼 말하지 않으면 목소리가 떨릴 것 같아 두려웠다.

“너 말이야, 그런 거 싫어하지 않았어? 불륜 같은 거. 옛날엔 자주 화냈잖아.”

“너라고 부르지 말라니까. 게다가 살다 보면 이것저것 변해. 성격도, 사고방식도.”

흐음, 오바나 히로시는 얼굴을 찌푸렸다. 새삼 바라보니 그도 나름대로 조금 어른스러워 보였다. 전보다 수수한 옷을 입는 듯했고(전에는 어울리지 않는 요란한 무늬의 옷을 입었으면서, 그런 주제에 밖에 나가면 그 요란한 모습을 쑥스러워했다) 말투도 차분했다. 물론 열두 살 연상의 그 사람이 풍기는 관록과 침착한 태도에 비하면 앳된 티가 풀풀 났지만, 지금은 그 유치함이 좋았다.

“안 봐도 미남이겠지?”

“어떻게 알아?”

“넌 얼굴을 밝히잖아. 유감스럽게도 남자는 얼굴이 전부라고 생각하는 경향이 있어.”

“괜찮아, 내 과거의 애인들은 다들 그리 잘생기지 않았으니까.”

“아니, 꼭 그렇진 않잖아.” 토라진 오바나 히로시의 표정이 너무 진지해서 우스웠다.

"하지만 남자는 외모가 최고 아니야?"

"아니야."

"그럼 뭔데? 남자는 뭘 봐야 해? 내면? 그걸 따진다면 여자도 내면이 중요하잖아."

"내가 하고 싶은 말은," 오바나 히로시는 귀찮다는 듯이(사귀었을 때도 종종 보았던 표정이다. 감회가 깊었다) 말하며 "불륜은 좋지 않다는 거야"라고 날카롭게 반격했다.

"어째서?"

"정말 몰라? 균형이 무너진단 말이야. 한 명의 남자가 여러 여자와 사이좋게 지내 봐. 짝을 못 얻는 남자가 나올지도 몰라. 그렇지? 남자하고 여자는 일대일로 정해져 있어. 전단지에 한 사람당 하나씩이라고 적힌 화장지는 한 사람당 하나씩만 살 수 있는 거야."

사람을 휴지에 비유하지 말라고 화를 내면서도 나는 그 묘한 논리에 쓴웃음을 짓고 말았다. "하지만 이상하잖아. 내가 그 사람하고 만나기 전에 우연히 다른 사람이 먼저 만나서 결혼한 것뿐이잖아. 애정의 차이가 아니라 만나는 순서의 문제잖아. 한 번밖에 없는 인생이니 내가 좋아하는 사람하고 함께 있고 싶은 걸. 빠른 사람이 이긴다는 건 이상해."

정말 몰라? 오바나 히로시는 말하기 거북하다는 듯 "선착순이야. 먼저 결혼하면 더는 손쓸 수가 없어. 규칙이 그렇단 말이야"라고 했다.

나는 숨을 내쉬고 눈을 꾹 감았다. "그건 벌써 오래전에 (학창 시절이니 한 8년 전에 내가) 말했어."

전에 말했다니 무슨 소리야, 하고 오바나 히로시는 의아해했지만 바로 "아, 화장실" 하고 사타구니를 누르며(초등학생도 그런 짓은 안 한다) 화장실 안으로 사라졌다.

나는 다른 사람들이 기다리는 룸으로 돌아가기로 했다. 자리에 앉았다가 훌쩍거리는 노리코를 보고 깜짝 놀랐다.

―― 우스다가 기지마를 울리다 (미팅 시작 후 한 시간 30분 경과)

우스다 쇼지가 잘못했다. 기지마 노리코에게 장난 전화를 걸었다. 어떻게? 먼저 테이블 위에 있던 기지마 노리코의 전화를 자기 전화기와 바꿔치기했다. 우연히 휴대전화가 똑같았기에 떠오른 아이디어다. 오바나 히로시가 화장실에 갔을 때였다. 테이블이 흔들렸다. 물이 든 컵이 떨어질 뻔했다. 모두의 눈이 그쪽을 향했다. 그때 전화기를 바꿨다. 다음으로 테이블 밑에서 휴대전화를 열었다. 자기 전화번호를 찍고 발신 단추를 눌렀다. 테이블 위에 있던 우스다 쇼지의 전화기는 진동조차 없이 작은 불빛만 깜빡였다. 바로 전화를 끊는다. 점원이 그릇을 정리하러 왔다. 그때 휴대전화를 다시 바꿔치기했다. 그의 휴대전화가 제 손에 돌아온다. 기지마 노리코의 전화기는 테이블 위에 올려놓는다.

자기 휴대전화를 허리춤에서 조작한다. 착신 이력에는 아까 직접 걸었던 기지마 노리코의 전화번호가 남아 있다. 그 번호에 전화를 건다.

기지마 노리코의 전화가 울렸다. 그녀는 반응했다. 작은 액정 화면을 들여다본다. “모르는 번호야.” 떨리는 목소리로 말한다. 오디션 결과가 아닐까 착각한다. 자리에서 일어나 룸에서 나간다.

그녀는 전화를 받았다. “기지마 씨입니까? 오쿠야 오쿠야의

〈왕자와 거지〉 오디션 때문에 연락드렸습니다만." 그런 소리가 들린다. 그녀는 신경이 곤두서서 숨 쉬기가 힘들었다. 목소리가 갈라졌다. 예, 하고 갈라진 목소리로 대답했다.

"축하합니다. 오디션에 합격하셨습니다." 그런 목소리가 들렸다. 그녀의 가슴이 텅 비었다. 텅 빈 자리에 안도감이 차오른다. 하지만 이어지는 말에 다시 가슴이 텅 비었다. "어때? 노리코, 놀랐어? 깜짝 놀랐어?"

몇 초 공백이 흘렀다. "아직 모르겠어? 나 우스다야."

그때, 룸에 있던 가토 하루카가 화를 냈다. 설마 눈앞에서 우스다가 그런 전화를 할 줄이야. 바로 반응하지 못했다. 무슨 짓을 하는지 알아차리고 얼굴이 새빨갛게 물들었다. 우스다 쇼지의 무신경한 태도를 힐난했다. 우스다 쇼지는 자리로 돌아온 기지마 노리코의 우는 얼굴을 보고 창백하게 질렸다. 무작정 사과한다. 기지마 노리코는 눈물을 닦는다. 닦지만, 멎지 않는다. 분했다. 부끄럽기도 했다. 에가와 미스즈가 화장실에서 돌아와 험악한 분위기에 깜짝 놀란다. 왜 우는지 묻는다. 설명을 듣는다. 그녀도 불같이 화냈다. 우스다 쇼지를 몰아세웠다. 우스다 쇼지는 사과했다. 이번에는 오바나 히로시가 화장실에서 돌아와, 험악한 분위기에 놀란다. 왜 우는지 묻는다. 설명을 듣는다. 난처해한다. "왜 그런 짓을?" 우스다 쇼지에게 묻는다.

우스다 쇼지는 울먹이고 있다. "이게 제 단점이에요." 고개를 젓는다. "기지마 씨가 기뻐할 줄 알았는데."

"기뻐할 리 없잖아!" 에가와 미스즈가 말했다. "사람 기분을 갖고 노는 것뿐이잖아."

맞는 말이다, 그 자리의 모든 사람이 말했다. 우스다 쇼지도 고개를 끄덕였다. "듣고 보니 그러네요. 하지만 깜짝 놀라면 즐거울 것 같았어요. 전 그 구분을 잘 못해요. 사람 마음을 이따금 놓쳐 버려요." 어깨를 움츠린다. "그래서 그런지 미팅에서도 여자하고 잘되지 않아요."

나머지 다섯 명은 대답할 말이 없었다.

잠시 후 오바나 히로시가 "우스다도 좋은 녀석이네"라고 말했다. 어디가 좋은 녀석이야, 하고 에가와 미스즈가 대꾸했다. 울고 있던 기지마 노리코가 자그맣게 웃었다.

—— 취기가 돌면서 겨우 마음을 열기 시작했지만, 미팅 종료 시각이 다 가온다. 서로 제멋대로 떠들기 시작했을 때 사토 와타루가 생각도 못한 발언을 하지만 그것은 단순한 거짓말이라, 나머지 다섯 명은 안도하는 동시에 맥이 빠진다

울음을 그친 기지마 노리코는 맥주를 몇 잔이나 비우고, 새로 주문해서는 또 비우다가 당연하다는 듯 취했다. 사토 와타루에게 턱을 내밀고 "야, 못난이" 하고 거침없이 불렀지만 정작 사토 와타루는 화를 내거나 슬퍼하지도 않고 미안한 기색으로 "죄송합니다" 하고 솔직하게 사과한다. 나머지 네 명은 그게 우스웠다. 오바나 히로시는 "사토 씨, 사과할 필요 없어요. 오히려 화를 내야죠" 하고 조언했고, 에가와 미스즈는 "노리코, 취했구나" 하고 누가 봐도 뻔한 소리를 했다. 그러자 당사자인 기지마 노리코는 태연히 "아니에요, 착각하지 마세요. '못난이'라는 건 우리 고향 사투리로 외모가 별 볼 일 없는 남자를 가리키는 말이에요"라고 당당하게 말했다. 그러고는 "그건 사투리라고 하지 않는데" "그걸 위로라고 하는 거야?"라면서 사토 와타루를 아연케 했다. 기지마 노리코는 그런 것에는 개의치 않고 한술 더 떠서 "못난이는 오늘 왜 미팅에 나왔어? 아는 사람한테 부탁까지 해가며 미팅에 끼다니, 어지간히 연애에 굶주렸나 봐?" 하고 무신경하기 짝이 없는 발언을 거듭해 주위를 얼어붙게 만들었다. 가토 하루카가 그녀를 타이르며 보호자가 딸을 감싸듯 변명했다.

"죄송해요, 사토 씨. 오디션 때문에 긴장한 상태에서 술이 들어가 무슨 말인지도 모르고 떠드는 거예요."

"괜찮습니다. 괜히 신경 써 주는 것보다 이렇게 대놓고 말해 주는 게 편합니다." 개구리 같은 얼굴을 한층 더 누그러뜨리며 전혀 화낼 기미가 없는 사토 와타루에 대해 우스다 쇼지는 '정말 그릇이 큰 남자야'라고 생각했고 오바나 히로시는 '이노우에보다 훨씬 솔직하잖아. 미팅은 이런 남자를 위해 열려야 하는 것 아닌가?' 하고 감동했다.

기지마 노리코가 왠지 기분이 나빠요, 토할 것 같아요, 하고 테이블에 쭉 뻗었을 때 갑자기 사토 와타루가 "아까 위험한 사건 이야기가 나왔는데" 하고 성실한 뉴스캐스터처럼 진지한 얼굴로 말해 다른 사람들의 눈길을 끌었다. "위험한 사건이라니, 아아, 사쿠마 사토루가 목이 부러져 죽은 사건 말이야?" 하고 오바나 히로시가 말하자 사토 와타루는 자그맣게 고개를 끄덕이며 "그겁니다. 긴자 1번가 뒷골목에서"라고 대답했다. 그게 어때서? 여성들은 그렇게 이야기하고 싶은 눈치였다. 그녀들의 얼굴을 바라본 뒤에 "그 범인이 저라면 깜짝 놀라겠어요?"라고 말하기에 기지마 노리코까지 고개를 번쩍 들었다. 모두 얼어붙은 표정으로 설마, 세상에, 그런 경악이 룸에 만연했지만 눈치 없는 점원이 "이제 디저트를 가져와도 될까요?" 하며 고개를 내밀었다. 쥐 죽은 듯 고요한 실내에 점원은 어쩔 줄 몰라 하면서, 대체 이 미팅에 무슨 일이 있었는지 호기심과 두려움을 느끼며 그 자리를 얼른 떠났다.

“저는 사쿠마 사토루라는 배우의 목을 부러뜨렸는데, 이노우에 씨가 현장을 목격하고 말았습니다. 그래서 이노우에 씨도 죽여야만 했죠. 하지만 이야기를 들어 보니 그는 오늘 친구들과 만날 약속이 있다는 것이었습니다. 이 미팅이었죠. 그럼 그가 이 자리에 무단결석하면, 그것 때문에 친구들이, 그러니까 여러분 말인데, 여러분이 수상하게 여겨 일이 커질지도 모릅니다. 여러 사정이 있어 사건 발각은 늦추고 싶었던 터라 이노우에 씨에게 전화를 걸게 해서 오바나 씨에게 불참 소식을 알리도록 했습니다. 전화를 걸지 않으면 목숨은 없을 줄 알라고 협박하니 금방 걸더군요. 제가 대신 참석하게 된 건 이노우에 씨가 그런 소리를 나불거렸기 때문입니다. 저는 어쩔 수 없이 이 자리에 나온 겁니다.” 사토 와타루는 감정을 싣지 않고 살짝 고개를 숙인 채 말했지만 오바나 히로시는 창백한 얼굴로 “그럴 수가”라고 중얼거렸고, 우스다 쇼지는 “그럼 이노우에 씨는 지금” 하고 침을 꿀꺽 삼켰다. 가토 하루카가 눈을 깜빡이고, 에가와 미스즈가 할 말을 찾고, 기지마 노리코가 입을 떡 벌리고 있는 사이 사토 와타루는 아이처럼 웃으며 들뜬 목소리로 말했다. “이런 말을 하면 놀라겠습니까?” 사토 와타루를 제외한 다섯 명은 어떻게 반응해야 좋을지 몰라 한참 침묵했다. “놀라게 해서 죄송합니다. 조금 장난을 치고 싶었던 것뿐입니다. 혼자 들떠서 거짓말을 했습니다.” 사토 와타루가 진지한 얼굴로 말을 이었다. "연기를 하는 분 앞에서 부끄럽지만, 살인범을 연기해 봤습니다." 기지마 노리코를 향해 쓴웃음을 지으며 우물쭈물 사과하는 것을 듣고서야 겨우 모두들 단순히 그가 우스갯소리를 했다는 사실을 이해했다. 간 떨어지는 줄 알았잖아요, 하고 우스다 쇼지와 에가와 미스즈가 한숨을 쉬었고, 가토 하루카는 유쾌하다는 듯 고개를 숙이고 웃었으며, 오바나 히로시는 "사토 씨가 그런 거짓말을 하는 사람인 줄 모르고 허를 찔렸어요" 하고 감탄했고, 기지마 노리코는 다시 취기의 파도가 밀려왔는지 머리를 흔들며 "어이, 못난이" 하고 집게손가락으로 사토 와타루를 가리키더니 다시는 사람 놀라게 하지 마, 하고 숨을 내뱉었다.

디저트로 티라미수 접시를 가져온 점원은 방금 전과는 딴판으로 편안한 분위기의 실내를 보고 귀신에 홀린 기분이었지만, 평화로워서 나쁠 건 없다. 어쩌면 이 부드러운 외벽에 연약한 갈색 지붕을 얹은 듯한 티라미수와 그 옆에서 관능적인 곡선을 그리는 아이스크림을 앞에 두고 모두 행복해하는 건지도 모른다고 상상하며 즐거운 생각에 빠졌다.

"하지만 이따금 생각하는데" 가토 하루카는 티라미수를 입에 넣은 후에 "그 배우가 죽었으니 분명 지금 그 관계자나 아버지, 어머니, 애인이나 친구는 혼란스럽겠죠. 소중한 사람이 사라졌으니, 상실감과 고통에 몸을 웅크리고 울면서 오열하고 있을 거예요. 그런데 그 바로 근처에 있는 우리는 이렇게 미팅이나 하면서 티라미수가 맛있네, 하고 느긋하게 즐기고 있잖아요" 하고 스푼을 움직이며 누구를 탓하거나, 누구에게 묻는 게 아니라 그냥 그렇게 말했다. "왠지 깊이 생각하면 참 이상해요." 그 말에는 먼저 우스다 쇼지가 "그런 생각은 해 본 적도 없었는데" 하고 순박한 양치기처럼 솔직한 감상을 말했고, 오바나 히로시는 이 화제는 남자들의 배려심을 조사하려는 테스트 문제일지도 모른다고 의심하면서도 "확실히 그렇게 생각하면 이상하지만, 어쩔 수 없는 일이에요. 우리는 태평하게 미팅을 계속하는 수밖에 없어요"라고 솔직한 생각을 말했다. 그 말을 들은 에가와 미스즈는 문득 불륜 상대를 떠올리고는 내가 이곳에서 이러는 동안에도 그 사람은 가족과의 시간을 즐기고 있을 테고, 그런 그와 자신은 영원히 하나가 될 수 없으리라는 생각에 쓸쓸해졌다.

"그렇죠." 사토 와타루가 입을 열었다. "전쟁이나 사건, 사고, 질병은 어딘가에 끊임없이 존재합니다. 우는 부모들, 슬퍼하는 아이들, 세상에는 그런 사람들이 넘쳐 나지만 우리는 자기의 시간을, 자기의 인생을, 자기의 일을 똑바로 완수하는 수밖에 없습니다. 물론 자기 생각만 하면 된다거나, 남의 일은 알 바 아니라고 개의치 않는 것과는 또 다르지만요."

"야, 못난이, 그럼 어떻게 해야 돼?" 기지마 노리코가 상대를 존중하는 건지 모욕하는 건지 모를 태도로 묻자, 사토 와타루는 싫은 내색 하나 비치지 않고 얼굴을 일그러뜨리며 말했다. "어떻게 하면 될지 모르니 여러 문제를 고민하는 수밖에 없습니다. 어느 작곡가가 죽기 전에 아이들에게 이런 말을 남겼답니다.

'사람은 저마다 주어진 악보를 필사적으로 연주하는 것밖에 모르고, 그럴 수밖에 없다. 옆의 악보를 훔쳐볼 여유도 없다. 자기 악보를 연주하면서 남도 제대로 연주하기를 바랄 뿐이다.'"

"이제 무슨 말을 하는지 모르겠어, 못난이는." 기지마 노리코가 난폭하게 말했다. 그녀가 그렇게 고래고래 소리를 지르고 있을 때, 거의 동시에 휴대전화가 울렸다. 처음에는 그게 무슨 소리인지 아무도 몰랐지만 가토 하루카가 "노리코, 전화 왔어" 하고 가르쳐 주자 그제야 겨우 알아차렸다. "정말, 이런 시간에 전화라니." 기지마 노리코는 귀찮다는 듯 입술을 비죽거리며 그 자리에서 전화기를 귀에 댔다. 나머지 다섯 명은 오디션 결과일지 모른다고 상상하는데, 정작 그녀는 취기 때문에 그런 가능성은 까맣게 잊고 있었는지 통화 단추를 누르자마자 "무슨 일이야, 이 못난아!"라고 말하는 바람에 나머지 다섯 명은 "히익!" 하고 벌벌 떨었다. 상대의 말을 듣고 겨우 그게 오디션 결과 통보 전화란 사실을 깨달은 기지마 노리코는 주위에서 확실하게 알 수 있을 정도로 창백하게 질린 얼굴로 "아, 죄송합니다" 하고 허둥지둥 대답하며 자리에서 일어나 필사적으로 변명하면서 룸에서 나갔다. "저기, 저희 고향 방언으로 '못난이'라는 건."

나머지 다섯 명은 거의 동시에 웃음을 터뜨렸다. 에가와 미스즈는 너무 웃어서 눈물까지 글썽였고, 가토 하루카는 실눈을 뜨고, 우스다 쇼지는 밖으로 나간 기지마 노리코를 향해 기도하는 자세로 "부디 합격하기를" 하고 소원을 빌었고, 사토 와타루는 오랜만에 마음이 누그러지는 것을 느끼고 손목시계를 보면서 그가 두고 온 일이 어떻게 되었는지 조금 궁금해졌다.

"왠지 이상한 미팅이네." 오바나 히로시는 어이없다는 듯 차분하게 말하면서 테이블 위의 물수건으로 손을 닦기 시작했다. 한 차례 다 닦고는 물수건을 능숙하게 돌돌 말아 극히 자연스러운 동작으로 테이블에 내려놓았다. 그 물수건이 똑바로 자기를 가리키는 것을 본 에가와 미스즈는 놀림 받은 것 같아 조금 울컥했지만, 그것은 정말 한순간이었고 곧이어 가슴속에 따스한 공기가 불어 드는 듯한, 그런 기분 좋은 감각이 가득 차올라 그만 웃어 버렸다.

—— 미팅이 끝나고 연락했을 때, 이노우에 마키오의 설명

갑자기 취소해서 미안해. 뭐, 확실히 내가 주선하기는 했지만 가끔은 그런 해프닝도 좋잖아. 낯선 남자가 갑자기 참가하는 건 해프닝이잖아? 사토 와타루하고는 우연히 만났어. 어디냐고? 화장실이지. 미쓰코시 화장실. 신분이 다른 사람들이 만나는 건 의외로 그런 곳이야. 그 녀석은 잠깐 쉬러 왔던 모양이야. 내가 대변용 칸에서 문 잠그는 걸 깜빡하는 바람에, 마침 그 칸에 들어오려던 녀석하고 딱 마주치고 깜짝 놀랐지. 나는 마침 옷을 입고 물을 내리던 참이었는데, 그 자리에서 의기투합해 조금 대화를 나눴어. 말이 그 자리지, 장소는 옮겼어. 화장실에 계속 서서 얘기할 순 없잖아. 근처 벤치에서 느긋하게 얘기했지. 그런 상황에서 만나면 의외로 마음이 잘 통하는 법이야. 그래서 그 녀석이 문득 "보통 사람들은 이런 평일, 이 시간에 뭘 하며 지내?"라고 묻길래 나는 "나 같은 경우에는 오늘 밤에 미팅을 하지"라고 말했어. 아아, 그래, 날 보통 사람 기준으로 삼아도 되는지, 그 점은 논란의 여지가 있지만, 어쨌든 그랬더니 녀석이 흥미진진한 듯한 얼굴로 "미팅을 경험해 보고 싶어"라고 말하는 거야. 앤 공주 같은 기분이었겠지. 어이, 오바나, 너, 앤 공주도 몰라? 에드워드 왕자라도 좋아. 그것도 모른다고? 『왕자와 거지』 말이야. 어쨌든 자기 인생에 질려서 다른 인생을 엿보고 싶었나 봐. 위대한 사람들이 치르는 홍역 같은 거겠지. 뭐, 얼

마 전에 어머니가 돌아가셨다니까, 그런 이유도 거들어서 정신적으로 불안정했던 것 아닐까? 소중한 일을 내팽개치고 미팅에 가기로 한 거야. 그 뒤에 난리도 아니었어. 모두 함께 그 녀석을 찾아 나섰대. 그렇기도 하겠지, 대소동이야. 뭐. 그래서 어쨌든 나는 녀석에게 미팅을 경험하게 해 주려고 갑자기 못 간다고 했던 거야. 일을 내팽개친 그 녀석 대신, 나는 미팅을 내팽개친 거지. 너희도 놀랐지? 그 녀석이 미팅에 나왔으니. 어, 정말? 헤어질 때까지 몰랐어? 뭐, 보통은 그런가. 나도 몰랐으니까.

—— 미팅이 끝나고 터덜터덜 집으로 돌아오다

'행복'에서 계산을 마치고 엘리베이터를 타고 지상으로 올라가 건물 밖으로 나가니 하늘은 한층 어두워진 것 같았다. 널찍한 인도에 여섯 명이 원을 그리듯 서 있으려니 학생 때 나갔던 미팅이 생각났다. 2차를 갈까 어쩔까, 누구도 결단을 내리지 못하고 눈치를 보며, 누가 지휘해 주길 기다리면서, 코트 주머니에 손을 넣고 춥네, 하고 수런거렸다. "2차는 전부 이노우에 씨가 알아서 한다고 했어요." 가토 씨가 말했다. 나는 우스다의 얼굴을 보았다. 미팅 후에 어울리는 가게라면 몇 군데 알고 있었다. 이노우에가 생각했을 가게도 어딘지 짐작이 갔다. 우스다도 마찬가지일 것이다. 하지만 어째선지 오늘만큼은 이대로 헤어져야겠다는 생각이 강했다. 1차가 시시했던 것은 아니다. 기지마 씨는 결국 오디션에 합격했다. 그렇다고 해도 1차 심사에 통과했을 뿐이었지만 취한 상태에서도 기뻐서 날뛰었고, 어둡고 볼품없어 자리에 어울리지 않던 사토 씨도 최종적으로는 그럭저럭 녹아들었다. 나는 어떤가 하면, 에가와 미스즈가 마음에 걸렸다. 그녀가 불륜을 저지르고 있다는 사실에도 놀랐지만, 그 이상으로 전혀 행복해 보이지 않는 게 가슴 아파 어떻게든 해 주고 싶었다. 하지만 사실 그렇다고 해서 어떻게 해 줄 방법이 있는 것도 아니었다. 물수건을 그녀에게 돌렸을 때, 그것은 거의 나의 진실된 마음에서 우러나온 행동이었다. 그때 그녀가 괴로운 표정을 지으면서도 아이처럼 웃은 것이 유일한 구원이었다.

각자 자기 악보를 연주하는 수밖에 없다고 한, 사토 씨의 말을 떠올렸다.

"어떻게 할까요?" 우스다가 그때 조심스럽게 말을 꺼냈다. "이 다음에, 어디라도 갈까요?"

모두가 고민하는 표정이었다. 아마 나와 똑같은 심정이었는지도 모른다.

먼저 사토 씨가 "저는 그만 돌아가겠습니다"라고 선언했다. 그리고 실은 일을 내팽개치고 와서, 뒷일이 걱정된다고 털어놓았다. "분명 다들 화를 내고 있을 겁니다."

사토 씨는 성실하고 수수한 인상이라 일을 내던지고 달아날 사람으로 보이지 않았기 때문에 의외였다. 일단 "그럼 빨리 돌아가서 상황을 확인하는 게 좋겠네요"라는 말은 해 주었다.

"그 정도면 미팅엘 오지 마!" 에가와 미스즈의 어깨에 기대어 곤드레만드레 취한 기지마 씨가 말했지만, 그것은 당연한 의견이었다. 그 정도면 미팅에 오지 않는 게 낫다.

"저도 돌아갈게요." 가토 씨가 뒤이어 말했을 때, 2차는 사라진 것이나 다름없었다. 하지만 그렇다고 불꽃놀이가 불발로 끝난 것처럼 억울하고 아쉬운 마음은 없었다. 딱히 무슨 일이 있었던 것도 아닌데 만족스러웠다.

우리는 밤의 인도를 가로등이 이끄는 대로 터덜터덜 걷기 시작했다. 나는 자연스럽게 줄에서 빠져나와 에가와 미스즈 옆에 서서, 그녀가 부축하고 있는 기지마 씨의 팔을 붙잡아 이동을 도왔다. 에가와 미스즈는 나를 힐끗 보더니 장난스러운 투로 말했다. "처음 만난 사이에 이런 말은 뭐하지만, 오바나 씨 참 다정하네요."

"그럼 연락처 좀 알려 줘요."

"애인이 화낼 거예요. 지금 다른 남자하고 놀고 있는 애인이."

나는 얼굴을 찌푸리며 타박했다. "듣기 싫은 소리를 하네."

"바람피우는 여자는 못써."

"그건 내 애인을 말하는 거야? 아니면 네 얘기?"

"둘 다."

거기서 나는 또 처음 만난 사람처럼 물었다. "저, 에가와 씨, 일반론으로 묻는 건데 옛날 애인한테 미련 같은 게 남아 있나요?"

그녀는 침을 튀기며 폭소했다. "있어도 안 가르쳐 줘."

다들 택시 승강장으로는 가지 않고 지하철역으로 향해서, 역까지 걸어가는 짧은 시간이 2차처럼 느껴졌다.

시간이 늦어 인도에 접한 가게는 거의 다 문을 닫았지만, 개중에는 불을 켜고 영업하는 곳도 있었다. 꽃집에서는 양복 차림의 남자가 리본 달린 커다란 꽃다발을 사고 있었고, 서점에서는 젊은 남녀가 나란히 서서 와이드판 잡지를 읽고 있었다. 악기점도 열려 있었다. 전에도 몇 번 지나간 적 있었는데, 손님이 많아 보이지는 않았다.

"아, 죄송합니다. 전화가 왔네요. 먼저 역으로 가세요." 앞쪽에 있던 우스다가 멈춰 서서 휴대전화를 쥐더니 악기점 옆, 다른 골목으로 다가갔다. 우리는 이건 또 무슨 일인가 싶었지만 딱히 아무 말 없이 멈춰 서서 우스다가 통화를 끝내기를 기다리기로 했다.

사토 씨가 악기점에 들어가 전시된 전자피아노 앞에 선 것은 그때였다. 장난감 같은 피아노부터 조금 더 본격적인 것까지 견본이 몇 개나 있었는데, 누구나 건반을 만질 수 있는 상태였다. 사토 씨는 그중 하나의 피아노 앞에 섰다. 값이라도 보는 건가, 촌스러운 코트에 푸른 수염 자국, 눈썹이 덥수룩한 사토 씨와 악기는 참 어울리지 않는다고 생각하고 있는데, 그 사토 씨가 천천히 손을 얹고 피아노를 치기 시작했다. 순간 깜짝 놀랄 속도로 멜로디가 솟아나 나는 넋을 잃었다. 소리는 크고 확실한 윤곽을 지니고, 콸콸 솟아오르는 분수처럼 주위를 넘나들었다.

전자피아노에서 흘러나오는 곡이 춤을 추듯 들썩이는 게 느껴졌다. 가게 앞에 있던 가토 씨가 눈을 휘둥그레 뜨고 우뚝 멈춰 섰다. 내 옆에 있는 에가와 미스즈도 깜짝 놀라 입을 떡 벌리고 있었다. 소름이 돋아 오싹한 한기가 내 등줄기를 훑고 지나갔다. 지나가던 다른 행인들이 걸음을 멈추었고, 가게 안에서는 앞치마를 입은 점원이 깜짝 놀란 표정으로 다가와 사토 씨 옆에 말뚝처럼 섰다. 또 한 사람, 조금 떨어진 곳에 검은 재킷을 입은 나이가 불분명한 남자가 눈을 휘둥그레 뜨고 있었다. 조용한 분위기였지만 감동하고 있는 게 분명했다. 입가에 피어오른 미소도 보였다.

피아노 소리는 본 적 없는 강이 되어 우리를 어디론가 실어 가려 했다. 전화를 받으러 갔던 우스다가 돌아와 넋을 잃고 있다. 나는 갑자기 시작된 아름다운 연주에 도취되었다. 사토 씨는 비스듬히 등을 돌리고 있어 표정은 보이지 않았지만, 선 채로 연주하는 그 모습은 전혀 긴장된 구석이 없이 부드러웠다. "뭐야, 뭐야 이 소리?" 반쯤 잠들었던 기지마 씨가 불쑥 중얼거렸다.

전자피아노의 힘을 최대한 구사한 듯한 연주였다. 만일 전자피아노 속에 엔진이 있다고 한다면 그것을 한계까지 회전시켜 잠재적으로 내재된 소리를 전부 끌어내고 있다.

멈추지 않는 멜로디가 밤의 공기를 빙글빙글 휘젓는다. 우리도 그 소용돌이에 휘말려 허공에 떠오르는 듯한 부유감을 느꼈지만, 거기에 억지로 끌려가는 불쾌감이나 공포는 없었다. 가슴이 기분 좋게 설렜다. 아아, 세상에. 나는 멍하니 생각했다. 세상에, 사토 씨는 얼마나 멋진 사람인가! 옆에 있던 에가와 미스즈는 감동해서 눈물을 글썽인 자기가 부끄러웠는지 의기양양한 표정으로 "거봐, 혼혈이라고 다 아름다운 건 아니야"라고 말하더니 웃었다. "그리고 남자나 여자나, 중요한 건 외모가 아니야."

나는 말했다. "자명한 사실이네."

감사의 말

특정한 주인공이나 설정으로 통일한 단편집과는 조금 다르고, 단편마다 취향이 달라서 그런지(장편용으로 생각했던 소재를 쓴 단편도 있고, 레몽 크노의 『문체 연습』에 자극을 받은 작품도 있습니다), 깔끔하게 정리된 작품집이라기보다 수상한 공예품이 완성된 느낌이라, 이런 느낌의 책은 드물지 않을까 싶습니다. 작가의 성취감과 독자의 즐거움은 일치하지 않을 때도 많지만, 조금이라도 많은 분들이 즐겁게 봐 주신다면 기쁘겠습니다.

이사카 고타로

옮긴이의 말

『목 부러뜨리는 남자를 위한 협주곡』에 수록된 일곱 편의 단편들은 이사카 고타로의 서문에서도 알 수 있듯 처음부터 한 권의 책으로 엮기 위해 쓴 작품은 아니었습니다. 그렇지만 작가의 말대로 그때그때 의뢰를 받아 독자들을 의식하면서 쓴 글에는 오히려 작가 자신의 취향과 개성적인 스타일이 뚜렷이 드러나는 것 같습니다.

여기에 실린 일곱 단편 전체를 아우르는 트릭은 작가가 친절하게 짚어 주고 있는 역순행적 구조입니다. 「월요일에서 벗어나」의 경우 단편 자체의 트릭으로도 쓰이고 있습니다. 이제는 한국에 소개된 번역서만 보아도 당당하게 중견 작가의 반열에

✣ 작품 내용을 언급하고 있습니다.

든 이사카 고타로는 이 책의 단편들을 통해 작가로서의 여러 다양한 시도를 시험해 보고 있습니다.

독자 입장에서는 단편집을 보면 작품마다 여러 감상이 나오기 마련입니다. 감동적인 이야기부터 무서운 이야기, 대본 같은 형식의 이야기까지, 다양한 주제와 형태를 가진 일곱 가지 이야기를 읽고 나서 그중 어느 작품이 가장 마음에 드는지 한 번쯤 생각해 보게 될 텐데요, 저는 개인적으로 「목 부러뜨리는 남자의 주변」이나 「나의 배」와 같은 인정 넘치는 이야기를 좋아하지만, 「사람답게」나 「측근 이야기」와 같이 무서운 이야기 속에도 이사카 고타로 특유의 세상에 대한 믿음이 묻어나서 전부 재미있게 읽었습니다. 특히 마지막 「미팅 이야기」의 경우는 이 이야기가 어디로 흘러가는지, 의심스러운 미팅 참가자들의 정체는 도대체 무엇인지, 불분명한 전개로 흘러가다가 마지막 순간에 앞선 단편들에 복선처럼 깔려 있는 소소한 이야기들을 하나로 묶어 주는 맛깔스러운 역할이 돋보입니다. 이 마지막 단편에 실린 '목 부러뜨리는 남자' 오야부와 요시다가 주고받는 문자 메시지와 피아노 연주 장면에 은근슬쩍 끼어 있는 구로사와의 모습, 그리고 「나의 배」에서 구로사와가 그날 밤을 회상하는 장면, 숨을 거둔 오야부 옆에서 피아노곡이 흘러나오는 장면이 무척 마음에 듭니다.

이사카 고타로의 작품이 가진 매력을 표현한다면 저는 '판도라의 상자 속 희망'이라고 말하고 싶습니다. 비단 이 작품뿐만 아니라 그동안 우리나라에 소개되었던 여러 작품들을 보아도, 그의 작품 속에 나오는 세상은 결코 '살기 편한 세상'이 아닙니다. 이왕 소설이라는 가공의 세계인데, 등장인물들을 호강 좀 시켜 주면 어때서 싶은 생각도 듭니다. 벌이가 시원치 않아 좀도둑 노릇까지 병행하는 탐정도 있고, 장난으로 던진 말 때문에 지독하게 괴롭힘을 당하는 학생도 있습니다. 잘난 친구의 자랑을 들으며 복수를 꾀하는 소설가도 있고, 아들을 잃은 괴로움에 결국 살인까지 저지르는 아버지도 있습니다. 그렇지만 그들 앞에는 마치 '이따금' 세상을 들여다보는 하느님의 눈에 '우연히' 띈 것처럼 구원의 손길이 준비되어 있습니다. 그 결과가 때로는 후련하게, 때로는 따스하게, 때로는 오싹하게 다가오기도 하는 것이 이번 단편집의 매력입니다.

여러분은 어느 작품이 마음에 드셨나요? 작품 전체의 트릭을 알고 난 다음 거꾸로 읽어 보는 재미도 놓치지 마시길 바랍니다.

2015년 6월
김선영

옮긴이 김선영

한국외국어대학교 일본어과를 졸업했다. KBS를 비롯한 다양한 매체에서 전문 번역가로 활동했다. 옮긴 책으로는 이사카 고타로의 『종말의 바보』, 『미나토 가나에의 『고백』『꽃 사슬』, 사사키 조의 『경관의 피』, 나가오카 히로키의 『교장』, 오리하라 이치의 『실종자』『원죄자』, 야마시로 아사코의 『엠브리오 기담』, 쓰지무라 미즈키의 『열쇠 없는 꿈을 꾸다』『츠나구』, 아리스가와 아리스의 『주홍색 연구』『쌍두의 악마』, 다카기 아키미쓰의 『파계 재판』『대낮의 사각』, 미나가와 히로코의 『열게 되어 영광입니다』 외 다수가 있다.

목 부러뜨리는 남자를 위한 협주곡

지은이 이사카 고타로
옮긴이 김선영
펴낸이 김영정

초판 1쇄 펴낸날 2015년 6월 29일
초판 2쇄 펴낸날 2017년 9월 18일

펴낸곳 (주)현대문학
등록번호 제1-452호
주소 137-905 서울시 서초구 신반포로 321(잠원동)
전화 02-2017-0280
팩스 02-516-5433
홈페이지 www.hdmh.co.kr

ISBN 978-89-7275-742-9 03830

* 책값은 뒤표지에 있습니다.